中国科幻基石丛书
主编：姚海军

科幻世界精选集

精选集

2023 Science Fiction World

主编————姚海军

四川科学技术出版社

图书在版编目（CIP）数据

科幻世界精选集 . 2023 / 姚海军主编 . -- 成都：

四川科学技术出版社 , 2024.7. --（中国科幻基石丛书）.

ISBN 978-7-5727-1427-6

Ⅰ . I247.7

中国国家版本馆 CIP 数据核字第 2024GD8488 号

中国科幻基石丛书

科幻世界精选集 2023

ZHONGGUO KEHUAN JISHI CONGSHU

KEHUAN SHIJIE JINGXUANJI 2023

丛书主编　姚海军

出 品 人　程佳月

责任编辑　兰　银　姚海军

特邀编辑　赵云帆

封面绘画　黄　钦

封面设计　施　洋

版面设计　施　洋

责任出版　欧晓春

出　　版　四川科学技术出版社

　　　　　成都市锦江区三色路 238 号　邮政编码：610023

　　　　　官方微博：http://e.weibo.com/sckjcbs

　　　　　官方微信公众号：sckjcbs

　　　　　传真：028-86361756

成品尺寸　147mm×208mm　　印　张　12.25

字　　数　285 千　　　　　　插　页　2

印　　刷　成都博瑞印务有限公司

版　　次　2024 年 7 月成都第 1 版

印　　次　2024 年 7 月成都第 1 次印刷

定　　价　48.00 元

ISBN 978-7-5727-1427-6

邮购：成都市锦江区三色路 238 号新华之星 A 座 25 楼　邮政编码：610023

电话：028-86361770

写在"基石"之前

■ 姚海军

"基石"是个平实的词,不够"炫",却能够准确传达我们对构建中的中国科幻繁华巨厦的情感与信心,因此,我们用它来作为这套原创丛书的名字。

最近十年,是科幻创作飞速发展的十年。王晋康、刘慈欣、何夕、韩松等一大批科幻作家发表了大量深受读者喜爱、极具开拓与探索价值的科幻佳作。科幻文学的龙头期刊更是从一本传统的《科幻世界》,发展壮大成为涵盖各个读者层的系列刊物。与此同时,科幻文学的市场环境也有了改善,省会级城市的大型书店里终于有了属于科幻的领地。

仍然有人经常问及中国科幻与美国科幻的差距,但现在的答案已与十年前不同。在很多作品上(它们不再是那种毫无文学技巧与色彩、想象力拘谨的幼稚故事),这种比较已经变成了人家的牛排之于我们的土豆牛肉。差距是明显的——更准确地说,应该是"差别"——却已经无法再为它们排个名次。口味问题有了实际意义，这正是我们的科幻走向成熟的标志。

与美国科幻的差距，实际上是市场化程度的差距。美国科幻从期刊到图书到影视再到游戏和玩具，已经形成了一条完整的产业链，动力十足；而我们的图书出版却仍然处于这样一种局面：读者的阅读需求不能满足的同时，出版者却感叹于科幻书那区区几千册的销量。结果，我们基本上只有为热爱而创作的科幻作家，鲜有为版税而创作的科幻作家。这不是有责任心的出版人所乐于看到的现状。

科幻世界作为我国最有影响力的专业科幻出版机构，一直致力于对中国科幻的全方位推动。科幻图书出版是其中的重点之一。中国科幻需要长远眼光，需要一种务实精神，需要引入更市场化的手段，因而我们着眼于远景，而着手之处则在于一块块"基石"。

需要特别说明的是，对于基石，我们并没有什么限定。因为，要建一座大厦需要各种各样的石料。

对于那样一座大厦，我们满怀期待。

目 录

致永不熄灭的你

蓝色极光

《科幻世界》2023年07期

蓝色极光

青年科幻作家，《致永不熄灭的你》是他的第一篇科幻小说。

我和孔帕的单子又被人捷足先登了。这已经不是第一次，而且我保证肯定不是最后一次。孔帕这个拉尔莫斯星的虫子，除了和我斗嘴，什么都做不好。

　　"拉尔莫斯的混蛋！你为什么能眼睁睁地看着目标人物被其他侦探带走！"我站在粪池里大声吼道。

　　"西塞阁下，我们分工明确，您负责营救，我负责放哨。"孔帕的十二只圆眼睛都不敢与我对视，分别望向四周。这是心虚了。

　　"混蛋！放哨的意义不就是让你阻止其他人打扰到我吗?!"我拍打着粪水吼道。

　　"他们有拉尔莫斯星人担任保镖，您是知道的，拉尔莫斯星人十分好勇斗狠，并且凶残至极，还具备了一些美感。"

　　"你——不就是一个——拉尔莫斯的——混蛋吗?!"我有些急不可耐。

　　"不、不，西塞阁下，您理解错了，就好比说人类，您能战胜那些人类特种兵吗？您能击败人类击剑高手吗？您能赢过人类乒乓球冠军吗？您不能，所以我也不能。"

　　"但你在面试侦探社的时候，所有的格斗表格里都画上了对号！"连续的怒吼让我有些缺氧，这让我只能更大口地呼吸臭气。

　　"您也会抽烟、会游泳、会烹饪，每一样都会，但每一样都不是最好的。"孔帕说完,从他那装饰性的獠牙里吐出了一个泡泡,啪嗒一声炸出了些许绿水,这代表拉尔莫斯人在道歉。

我不会给他任何机会了。我要马上爬出粪坑回到船上,以百分之五十的光速冲回三角座星系,只要我的屁股一碰到办公桌的真皮椅子,我就要撕碎那份雇佣合同,并把它丢在这个卑劣的虫子脸上。这可是个大案子,可以赚到很多钱的大案子,全搞砸了。

名为"土星环"的犯罪团伙绑架了奥杜托斯特化肥集团的千金小姐,当然,把化肥老板的千金关在化粪池里,也不是谁都能想到的。如果我昨天少喝一点儿,如果我昨天检查了我的作战靴上是否黏着口香糖,如果我昨天没把图纸拿反,如果我更谨慎些……抛开这些如果,我仍然是全银河系所有侦探所中,第一个冲入化粪池的人,我几乎就能触碰到那位重达三百五十斤的小姐的玉臂了!就差那么一点点,我竟被另一只拉尔莫斯的虫子袭击了,我讨厌拉尔莫斯星的虫子,一眼都不想再见到他们。

返回港口的路上我浑身湿漉漉的,身上的臭味能飘到数米远,连冯步尔行星的苍蝇人都离我远远的。街上的餐厅在我经过时全都迅速关窗,从凌晨到现在,我除了粪水,什么也没往胃里送。我甚至一度怀疑这是一场噩梦。

"西塞阁下,我截取了一段其他侦探社的信息。"孔帕加速爬行,追上了我。他肯定能追上我,就算这里是中央广场,就算是上班时间,也没人愿意靠近我三米以内的范围,我像是瘟神一样走到哪儿都有人躲开。

"最好说一个好消息,要不然你那十二颗眼珠子肯定会少一颗的。"我捂着枪说。

"刚刚把人质抢走的特多特侦探社，接到了一份新的任务，他们正在犹豫是先接任务还是先把千金小姐送回去。"孔帕说着，用下巴上的小前肢堵住鼻子，想阻断我身上的臭味。

"哦？多少银卡的单子？"我顿时来了兴致。

"一亿银卡。"

"你确定？！"我吼着，眼见孔帕点了点头，"快走！"我发了疯般拉着孔帕的脑袋向港口冲刺。"你这个混蛋怎么知道敌人这么多信息的？"我边跑边问，人群也像疯了一样处处避让。

"我在他们带走千金小姐之前，就是西塞阁下晕倒在粪坑里时，给另外一个拉尔莫斯星人寄生了一枚虫卵，虫卵孵化后暂时控制了他的脑子，所以知道这些！"

"干得漂亮，孔帕！我就说，我这么经验丰富的侦探怎么会看错人呢！"我突然停了下来，大吼，"你们竟然还接吻了！"

我成功地抢先截下了这价值一亿银卡的单子。有别于悬赏单，这种单子是一对一指派性质的，不可多个公司同时接单，先到先得，接单人获得银河系侦探事务所保护，订单在执行期间不可转移、不可倒卖、不可放弃，因此价格昂贵。

"但是……"我依靠在驾驶台上深沉地望着眼前的雇主，"这就是那台七百五十年前生产的除草机器人吗？孔帕，你确定它是雇主？"我指着雇主的方脑袋。

"我亲爱的玛姬，我十分思念你，不知道你过得怎么样，我因为你的离去跌入谷底。你总说，如果你不能飞，那就跑；如果你不能跑,那就走;如果你不能走,那就爬。不管做什么你总要勇往直前。我会坚强起来的,爱你的博古。"这台机器突然亮起眼睛,冒出一段混杂着电子噪声、没头没脑的话。很快,它的眼睛熄灭了,又恢复了之前呆头呆脑的样子。

"这是什么和什么啊?"我抓了抓头发,"你真的确定这家伙就是雇主?你没把花栏里打扫卫生的家伙搬回来糊弄我吧?"

"千真万确,阿里木·西塞阁下,它就是雇主。再说了,您的卡上也得到了一万银卡的预付款了。"孔帕虽然这么说,但我还是有些不相信他的话。

我走到雇主机器人前蹲下身去,朝着它的方脸吐了口烟,"雇主大人,我承认在抢单前并没有看您的要求,您想要我们做什么呢?一亿银卡让我干掉谁都行,孔帕也可以。您吩咐吧。"我又吐了口烟给雇主。

雇主的双眼突然又亮了起来,"花可以凋零,四季可以错乱,宇宙可以崩塌,但都无法阻止我爱你。"说完,雇主的眼睛又熄灭了。

"搞什么鬼啊!"我给了雇主一脚,它身上的灰尘像被吹散的蒲公英似的喷了我一身,"孔帕!你这个混蛋!登记事务所怎么说!这个垃圾桶机器人到底想干什么?"

这时,雇主再次亮起了双眼,它抬起两条锈迹斑斑的机械臂,举到方块胸前说:"还记得我们一起制作的那个衣柜吗?早上我发现衣柜里属于你的那种味道彻底消失了,我不知道应该怎么做,我又能怎么做呢?"

这时我才发现,雇主的眼睛每次亮起时都会有一行小字从眼底的左侧滚动到右侧，上面写着：我是爱丽丝的私人物品，我脱离了爱丽丝范围，请把我送回去。

啊哈，我懂了。这台机器人是一位名叫爱丽丝的男士或者女士的私人除草机器人，不管男女，这个叫爱丽丝的家伙一定很有钱，要不然怎么会给一台除草机器人这么多银卡。不，它不是普通的老款式除草机器人，它会不停地说一些情话，或许是一台改造过的讲故事机器人也说不定。找人的活儿总是很简单，这是老天爷的垂怜，白白送了一亿银卡到我的口袋里，我终于可以买一艘百分之七十光速的飞船了，还能搞一套不错的行头，我甚至还能……扭回头看了看正在吐泡泡的孔帕，我要换掉这个混蛋，雇一些真正能上刀山下火海的虫子为我所用，到那时我就是全银河系最棒的侦探了。目标，寻找爱丽丝。

我在银河系公共网络机构查询了一下，全银河系名字中包含"爱丽丝"的有八亿个，死去的更是不计其数。这都难不倒我，这么有钱的机器人肯定是大户人家的。首先搜索拥有庄园或整颗行星的名为爱丽丝的家伙，然后再搜索谁近期有过丢失重要物品的通告就行了。经过一番搜索，在排除了明确写了失物内容的那些后，我一共搜寻到了十一位和上述描述相符的人。

我开着飞船，前往第一个目标——爱丽丝·李。这位女士居住在天鹅座，我向银河联邦交通中枢支付了二十四个银卡才拿到了号码牌。我排在第三百三十号泊位。

这种跨越星系的旅行，仅凭"多瑙河号"那百分之五十的光速是很难抵达的。所以，联邦交通枢纽系统是赶路人必不可少的伴侣之一。在星门前等待三小时后，我们这犹如沙粒般密密麻麻的飞船被一艘行星级庞然大物包裹住，它将利用自己的超高压缩空间折叠技术把我们从人马座推到天鹅座，总共航行八个小时，我可以好好睡一觉了。

再次醒来时，我们抵达了天鹅座 C-24B 号行星，这颗星球以种植油菜籽闻名。我们是下午到达的。雇主机器人的履带刚一触碰土地，便发了疯似的加大油门，向着油菜花田地冲了进去，疯狂地用生锈的手臂剪断油菜茎，等我和孔帕把它完全按住时，金黄色的油菜花已经被它砍断了几十棵。

"这混蛋坏了吧？已经彻底分不清庄稼和杂草了吗？"我趴在雇主的身上，用力压住它，孔帕抱住雇主的腿。

"你带走了我的全部，却把我留在了原地，我该怎么办？"我怀中的雇主又开始朗诵土里土气的情话。

"请问，你们在这儿做什么呢？"一个女孩问。

我抬起头，见到了一位穿着雨靴背带裤、扎着黑色辫子的女生，从她稚嫩脸上的严肃表情，我读出"别看我才十五岁，我手里的叉子并不好惹"的意思。

"你好，我想打听一个人。"我刚站起身，雇主开始加大马力想要摆脱我们，"你把它按住了！孔帕！"

孔帕就像一名斗牛士，翻上雇主的背脊，才阻止了发狂的它。

"你们要找谁？"女孩问。

"爱丽丝·李女士，她在银河网络中说丢失了一件物品。"我尽量礼貌地回答，但脸上的泥巴肯定让我显得不那么友好。

"我就是。"女孩上下打量着我。

"哦？"我瞪大了眼睛，上下扫了一眼，并没看出她有大富大贵之相，"这台疯子机器人是你的吗？"

女孩皱了皱眉，蹲下去仔细确认了一下雇主后，摇了摇头说："不，我们家的机器人没有这种类型，我甚至从没见过这种型号，而且我丢的是卡不卡。"

见我没听懂，她马上补充道："猫，卡不卡是只猫。"

"抱歉，打扰了。"赔付了三银卡的油菜花钱，我和孔帕强行把雇主拖回了"多瑙河号"。

找人就是这样，从没有一次就能找到的。就算在电影或小说里，也没那么顺利的。我们前往了第二个目标，狮子座的一个棒旋星系，那里有一颗名为21B141的小行星，是一颗盛产玉米的行星。抵达时我们便返航了，那颗行星因为战争早已荒废多年，上面别说玉米，连一块完整的土地都没有。

第三个、第四个、第五个……我和孔帕像两只没头苍蝇似的在银河系里乱撞。我们被海盗尾随过，"多瑙河号"还因为线路故障停滞了三小时。这都不算什么，最倒霉的是被星际交通系统开了三张罚单，罚单里竟赫然写着我们没按照交通枢纽规定的路线飞行，扰乱了通行轨道。他们让我尽快缴纳罚款，要不然飞船便无法启动，只能等着星际交通警察来逮捕。

"我怎么扰乱通行了！那么大的宇宙，我们就像牛身上的一根毛。"我气急败坏地拍着驾驶板，"那么庞大的空间，我随便转了几个弯，就要罚我！"

"亲爱的，可可生了八只小家伙，三只白的，四只黑的，还有一只黑白相间，你如果在这儿就好了。"雇主插嘴说。

"我受够了这个自言自语的混蛋！"我从驾驶位上蹦了起来，指着方块头大吼，"你究竟是哪个爱丽丝的玩具啊！能不能干脆点儿告诉我，我没时间跟你在这儿兜圈子。宇宙那么大，你的爱丽丝或许早就死了！死了，懂吗?！"

"死亡并不可怕，可怕的是无法相见。"雇主回答。

"西塞阁下，您有一封四小时前的邮件，瞧，它正在闪烁呢。"孔帕用触手指了指驾驶面板屏幕上一闪一闪的邮件图标。

"肯定是没什么用的垃圾广告。"我没好气地说，还在衡量是否要缴纳一百八十银卡的违章费用。

"弟，父亲的病又发作了，我们在急诊室里忙得鸡飞狗跳的，你就不能放下恶心的尊严回家一趟吗？我知道你们的仇恨很难化解，但他也是第一次做父亲，总会犯错。你还要耍小孩脾气到什么时候？真要让父亲跪下来求你吗？别废话了，赶紧给我回来。"孔帕读着信件内容，"欠两万银卡的人留。西塞阁下，您有一封债主的信件，想怎么回复？"

"那是我二姐！"我一把推开了孔帕，怕他的绿口水弄脏我的驾驶板，"以前我因为赌博欠了一大笔银卡，还把老头子的医馆抵押了出去，成功把老头子气进了抢救室，当时我以为老头子被气死了，也没脸回家。一个人生活总会有拆兑的时候，每次走投无路时，都是跟二姐借钱消灾。我很少借钱，也不会赖账，所以我把她备注改成了'欠两万银卡的人'，这样可以提醒我。"我点燃了一支烟。

"但是西塞阁下，您的邮件好友列表中，有七十七个都是以'欠'字开头的人，我十分怀疑您是否会支付我这个月的薪水。"孔帕吐着泡泡嘟囔着说。

"闭嘴，你这个鲶鱼脸！我已经很努力地工作了，这笔单子搞定后，别说你那点儿薪水，我甚至能给你找两百个拉尔莫斯人让你寄生！"说干就干，我把烟头用力地按入烟灰缸，在操作台上提交了罚款后，拉起操作杆大吼一声，"我们去找下一个目标，我不信这么简单的生意我吃不下来！"

"抱歉，我……不是你们要找的那个……爱丽丝。"躺椅上骨瘦如柴的老太婆用细小的声音回答道。她是第十一个爱丽丝，也是最后一个。

我有些愤怒，不，是暴躁，不，是悔恨，不，是沮丧，不，是兴奋，不……我不知道我现在是一种什么样的情绪。我只想咬，用力地咬，我就是想找到一个东西重重地咬上一口，什么都行，最好是孔帕的肠子。

我甚至没等到返回"多瑙河号"上，便骑在了孔帕的身上，使劲咬他后背的壳，"孔帕！我要弄死你！都是你找的什么破单子！我花光了所有的积蓄，带着一个疯子机器人和一个蠢货虫子跑了大半个银河系！到头来什么都没了！什么都没了！"

"西塞阁下，您知道的，人类的咬合力并没办法穿透拉尔莫斯人那华贵的护甲。您该成熟些，先下来，我们想想对策。"孔帕牵着雇主继续向"多瑙河号"的甲板走去。

"风带来的不只是清爽，还会带来对你的思念，每次起风时都让我不禁想起你……你……"雇主第一次没有讲完情话就停了下来,它的方块眼睛彻底熄灭了,履带停止了滚动。

"西塞阁下,别闹了,雇主不动了!"孔帕怪叫着。

我吐了一口口水,从孔帕的身上爬了下来,仔细检查后说:"没事,应该就是没电了,七百五十年前的电池真够差劲的,换一块电池它应该又能生龙活虎地说废话了。"

"但是……哪里能找到七百五十年前的电池?"孔帕用前肢戳着长嘴巴,他好像很着急。

"嗯……"我被孔帕的问题难住了,"如果找不到替换的电池,充电可以吗?"

"西塞阁下,您问了一个可笑的问题,电池是人类的产物,您却要征求拉尔莫斯人的意见。拉尔莫斯人认为只有繁殖才能让族群永恒不灭,并不是依靠电池来延续族群。"

"混蛋,人类也不是靠电池来怀孕的!"我把雇主抬了起来,"来搭把手,你想让我一个人把它拖进船里吗?我只祈祷我这艘古董船里有能和雇主匹配的插头。"

我从船头找到船尾,把所有犄角旮旯儿的地方都找遍了,也没能找到雇主身上的那种三角形插头。完蛋了,彻底完蛋了,雇主死亡代表着我的侦探执照要被吊销了。罚金不是最可怕的,最可怕的是如果情节严重会被直接丢进大牢。我不想后半辈子活在栅栏里,也不想背负一身债务苟活一生。吸烟时,一个高明的办法突然钻入我的脑海。我用随身匕首撬开了雇主后背上的盖子,打算直接用飞船给雇主充电。

"西塞阁下,您的债主姐姐又发来一封邮件,"孔帕说,

"我会用'×'省略掉脏话内容,'西塞×××,你尽快回来,×××××,×××××,×××××父亲想见你,××××,赶紧×××给我×××回来!'"

"把你的脏手从我的驾驶板上拿开!"我推开孔帕,关闭飞船电源,把驾驶板从四周撬起来,再轻轻地向上拉就能看见里面的电线了。

"西塞阁下,您要做什么?"

"我要给这个混蛋雇主充电!不能让它死在我的船上。"我不顾孔帕的反对,用匕首切削掉雇主与飞船的电源线上面的合金胶,然后用液体稳定剂把四条大线按照颜色连接起来。仔细检查没接错颜色后,我小心翼翼地按下开关按钮,"多瑙河号"的驾驶室逐渐亮了起来,雇主的眼睛也微微亮了。我兴奋得不知所措,老天不会阻止一个努力的人。没错,我就是那个努力的人。

突然,砰的一声,一股黑烟从驾驶板下面喷了出来,"多瑙河号"和雇主同时熄灭了。

"西塞阁下,我猜……可能烧掉了。"

我呆呆地盯着驾驶板和雇主,不知所措。

"西塞阁下,我指的是您的飞船,不是雇主。"

"我知道!你这个混蛋!自从我和你搭伙的那一刻起,就没有碰见任何好事!一件也没有!现在倒好,我们搁浅在这个全是茶叶的破地方了!完蛋了,我彻底完蛋了,我们俩都会因为雇主的死亡而被丢进大牢!"我抱怨着。

"西塞阁下,我是拉尔莫斯星人,我们不受人类律法审判,这是拉尔莫斯人在签下投降协议时备注了的,而且拉尔莫斯人也不会做任何违背人类意愿的事。所以,当一位俊美的拉尔莫斯人触犯了人类律法,那么雇佣拉尔莫斯星人的人类将会代替他被审判,也就是说,我只会增加您的刑期,并不会与您一起进入监牢。"

"我要宰了你!我现在就要宰了你!"我蹦了起来,翻找着5DK2,我要射穿他那丑陋的脑壳。

"西塞阁下,杀死拉尔莫斯星人也是重罪。"

就在我们陷入混乱时,有人敲打起"多瑙河号"的起降护板。

"请问,你们有通往大熊座星系的许可证吗?"门外传来了一个男孩子的声音。

我拉开手动闸门,探出头去,一个小男孩正望着我。他有些害怕,但没有后退一步。我记得他,刚刚与那个叫爱丽丝的老太婆会面时,就是他为我们送的茶水。

"干什么,小家伙?"我气哄哄地问。

"那个……爱丽丝奶奶过世了,就在刚刚,我偷听到大人们在说,没有船能送爱丽丝奶奶去大熊座了,我就想到了你们。"

"没人去那儿吧?那地方不是因为战争荒废了很久吗?你们想把老太婆……"我尴尬地咳嗽了一下,"把那位夫人送去那里做什么?"

"我也不知道。叔叔说,那里是爱丽丝奶奶生前便选择好的。"

"可惜,我们的船烧掉了。"

"我叔叔会修,他什么都会修,上次爱丽丝奶奶的收割机坏掉了,也是他修好的。"

我仿佛看到了希望。我的心中出现了一个完美计划，把他的叔叔骗上船，用5DK2威胁他，让他修好我的船，然后我会马不停蹄地逃去拉尔莫斯星，只要进入拉尔莫斯星域就没人敢再追我，没人想跟拉尔莫斯星人再干一架，人类早已没有几千年前的那种勇气了。可惜的是，我的后半生要在拉尔莫斯星当一个人类语言教师中度过了。

"可以，我可以送爱丽丝夫人去大熊座。"

望着一蹦一跳跑回庄园的小男孩，我笑了起来。

维修过程比我想象的要漫长得多，从深夜一直持续到了天亮，才总算大功告成。但让我难办的是，在维修之前，他们就把死去的爱丽丝老太婆放在了"多瑙河号"上，拦都拦不住，仿佛他们猜到了我的计划似的。

"应该修好了。"工人说。

"十分感谢，但是……"我看了一眼老太婆的尸体，把手放在5DK2上。不知为什么，我没有拔出枪。对于施以援手的人，应该报以真诚的感谢。这是老头子一直教育我的话，此时塞满了脑子。

"我想问一下，为什么要把爱丽丝夫人送去大熊座？那里什么也没有。我要把她送到大熊座的什么地方呢？"我不解地问。

"爱丽丝公墓行星。"

"爱丽丝公墓……行星？"我皱着眉头，"所有叫爱丽丝的都要埋葬在那儿？所以叫这个？"

"不是的，侦探先生，那就是个普通的公墓，但因为战争荒废了数百年，所以您才可能不了解吧。老爷安葬在那里，所以爱丽丝夫人也要安葬在那儿。"

"你能把这台方脸机器人修好吗？"我突然懂了。

"它没电了，这种插口早就没人用了，不过我想那颗星球上或许还留有可以给它充电的插头。我之前一直在好奇侦探先生为什么会带着一台古老的机器人来此，看来您是在寻找插头，如果您要找插头，那里肯定能找到。"

我千恩万谢后，带着两百包茶叶疯了一般冲破大气层，以满负荷百分之五十的光速冲向了星系中转站。我懂了，我彻底明白了。

跟着导航，我终于抵达了这片区域，这里一片狼藉，损毁的行星和破碎的飞船残骸不停地撞击着"多瑙河号"的保护膜。大熊座3715–C行星在地图上甚至被标错了位置，无奈之下，我们又绕了很远的路程才终于抵达。眼前的这颗行星通体呈金色，上面密密麻麻亮着一些闪烁的光斑，不知道是什么。我按照该行星原始导航系统的引导迫降在了港口。钻出飞船，我就被眼前的一幕惊呆了，这里目光所及之处全是墓碑，从山上到河畔，从公路到远处的树下。一排排整齐的墓碑朝着同一个方向——太阳系的方向。光斑原来是这些墓碑的反光。

这时，三台古老的接待机器人走到我们船下，它的语音系统好像出了问题，只能依靠胸前的屏幕滚动字幕。

请问哪一位需要安葬？

"在船里，不过，你能帮我先修好我的雇主吗？"

好的。

两台接待机器人为雇主充好了电后，便带着爱丽丝的尸体离开了"多瑙河号"。雇主的眼睛亮起来的那一刻，我幸福极了。

雇主并未理会我，而是加大油门冲出了飞船，引得我和孔帕面面相觑。

"这混蛋不会想赖账吧！没人敢赖我的账！"我跟着冲了出去。

雇主冲到了一块墓碑前，迅速地清理掉墓碑周围的杂草，"我亲爱的玛姬，我十分思念你，不知道你过得怎么样，我因为你的离去跌入谷底。你总说，如果你不能飞，那就跑；如果你不能跑，那就走；如果你不能走，那就爬。不管做什么你总要勇往直前。我会坚强起来的，爱你的博古。"

我看了一眼碑文，上面写着"玛姬"。我这才明白，在油菜花星时，雇主为什么会发疯剪断油菜花。或许在它的认知里，杂草和油菜都是会遮住墓碑的吧。

"花可以凋零，四季可以错乱，宇宙可以崩塌，但都无法阻止我爱你。

"还记得我们一起制作的那个衣柜吗？早上我发现衣柜里属于你的那种味道彻底消失了，我不知道应该怎么做了。"

看着雇主为一个又一个墓碑修剪、擦拭，我心里仿佛被什么东西堵住一样，喘不上气。这时，一台接待员来到我的身边。

我来付款。

"等一下，你们怎么会有这么多钱？这里荒废几百年了吧？"我不解地问。

每一位人类都会希望我们照顾好他们的家人，并且一直在为之付费。

"但，它怎么会跑去其他星系？"

它是这里仅存的一台带有存储录音功能的修剪型机器人，这里没有信号，无法接收到人类对亲人最新的表达思念的词语。好在这里还算富足，总有海盗出没，我们与海盗达成了协议，定期支付给他们一笔银卡，让他们带领它前往人类聚集地更新悼词。

"但是海盗并不可靠。"

所以我们为它设置了救援系统。当出现问题时，它会自动连接到最近的侦探网络中下单。我现在把全部的银卡支付给您。

"全部的？那下一次它再坏掉了怎么办？"

无法得知。

"你总会惦记着我吃得好不好、穿得好不好，冬天会不会太冷，夏季会不会太热，愚蠢的我一直认为这一切都是应该的，没想到我错了，大错特错。"雇主从我们身边经过。

随后，我做了我肯定会后悔一辈子的事：我拒绝了这笔昂贵的酬劳。

就在这时，我好像丢了什么东西却又想不起来。趴在栏杆上点一支烟，再开一罐啤酒，在这个金色落日和开满鲜花的苍穹下，我终于想起来了。

"如果你不想把那些对亲人的思念说给墓碑听的话，就尽快行动起来吧，回到他们身边，拥抱他们，并鼓足勇气说我爱你。"

我熄灭了香烟，喝光了啤酒，擦掉嘴角那一抹麦芽香。看来是时候回家一趟了，我想。

尽化塔

海 漄

《科幻世界》2023年历史主题增刊

海 漄

科幻作家，广东省科普作家协会科幻专委会委员。2023年以作品《时空画师》获雨果奖最佳短中篇小说奖，作品散见于《科幻世界》《今古传奇》等刊物，代表作有《时空画师》《江之怒》《龙骸》等，出版有个人作品集《海漄怪奇故事集》。

1

大巴驶入县城时已近黄昏。

低矮的砖房，光秃秃的黄土丘，和无数深秋时节的北方小城一样，这里不见丁点儿绿色，透着一股萧瑟的气息，直到它出现在视野中。

千百年来，它屹立于此，一直是附近最庞大、最高耸的建筑，却毫无突兀之感。此时，它的绝大部分已经遁入晦暗之中，唯有因层层出跳①而灵动欲飞的塔檐被夕阳镀上了一层金边。单调乏味的景色立刻鲜活了起来，但又是那么的沉静肃穆。陈雯知道，这是来自灵魂深处的洗涤与共鸣。

到达宾馆时，天已经黑透了。陈雯彻夜未眠，第二天一早便赶往目的地。

寺院坐北朝南，南北中轴线穿过山门与大殿。陈雯仰头眺望，似朝圣般一步步地向前走去，只见无数斗拱和立柱层叠环绕。从外观上看，除第一层设有重檐之外，以上诸层均为单檐，

---

① 对宋式建筑的斗拱组合层数和挑出距离的称呼，是一种常见的挑出屋檐的方式。出跳越多，整座建筑的檐下深度就越大，出檐也就更深远。

合计五层六檐。但陈雯清楚，在仅以梁、柱搭接起的明层之间，还建有由斗拱、梁栿组成的铺作层和满布斜撑的暗层，五明四暗，实为九层。一暗一明，刚柔相济，这样的结构既保证了整体的强度，又具备了极佳的抗震性能，这塔方能从辽代留存至今。

清晨的微光中，天蓝得连一片云也没有。历经千年风雨，它表面的油饰彩绘已全部脱落，显出内里纯润的木色，雄浑而厚重，恍然与空灵的天空融为一体。而那顶部的铁刹则在晨光下熠熠生辉，沟通着天与地、人与佛、过去与未来。

微风拂过，风铃摆动，禅音悠扬，早起的群鸟自它顶端盘旋而下。陈雯的目光被它们牵引着，越过"峻极神工"和"天下奇观"，最后落在了第三块牌匾上——"释迦塔"[①]。

陈雯深吸一口气，双手合十。怀着因极度震撼而虔诚的心，她终于明白，先辈大师为何会将那句"Overwhelming"脱口而出。

然而，这座世界现存最古老、最高大的纯木结构楼阁式建筑，如今正处于生死存亡的边缘。

释迦塔地处大同盆地地震带。据史书记载："云（大同）、应（应县）二州屋摧地陷，崛白山裂数百步，泉涌成流。"早在1022年4月（辽太平二年三月），大同、应县间就曾发生大地震，推测震级超过六级，震中烈度达到八度。几乎在同一时期，位于山西应县南部的北宋属地忻定盆地也进入了一个地震活跃期：1037年1月24日（宋景祐四年十二月十七），"忻、代、并三州地震，坏城堞庐舍，地裂涌

[①] 佛宫寺释迦塔，位于山西省朔州市应县城西北佛宫寺内，俗称"应县木塔"。1933年，梁思成曾对木塔进行了考察和测绘，在写给妻子林徽因的信中，他提到："绝对的Overwhelming（势不可挡）……不见此塔，不知木构的可能性到了什么程度。"

水，十年内余震不止。定襄坏城郭覆庐舍，人畜死伤十之有六。太原西南悬瓮山，巨石摧坠，悬瓮寺因地震而废。"1043年6月18日（宋庆历三年五月初九），"忻州地大震。"1044年6月7日（宋庆历四年五月初九），"忻州地震，西北有声如雷。"

1056年（辽清宁二年），辽国国力正盛，或许是为了祈求国泰民安、镇压地震，又或许是出生应州、尊崇佛教的皇太后萧挞里为了彰显"一门三后、一家三王"的家族荣耀，在将附近林木参天的黄花梁采伐一空后，终于建成释迦塔。

历史总是充满了巧合，无论当初的建造者出于何种目的，自应县木塔建成后，其所属州县发生地震的频率确实越来越低。即便如此，岁月的无情侵蚀还是让塔身木材的性质发生了变化，承载能力减弱，变形及结构损坏也日益严重。从最初可以登临塔顶，到仅开放地面一层参观，以致最后的全面封闭，人们尽心尽力地将它保护起来，却对愈发严重的倾斜束手无策。

木塔庇佑一方已逾千年，见证着王朝更迭、斗转星移。传说佛陀弟子阿难出家前，为一心爱的女子，甘愿化身石桥，受五百年风吹、五百年日晒、五百年雨淋，只求她从桥上走过。不知木塔是否也经历过如此动人的故事？无论如何，回归尘土恐怕已是它无法避免的结局。

2

作为应县木塔文化抢救计划的一部分，陈雯受邀来到这里，却迟迟没有等到当地文保部门的对接人员。好在陈雯早已磨砺出了风轻云淡的性格，既然一时半会儿进不了塔，她索性随意游览了寺内的其他建筑，不过它们多为明清两代重修，规模不大，远不及木塔恢宏壮观。在参观塔后的大雄宝殿时，一位工作人员建议她去距此地不远的应县木塔工作站看看，负责接待的人多半就在那儿。

"专家来了一拨又一拨，可几十年了也没弄出个可行的修复方案来。工作站现在没几个人了，反正也没什么区别……"指明方向后，工作人员低声嘟囔着。陈雯不以为意，礼貌地笑笑便转身走出了大殿。

沿着小路走了不多一会儿，陈雯来到一座空荡荡的小院。

"请问有人在吗？"她底气不足地喊了一声，又拂过已经落满了灰尘、写有"中国文化遗产研究院应县木塔工作站"几个醒目大字的标牌。

院内有两排平房，第一排是办公室，都拉上了厚厚的窗帘。陈雯一间间地敲门，直到最后一间仍然无人应答。于是她绕到了第二排平房前，它们看起来像库房，似乎更不可能有人在里面。就在陈雯准备放弃时，最大的那间库房窗户上透出了一丝微弱的亮光。

陈雯心里咯噔一下：光天化日的，这儿莫非进贼了？那亮光不停地闪动并且变换颜色，明显不是正常的照明灯光。正犹豫着要不要报警，一不小心，陈雯被地面的坑洼绊了下，下意识地把身体往一侧靠去。

哐当！库房的大铁门压根儿没锁，被她推开后撞到墙面，发出一声震耳欲聋的巨响。

"你是谁？来这儿干什么？"一个身穿全套VR游戏装备的年轻人被吓了一跳，他扯下头盔，带着一脸恍惚的神情问陈雯。在他放下操作手柄的同时，从这个偌大库房的虚空中不断掉落的各式各样、五光十色的多面体，也渐渐地分解破碎，直至彻底消失，没有留下一丝痕迹。刚刚窗外的亮光，就是它们发出的。

"北京故宫博物院，文保科技部，书画复制组研究员，陈雯。"陈雯倚在门口，警惕地看着他。

"故宫的人？啊，是有这么回事儿！不过你不是明天才到吗？等等，现在几点了？"年轻人头发蓬乱，顶着两个硕大的黑眼圈，VR头盔一般都带有电子钟，但他的脑子显然还沉浸在幻境里没转过弯儿来。

陈雯无可奈何，按亮了手机，把屏幕朝向他，"刚好中午十二点整。"

年轻人眯着眼睛看清了数字，猛一激灵，"啊，都过了一夜了！"他胡乱揉了把脸，伸出右手又知趣地放下，"你好，陈研究员。我叫袁野，站里只有我和老王两人常驻，他前阵子休假回家了，临走前跟我交代过你的事。不过昨晚我玩起游戏来就忘了时间，抱歉啊。等我收拾收拾，马上就带你去木塔。"

在陈雯错愕的眼神中，仅仅过了几分钟，袁野就在库房内一个小休息室里完成了洗漱。这时的他穿着白衬衣，戴上眼镜，整个人精神多了，总算有了点儿文保工作者而不是网瘾青年的样子。

"你就住在这儿？"陈雯指了指休息室，问道。

"没错，我父母走得早，又不想离木塔太远，工作站就是我的家。"袁野轻快地答道，完全没有常人在艰苦环境里惯有的焦虑和愤懑。

两人一起走到室外，陈雯发现袁野的皮肤黝黑，脚上穿的是双运动鞋。看起来，和他的名字一样，他有着丰富的野外考察经验，并不是一个窝在办公室里得过且过的人。对他的印象有所改观后，陈雯决定不再计较袁野因为通宵玩游戏而爽约的事情。

注意到陈雯态度的变化，袁野的眼中流露出些许笑意，也没再解释什么，只是点了点头，说道："走吧，木塔已经很久没有新客人了。"

3

来到木塔下，袁野掏出一串钥匙，麻利地打开了木门上的铜锁，领着陈雯进入了塔的第一层。斑驳的阳光透入塔内，照亮悬浮在空气中的微尘，一尊巨大的释迦牟尼像映入眼帘，无比肃穆。陈雯在它座下向上看去，只见上层的穹窿藻井在大佛头顶渐渐地收拢，仿佛生成了一个冥想的旋涡，将世间万物尽数囊括。她轻轻地叹了口气，在大佛穿越时空的目光笼罩下，一切都是那么的高深莫测，只一层，就是一个宇宙。

最后，陈雯将注意力停留在了南北门楣所装的六方迎风板上。每块板上各有一幅供养人画像，南面是女，北面是男。细细端详下，只见人物体态端庄而不失生动，服饰华丽却又飘扬洒脱。立于画前，一股浓郁的唐风扑面而来，但其线条构造又颇为古朴大方，已然融入了辽代的技法特点。

"应州在辽代为西京大同所辖，与宋廷交界，为辽国南部边防重地。辽国上下崇尚佛教，皇太后萧挞里一脉出自此地，因此木塔既可作朝拜礼佛、登高御敌之用，同时也是萧氏家庙。据专家考证，这六幅供养人画像，南面三女像分别为圣宗皇后萧耨斤、兴宗皇后萧挞里、道宗皇后萧观音；北面三男像则是晋国王萧孝穆及其长子陈王萧知足、次子齐王萧无曲。"

袁野走到跟前，耐心地讲解起来。经他指点，陈雯在南面居中、缔造了木塔传奇的萧挞里的画像前支好画板，开始了自己的工作。如果木塔注定无法在下一个千年的轮回中幸存，那么人们至少要尽可能全面地将它的一切复制下来。在陈雯还不算长的职业生涯里，无数行将消亡的文明遗产正是通过这种方式保存下来。

她几乎在拿起画笔的瞬间就进入了入定忘我的状态。起初只是简单的几条长直线，将画像轮廓起切出形，白纸宛如微缩的东方禅境，处处留白。随着风骨峭峻的寥寥数笔，结构线浮现出来，这个新生的宇宙也被赋予了规则和常数。它们简洁而缄默，却又涟漪不绝，单调的时空自此生机勃勃。

袁野知趣地收声，退到一旁，以免挡住了光线。等了大约一个小时，日头偏转，袁野才小心翼翼地凑近观看。

只见在陈雯笔下，画像中已经褪色的花冠、步摇又重新明艳了起来。再仔细一瞧，不仅仅是色彩，对人物气度的临摹更是细致入微。萧挞里皇后薄鬓、素妆、披制彩缕、组绶璎珞、连袍袖上若隐若现的羽翼状物也被一一还原, 极是雍容华贵。没想到陈雯年纪轻轻, 技艺竟已如此高超, 故宫博物院的人果然名不虚传。

相比而言, 虽然在上一辈守塔人——也就是自己父亲的坚持下, 袁野报考了文物保护技术专业, 但他更擅长的却是数据编程。只需不多的原始参数, 他就能用几行代码搭建起一个世界。他享受这种创造的感觉, 可这恰恰与文物保护的理念背道而驰。

直到今天, 在陈雯身上, 袁野终于看到了将两者融合的可能。只几笔, 古画中的关键节点就被陈雯悉数洞察, 后续的临摹就如同程序运行一般水到渠成。袁野心中蓦然升起一丝希望。

"哎呀。"夕阳斜照, 陈雯活动了下酸痛的颈肩。不知不觉半天的时间就过去了, 想到把袁野晾在一边, 陈雯有些不好意思。她连忙起身, 却发现木塔第一层除了自己外再无他人。她以为袁野有工作需要上到高层处理, 便一面等他, 一面舒展四肢, 在塔内随意走动。谁知走到门口, 陈雯发现了一串钥匙, 钥匙下压着张纸条, 捡起一看, 上书: "忙完记得锁好门, 到工作站找我, 请你吃晚饭。袁野。"

原来他早就走了, 陈雯有些哭笑不得: 这人真是心大, 连声招呼也不打。他就不怕自己一时好奇, 偷偷登上木塔倾斜严重的二三层, 对它造成不可逆的损伤吗?

等回到工作站, 更令陈雯大跌眼镜的是, 袁野居然又在库房里玩他的游戏! 就他这点儿责任心, 木塔怎么可能得到妥善的保护? 陈雯心中对他刚刚建立的一点儿好感顿时荡然无存。

"喂! 袁野, 木塔在你眼里是不是连游戏都比不上?"陈雯走入库房，在正戴着VR头盔、旁若无人的袁野耳边用力抖了抖被他随意丢下的钥匙，不客气地问道。

"等等，先不要打扰我，马上就要成功了。"袁野显然料到了陈雯的反应，不像上一次那么慌乱，反而带着一丝笃定和兴奋。

在袁野的操纵下，投影仪再次在空中投射出一个个缓缓下坠的彩块。

还是之前那个游戏啊，够无聊的。陈雯有些鄙夷地哼了一声。其实也不怪她这么想，虽然不怎么玩游戏，但已经有近百年历史的俄罗斯方块又有谁不知道呢？袁野玩的看起来是最新迭代的3D版，下落的彩块中不仅有正多面体，还有半正多面体、不规则多面体甚至球体。难度是提升了不少，但陈雯无论如何也无法理解，现在竟然还有人对这款古董级游戏如此痴迷。

刚开始，袁野双手上下翻飞，活像一个不着调的乐队指挥，彩块很快越堆越高。陈雯起初还有点儿幸灾乐祸，巴不得他早点儿"Game Over"，但稍一留意便发现，即使袁野将它们严丝合缝地组装在一起，彩块也不会消除。那这个游戏的目的是什么？陈雯有些疑惑。当彩块组成的构造越来越清晰和精巧时，她终于醒悟了过来。在来应县前的准备工作中，自己曾数次将它绘制出来——应县木塔独有的双层套筒框架结构！

渐渐的，袁野手上的动作越来越慢。他弓着腰，绕着已经搭建好的框架反复揣摩、度量，紧绷的双臂许久才极谨慎地挪动一点儿。悬停的彩块在他的控制下缓缓移动，最终嵌入整体结构中，位置总是出乎意料而又恰到好处。

在下层正方形、上层八边形，对应"天圆地方"的厚实塔基上，袁野竖起了三圈立柱，靠内的两层又砌起了土墙，双层套筒大致成型。接下来，他开始组装木塔驰名天下的斗拱，每一立柱的受力节点对应一朵，再将作为暗层的环状框架置于其上，暗层之上再继续铺设梁、柱、枋及斗栱，便为明层。明暗交替，一层，两层，三层……这座拔地而起的虚拟木塔让陈雯不禁叹为观止。眼看着到了最后两层的紧要关头，不知是哪里出了问题，"木塔"开始晃动起来。虽然袁野勉力坚持，但随着晃动幅度加大，好不容易搭建起的结构最终散架，化为满地碎片。

"既然这样都失败的话，更证明木塔是以一个确定的常数作为基础模数的，模糊取值根本行不通。"袁野取下VR头盔，一面卸下满身的装备，一面自言自语道。

"我不太明白你说的是什么意思，能跟我讲讲吗？"虽然不了解细节，但陈雯已经可以肯定袁野所玩的游戏一定与修复木塔有关。她怨气全消，饶有兴致地请教道。

"其实这不算什么新技术了，几年前就有人用VR建模的方式为修复巴黎圣母院提供过帮助。当时我就想，这个办法一定也能运用到木塔上。但一经操作才发现，木塔是在千年风雨、地震，乃至人为破坏等诸多因素的综合作用下缓慢毁损的。如果说巴黎圣母院毁于火灾是急症，那么木塔更像一个被慢性病折磨了多年的老人，沉疴遍体，病情要复杂得多。而且全木构建、无钉无铆的佛塔比石材搭建的教堂更像一个紧密的整体。一个极不起眼的部件都会对修复效果产生巨大的影响，是真正的'差之毫厘，谬以千里'。"

原来这款游戏是袁野为修复木塔进行的数字建模实验！他

显然已经操作过无数次了，一说起来便滔滔不绝。

"五代十国的混乱和无序终结后，新生的各个政权开始大兴土木。宫殿、衙署、庙宇建造兴盛，造型豪华铺张，负责工程的大小官吏贪污成风，以致国家不堪重负。因此，建筑的各种设计标准、规范和有关材料、施工定额亟待确定，以明确房屋建筑的等级、形式及料例功限，从源头上杜绝亏空。北宋崇宁二年颁布了通行全国的《营造法式》①，明确了'凡构屋之制，皆以材为祖……凡屋宇之高深，名物之短长……皆以所用材之分'的模数制度。这一套标准显然是在长期实践中积累出来的，而木塔修建于《营造法式》颁行前四十余年，工匠中也必定不乏宋人，如果不运用标准化的模数制，很难想象在缺乏精密机器的古代是如何搭建起如此庞大复杂的建筑。"

"那么修复和还原木塔的关键，即找到它设计之初便已确定的'材之分'，也就是它的基础模数！"陈雯兴奋地接话，但随即又迟疑道，"在梁思成先生所处的时代，要找出它确实力有未逮。但现在运用大型计算机，通过结果进行反推，要算出这个数应该不难，怎么会到今天依然悬而未决呢？"

袁野脸色一暗，再次被陈雯敏锐的洞察力折服，语气中一反常态地流露出了自我怀疑，"这个方法我不但想过，还做过。工作站经费不多，但在我的推动下，当时几乎是孤注一掷地全部用在租用大型计算机上了。可得到的结果却完全不合常理，无论

---

① 北宋李诫编修的《营造法式》是中国古代最完备的建筑书籍之一，提出了"以材为祖"的模数制度。其中，"屋宇之高深"指整体的模数化，"名物之短长"指构件的模数化，这是建筑标准化思想的鼻祖。

冠以哪种单位，作为一座大型建筑的基本参数，它都错得离谱。我们顶着压力又重新计算了几次，可结果却没有任何变化。上头失望至极，削减了预算，人也就慢慢地散了。我知道，如果不是因为我，木塔和工作站都不至于沦落到今天的地步……"袁野埋下头，声音渐渐哽咽。

"可你至少努力尝试过了。而且，直到现在你也没有放弃，对吧？"陈雯拍了拍他的肩膀，轻声劝慰道。

"谢谢，我永远也不会放弃的！"不知为什么，这位来自故宫博物院的年轻女性总能为袁野带来力量，他很快振作了起来。

4

隔阂消除后，陈雯和袁野发现，虽然选择的道路不同，但他们保护木塔的初心是一样的。共同的愿景下，两人的关系拉近了许多。在木塔文化抢救这段忙碌而充实的日子里，陈雯小心翼翼地走遍了木塔的每一个楼层、每一个角落，将自己所见、所思的一切都临摹在了画纸上。袁野也总是寸步不离地陪在她身边。他不再单枪匹马地在那个永远无法通关的游戏中虚耗时光了。

不过，这几年失败的实验也不是全无成果。在高强度的游戏中，袁野开放了自己的脑域，通过外接一台小型机，他可以在拼接木塔部件时同步完成运算。他发现，在将木塔拆分成不同单元时，模数制的倾向是非常明显的。以最基本的长、宽、高为出发点，对应面阔、进深、柱高，将木塔逐层导入，将呈现出简洁的递变规律。袁野进一步想到，这三者都是较大尺度的单位，它们可能是一种扩大模数，即这种比例关系是基础模数控制的结果。之前，工作站租用的大型机是基于木塔整体进行计算的，结合它的成果，袁野将木塔面阔、进深、柱高的基础模数调整为二十二点一厘米。木塔兴建于《营造法式》颁行之前的辽国，采用的材分必然与北宋有所不同，若换算为辽代单位，则为零点七五辽尺，正是一材四分取其三！

然而，取得这次突破后，袁野的实验就陷入了瓶颈。他始终无法将这个基础模数在木塔其他部分中完成统一。他一度怀疑木塔只是在设计中体现了模数制的基本思想，而在具体施工中又稍有变通，于是试图用模糊取数的方法先在游戏中将木塔还原，但最终还是功亏一篑。

正如父亲所希望的，袁野准备用一生去守护木塔。像曾经枯坐于木塔中的僧侣一样，他拥有近乎无尽的时间。与之相反，和陈雯相处的日子却如此短暂。自己心里有些什么留在了这个将要离去的女孩身上。现在，他就静静地站在专注的陈雯身后，看着阳光下她的侧脸。干净的轮廓留下清寂的剪影，明暗之间，那双眼睛如秋日的湖水，神秘动人。

如同陈雯临摹那些绝美的古画般，他拼命想要记住这一切，以便在今后的漫长岁月里去追忆、去思念。

"唉。"陈雯叹了口气，打断了袁野被炽热和内敛煎熬着的复杂情绪。她缓缓地站起身来，捶了捶有些发麻的腿，袁野连忙绅士地伸出手臂。嗯，木塔可没有地方供人扶靠。

"这张释迦牟尼的画像草图被我搞砸了。"陈雯摇摇头。

"问题出在哪儿呢？"袁野看了眼陈雯画纸上的底稿，竟然罕见的有一丝不协调的感觉。

"都怪我，为了一览佛像全貌，选择从高处俯视。这种方法能获得更好的透视效果，却容易积累误差，绘制时需要依据一定比例换算修正。可我没想到的是，木塔内部递进收紧的筒套结构在视觉上又放大了这一效应，其程度也不均匀。换句话说，我使用的修正比例既不准确也不统一。"

"连比例都不统一啊……"袁野若有所思。

片刻后，陈雯感到袁野的手臂猛地一震，刚刚似乎还有些奇怪的目光陡然聚集——那个百折不挠的学者又回来了。

"陈雯，你觉得在辽代要建成木塔这样巨大而精密的建筑，最大的难点是什么？"半晌过后，袁野才哑着嗓子问道。

"木塔高达六十七点三一米，使用木材三千余吨，即使以现代建筑的标准来看，也绝对称得上是一个大工程。除整体的双层套筒框架结构外，还有铺作、斗拱、斜撑等复杂构造，使用的零部件数以万计。更绝的是，它们之间拼接咬合的稳定状态完全是靠自身重力和相互作用力实现的。原理与搭积木类似，虽不复杂，但随着体量的增大，难度是呈几何式增长的。我认为它的所有部件在主体工程开始前就已经按规定数值制造完毕了，之后再依照严格的工序进行组装，一次搭建成型。只有这样，才能达到局部构件和整体框架在力学上的平衡——"

"没错！但这些还只是表象，再想想看，它们最终都指向了什么？"不待陈雯说完，袁野就急切地追问道。

"难道是……"陈雯果然一点就通,只低头思索了几秒便抬起头来,正对上袁野热切的目光,两人心有灵犀地脱口而出,"是计算!"

"正确!对于一个入主中原,雄心勃勃的政权来说,人力、物力、财力都不是问题,它有足够的资源可以堆砌。但在文盲率极高、工具受限的古代,使木塔上万个部件彼此和谐统一的海量算力又从何而来呢?这已经超越了个体智慧的极限,但在由无数微小单元组成的集群中却可能产生!"

袁野灵感有如泉涌,连陈雯都一时没跟上他的思路,下意识地质疑道:"集群?你是指有大量精通算术的人参与了木塔的修建?这恐怕不太现实吧?"

"不,我所指的算术并不是古代用于推演历法和星象、为皇家所垄断的所谓天学。历史是由广大劳动人民创造的。"

"我还是不明白这和木塔有什么关系。"陈雯被袁野跳跃式的思维绕得越发糊涂。

"嘿,你想不到也正常,毕竟如今这里不过是个平平无奇的小县城。但在辽代,它可是农耕文明与游牧文明的交汇点,贸易兴盛,最不缺的就是南来北往的商贾。因为生存的需要,这些人是具备基本的计算能力的。而且,他们还携带了那个时代最先进的计算工具。说来也巧,仅以形制和用法而言,这种世俗化的工具竟然和重要的佛教法器如出一辙。我们不妨大胆猜想一下,为木塔汇聚算力的方法,说不定就出自某个头脑灵活的僧人。"

"计算工具,佛教法器,还有锱铢必较的商人,你说的莫非是——算盘?"在袁野的引导下,陈雯的眼界为之一开。现在,他们距离找到那个神秘的基础模数，就只余薄薄的一层窗户纸了。

看出陈雯还有最后一丝疑惑，袁野自嘲地笑了，"这个问题其实简单得超乎想象，惯性思维将我们带入了死胡同。在使用大型机时，我一味将计算的数值推向极致，却忽视了数学本身就是极简的。大道至简，文明的发展，某种程度上就是'进化'走向'尽化'的过程。进化之路上的无数分岔在我们脚下一点点穷尽，最终它们都将指向同一个出口，正如最复杂的大型机本质上也是基于简单的二进制算法。流传于世的几种算盘中，一四珠算盘进行的是十进制运算，一五珠算盘则可表现十二进制或以下任何数进制。而在重视度量衡的商人手中，因为一斤十六两的关系，代表十六进制的二五珠算盘又大行其道。虽然从现有记载来看，依托商品经济的发展，这种算盘直到明末才出现，但在千年前风云际会的宋辽边境，它或许曾被大规模使用也未可知啊。"

"我们可以一起来验证它。"沉默了片刻，陈雯开口道，转头望向袁野。看着她的眼睛，袁野觉得，哪怕再次失败，也不是什么大不了的事。

暂停已久的游戏再次重启。

袁野按照早已重复无数次的顺序将木塔的绝大部分一一组装起来，而陈雯则负责在不同节点进行进制换算。他感受到了前所未有的畅快，再也不必首鼠两端、顾此失彼了。原来，数学与力的联结从来都不是修修补补，而是浑然天成的。

又经过了几次练习，两人的配合越发默契。终于，在陈雯将要返回北京的前一晚，他们离开了逼仄的库房，在工作站的大院中成功搭建起了一座"光塔"。虽然缩小了几倍，但它完美地复刻了木塔的一切。夜空中，它的光芒照亮了不远处的本尊，两者相映成趣，连古老的木塔似乎也被注入了新的活力。

第二天，袁野来送陈雯，工作中无话不谈的两人顿时相顾无言。在各自的研究领域，他们见惯了诡谲历史中的悲欢离合，此刻却无法面对自己的感情，好好道别。临行前，陈雯抢过袁野随身携带的公文包，在他那份连夜赶制出来的《关于应县木塔落架大修方案的论证》[1]联署上了自己的名字。几年前，在大型机使用上的失误对袁野的学术声誉打击不小，希望这能对方案的审核有所帮助吧。

接着，陈雯头也不回地上了车。在后视镜中，她看到袁野一直愣愣地站在原地，直到她视线模糊也不见他离去。

尾　声

五年的时光一晃而过。树欲静而风不止，即便是在故宫博物院这样纯粹而单调的环境中，陈雯的心态也一点点地发生着变化。此时，她正握着一封邀请函出神地想着什么。随着在学

---

[1] 在应县木塔的修复方案中，长期存在"落架大修"法与"抬升修缮"法的争论。后者是将木塔分层托举，重点维修倾斜严重的二、三层后复位归安的方法。而前者则是将木塔自顶层起逐层拆卸，再从底层逐步向上维修的方法。"落架大修"法可从根源上解决木塔的倾斜问题，但因木塔部件众多，重新组装难度极大而迟迟未能落实。

术界崭露头角，近年来她收到了越来越多研讨会之类的邀请，颇有些不堪其扰。但这次不同，手上这封函件上，印着应县木塔的图案。

这是一个未了的约定，陈雯在心中告诉自己，回家收拾好了行囊。

已经是工作站站长的袁野亲自来汽车站接她。和五年前乘坐大巴进入县城一样，这也是一个黄昏，但令陈雯惊慌的是，目之所及，已经不见木塔巍峨的身影！

"不用担心，很快，你就会见证木塔的重生。"几年的时间让袁野稳重了不少，陈雯仿佛被攥紧的心渐渐地放松下来。

工作站内几乎没有任何变化，但跟随袁野进入那间曾经无数次模拟木塔的库房后，陈雯才知道这里别有洞天。它被向下挖掘出了一个巨大的空间，无数投影仪正将一处工地的影像实时投射过来。环绕这影像的，是数个由五人或七人组成的方队。与当年的袁野一样，他们都穿戴着全套VR设备。

一四珠，二五珠……陈雯心有所悟。与此同时，投影中工地上一件件编好号、用防水布包裹的部件，也在机械臂的剥离动作下显露了出来。

方队动了，他们时而如交响乐一般水银泻地，时而又如军队一般严丝合缝，在他们目眩神迷的操作下，木塔仿佛通天之树，蓬勃飞速地生长起来。

"走！历史性的一刻马上就要到来了！"袁野拉起陈雯的手，冲入电梯。

他们上到地面，正赶上木塔顶部的塔刹被缓缓安放上去。

四周爆发出阵阵欢呼，木塔，终于重新完好地立于人间了！

回头看看袁野，他已是泪流满面，岁月也无法磨灭一颗赤子之心。陈雯笑了，她也一样，要去追寻自己的梦想了。

"木塔修复成功了，你应该是有史以来最出色的守塔人了吧？"陈雯拉了拉他的衣角。

"那可不！"袁野乐不可支，笑得像个孩子。

"我也该走了。"陈雯轻声说道。

"回北京吗？"袁野突然泄了气。

"不，我想清楚了。像木塔这样的文化遗产，在全国乃至全世界还有很多，它们有些已经得到了妥善的保护，但更多的却仍然无人问津。我应该到更广阔的天地，去走访、去见证、去记录。"

"你知道我的，从小就在塔下长大，天天研究的也是它……"袁野的回答理所当然。

"嗯，每个人都在孤独地生活啊！"陈雯有些感慨。

"我是说，木塔教会了我很多。千年前建造它时，古人将海量的运算简化到了极致。现在，为了修复它，我从全国选拔了最出色的电竞选手，把时光积累的所有变量都纳入了这局终极游戏里。人生的选择，也许正如建筑的演变，在进化，或是尽化的道路上走到头吧。"

"什么意思？"袁野的话满是禅机，陈雯不解道。

"咳咳，我的意思是，人啊，简单随心就好了。"仿佛变回了当年初遇时的那个拘谨青年，袁野涨红了脸，鼓起勇气说道，"在路上，你需要一个助手吗？"

俑

天 平

《科幻世界》2023年07期

天 平

曾在《今古传奇·武侠版》《飞·奇幻世界》《九州幻想》等杂志发表中短篇奇幻、武侠作品，2022年开始创作科幻小说，陆续发表《烧荒战略》《六月雪》等作品。

幽谷来风吹过茂盛的桃花林，嫣红的花瓣簌簌而下，飘落进波光粼粼的青渠中，还有一瓣飞得更远些，贴在青衫少年的面颊上。

少年是个俑人，刚刚涂上脸的白漆尚未干透，桃瓣仿若无意间溅上的朱砂，显出几分滑稽，正要为他点画双睛的笔不由得迟疑了一下。

身后传来一声嗤笑，制俑师搁下狼毫，回过头去。

骑白马的红裙女郎轻巧地落地，摘下斗笠，乌亮蓬松的一头秀发在阳光下浮光点点，仿佛点缀着无数细碎的宝石残屑。她嫣然一笑，笑容中的热情令人不由自主地生出喜悦，甚至都注意不到她有那么精致美丽的面孔。

"我从苗寨打赌赢来的酒！"女郎从马背上摘下一只葫芦，大马金刀地坐在制俑师摊前的小几上。秀美的女郎故作豪壮，却并不让人觉得粗鲁，自有一股娇憨之态。

制俑师搁下笔，一如三年来的每日，拿起两只青瓷大碗放在小几上，倒酒。

烈酒色如胭脂，酒香在阳光下升腾，她闭眼品味，"新的俑人，有新的故事吗？"

"那是自然。"

制俑师轻呷烈酒，说起新俑人的故事。

青衫少年是来自赵国的奴隶，十三岁时随着身为制俑师的师父千里迢迢被征发到咸阳为始皇帝建陵。那时他只能负责调制朱黛，还没有资格触碰画笔。他爱上了师父笔下那个霞帔广袖的舞姬，在大醉后以残酒调墨偷偷为她点睛。陵成之日，所有的奴隶一起被泥土深埋于始皇陵下。

当他醒过来时，发现活色生香的舞姬拉着他的手，在水银灌注的河流中畅游，在夜明珠镶嵌成的星空下起舞。

享用着死后尊荣的始皇帝发现了他们的秘密，大发雷霆，舞姬含泪送别了他。当挖开层层泥土重新走到地面上时，他于星空下看清了自己化为白骨的五指。

幸好他还记得制俑之术，他用陶土一点点补回了自己的肌肤，画回了自己的眉目。他寻觅着江湖过客们遗落的惆怅和忧伤，用他们喝过的残酒调制墨汁为俑人点睛。他成了知名的制俑师，人们都说他的俑人与众不同，仿佛拥有了生人的魂魄。

"这是一个不同寻常的故事。"女郎诧异地放下酒碗，眉间添了几分哀愁，"为什么我会在今天听到这个故事呢？"

月上梢头，路上行人渐稀，制俑师从容地收起瓷碗，将残酒倒入墨池中。

"不喜欢这个故事吗？"制俑师微笑。

"不……但是……"女郎犹豫了一会儿，"你要离开了吗？"

"我最近总被一个梦境困扰，"制俑师望向河心破碎的将圆之月沉吟，"梦中的我仿佛并不是此时此际桃源陵城外的制俑师，而是一个满地跑着四个轮子的机械怪物世界中的少年画师。"

"咦……好神奇的世界！"女郎惊奇地睁大了眼，"那样的世界里面，你会画出怎样的画呢？"

"虽然人与人被钢铁的壳子隔开，但喜怒哀乐并无不同。被尘嚣淹没的人，或许会更渴望亲近山水吧。"制俑师有些迷茫，"梦中的我在三月十五的清晨去到西湖边，在薄雾弥漫的断桥下支起画架，晨光新芽碧水桃影，一切在浓稠的水汽中荡漾，我提起笔却觉得此情此景还缺了点儿什么……"

"也许你是与人相约在那里。"女郎托腮，"那是你的宿缘之人。"

"这个梦总是一次又一次地出现，有时候我觉得，或许此时此地的我只是一个俑人，我的灵智来自梦里的那个少年，而我总要回去梦里的那个世界。你说，那会是一个美好的世界吗？"

制俑师深深凝望着女郎，目光中有些憧憬，又有些恐慌。

"啊……"女郎不知所措，"或许吧……"

"如果有一天，你觉得我已经不再是我了，那就是我回去了。"

制俑师用碗中残酒调墨，轻轻点画在少年的双眼中，少年便呈现出一些好奇又怠懒的气质。

"赵心雨，赵心雨？"隐隐约约听到有人在喊自己，俑人的面目模糊起来，青渠桃花一点点隐去，就好像潮水从身边流逝。

赵心雨沉浸在一片惘怅的空白中，一时间想不起来自己是谁，身在何处。

隔着玻璃，有人轻敲着他的载具舱。

片刻后他终于想起来，这是自己在爱丽丝网络公司客服部的同事。

"该我接班了。"同事戳了一下载具舱右下角的时间。

"哦哦。"赵心雨按下按钮，紧贴在他头皮上的十几个吸盘触须慢慢脱离，他终于能从载具舱中出来了。他晃了晃头，"都十点了啊，有点儿晕了。"

"你最近加班时间有点儿多啊，"同事有几分戏谑，"秋秋不要你陪了？"

赵心雨苦笑摇头，并不想和同事说太多。

同事看了眼记录说："哟，你刚才又接待一号富婆了？一号富婆还真是很喜欢你呢。这个季度奖金又是第一位吧？"

同事的话里面很有点儿酸溜溜的味道，赵心雨没接他话茬，他却不肯罢休。

"悠着点儿吧，太拼了当心和胖子一样去医院报到。"同事嘻嘻哈哈地戳了戳自己脑门。

"胖子"是另外一位同事，或者说前同事，上个月下班时一脚踩空摔下楼，至今还躺在医院里人事不省。大家私下议论，觉得他是加班太多过度疲劳才发生这样的事故。

但那件事以后，客服部有些流言传出。

"你们说，会不会是那些吸盘伤了脑子？"工作午餐时飘来低语声，"我总觉得那个载具舱怪怪的，出来以后时不时会有点断片儿，不知道自己刚才在想什么。"

"老年痴呆就不要赖给载具舱了吧！"刚入行的同事嘻嘻哈哈，"老婆怀孕了要砸基站的就是你这种人。"

这种毫无根据的流言难免在一片沉默中结束，其实赵心雨也觉得近来他时不时会大脑一片空白，就好像身体中有另外一个人接管了那段时间。

和工作有关吗？赵心雨并不确定。也许那只是他大脑的自我保护机制，能让他从难以喘息的现实中脱离一会儿。

赵心雨脚步虚浮走出客服部，保安进行例行安检，确认他身上没有带任何录音和拍照设备。

这些检查非常严格，一丝不苟，如果有外人看到，一定会纳闷为什么游戏公司的客服部需要这样严格的安检。

秋秋就十分不理解他在上班时间无法接听电话这种事情。"要是别人知道了，还以为你在什么国安保密机构呢！"她无数次半埋怨半戏谑地说。

赵心雨不是没有想过对她说出实情，但一开始是畏惧公司的保密条款，再后来，他自己内心深处也滋生了一抹说不清道不明的心虚，总是回避这个话题。

爱丽丝网络公司是一家近年来异军突起的游戏公司，主推项目是MMORPG《我的江湖》，这正是赵心雨所在的项目组。

公司创建者兼CEO丁珏此前在著名研究院从事AI相关的研究，《我的江湖》的主打噱头是全新AI的NPC互动体验，让每个玩家都能享受自己的专属剧情。

对玩家宣传的是：每个NPC都是公司特殊研发的全新AI，会有完全如同真人的自我认知；如果玩家经常与之互动，刷高与NPC的熟悉度，NPC就会记住你，你会成为他的朋友或者仇人，随之展开专属剧情。

在聊天AI已经广泛运用于各种设备的年代，这看起来并不是什么特别的功能，但是运用在RPG上还算是非常新颖。

传统的RPG玩家只能在文案写好的几个对话中选择，自由度相当受限，这种新颖的剧情模式自然引起了轰动。

当然，质疑的声音也不少。

毕竟游戏剧情也算是文艺创作的一部分，体验剧情和普通的聊天需求相去甚远，而在当下，AI在文艺方面的表现还是不尽如人意。在规则明确的领域，比如格律诗歌方面尚还可观，但在随机对话和虚构故事方面，与人类撰写的内容还相差甚远。

更何况游戏剧情并非单方面的输出，如果试图将AI调教到能产生丰富自然的剧情，需要玩家也具有相当的RPG精神，或者拥有探索和编织情节的驱动力，这对大部分RPG玩家来说，要求有些过高了。

在众说纷纭中，《我的江湖》迎来了正式发售，不久之后，对游戏里AI的质疑就烟消云散了。社交媒体上每天都有玩家发出自己与NPC互动的对话，这些对话在贴合NPC设定的基础上有各种各样的细微差异，NPC会把握每个玩家的癖好，妙语频出，其中的佳作稍做修改就是一篇中上水准的轻小说。

热衷于和NPC长时间互动的玩家人数之多，也大大超出了质疑者的预计，无数玩家沉溺其中不可自拔。

《我的江湖》一炮打响，引得许多人眼红不已，想效仿的公司众多，却没有哪一家能重现类似的效果。很多同行投入了巨大的人力资金试图研发出相似的AI，都不太成功。爱丽丝公司的老板是这个AI的核心开发人员，所以重金挖角的路子也走不通。

数年过去了，游戏市场的热门焦点早已换了几茬，《我的江湖》的AI对外界来说，依然是一种极其神秘的存在。

对内部人员来说，AI的秘密并不神秘，甚至有点儿可笑。

在电子支付还没成为主流的年代，流传过自动点钞机里面住着一个真人的网络段子。《我的江湖》的AI性质与之相去不远——在所有NPC的身后，其实是客服班子在二十四小时运转着。

高峰时期这个游戏同时在线的玩家达百万之众，客服肯定难以同时应付这么多玩家，所以大部分玩家确实只是在与AI聊天。然而，当一个玩家试图刷高一个NPC的好感度获得专属剧情时，他必然会成为一个所谓的"重氪"①玩家。给这样的"重氪"玩家配置专属客服就没有那么困难了。

如果说有技术含量，客服工作时使用的载具舱应该算是其中之一。这也是重氪玩家才能买得起的装备，可以提供相当逼真的AR体验。

赵心雨已经在载具舱中工作了三年，但也很难说出来这个载具舱到底是怎么运行的。进入之后就好像同时进入很多个平行世界，可以和很多玩家同时互动。你可以重点关注一两个玩家，将其他玩家交给AI，但当AI有无法处理的对话时，系统就会提醒你介入；当你切换到那个玩家面前时，可以瞬间拥有这个玩家此前的全部对话记忆。

---

① 指往游戏里大量充值金钱的行为。

如果玩家知道自己是在和一名真人客服聊天，会觉得这不过是个平平无奇的陪聊服务。但如果告诉他们这是AI生成的对话，就无形中多了几分神奇。可能大部分人更愿意在NPC面前表露自己的真实幻想，在真人面前总归有几分放不开吧。

更何况每一个NPC身上都带着他们的角色赋予的设定，你可以觉得自己是在和一个神秘的杀手惺惺相惜，和帝王萍水相逢结为知己，收到风尘名妓酬答的诗句……比起普通的陪聊，这种有建模、有故事的专属聊天显然丰富得多，也更容易让人沉迷。

长期沉迷于这个游戏的重度玩家是那种所谓的"戏精"玩家，以女性居多，她们会真心实意地迷恋上某个虚拟形象，并由此养活了大量的产业——各种COS服装、道具和展会，私人定制的图文和手办，沉浸式剧本杀和密室。

赵心雨相信，一号富婆就是个重度"戏精"。

她从公测起就长时间在线，充值金额已经连续许多个月排在游戏榜一。理所当然地，她是赵心雨的重点服务对象，可能从她第一次在制俑师摊前停驻时起，赵心雨就感受到了她的不同寻常。

一开始，制俑师并非很受欢迎的热门NPC，甚至都没有现在这种炼制魂魄注入俑人的设定。

这个设定在赵心雨的脑海中成形，可能就是一号富婆第一次走到制俑师的身边，默默地看了很久以后说："她在看着雪呢？"

听到这句话时，赵心雨愣了好一会儿。这时并没有其他玩家与他互动，所以他没有将对话的权限交给 AI。他望向那个偶人，一笔一画中她正在成形，探究的表情在微红的圆脸上显得十分可亲，从红袄中伸出握紧的小手凑到嘴边，仿佛在呵气。

在一号富婆说出这句话的瞬间，这个小小的俑人仿佛一下子有了生气，她唇边似乎有白气在蒸腾，乌溜溜的圆眼睛中满是对雪的向往。

赵心雨一时间忘记了这个制俑师只有两行字的单薄人物介绍，脱口讲述了一个故事。

那是一个美丽人生式的故事。流放到极北荒野之地的路途，在岭南出生的小女孩眼中是全家陪她寻找雪精灵之旅，但最终她在雪中冻饿而死。制俑师采集到她临死前的快乐，注入了手中的俑人。这个故事很隐晦，但一号富婆好像瞬间就读懂了。

她支付了十个金币从他手里拿走了小红。她说，小红已经看过雪了，也许她想回到岭南。

几天后，一号富婆从岭南归来。

她向制俑师讲述了南海鲛人和岭南瑶民之间发生的战争。她的肩上多了一件泛着淡淡贝母光泽的披帛，就像是传说中鲛人织成的珠绡。他们没有再谈论小红，但好像默认在某个望海的山崖之上有小红的家园，她还会有雪花轻盈飞舞的记忆，却永远不会再感受到刀割一样的寒冷。

那个时刻，赵心雨感到一种莫名的窃喜，或者又可称之为微妙地寻找到了同类的感觉。当你开始讲着不知真假的故事的时候，有人也用同样的姿态回应，你会觉得那故事瞬间便有了生命。就像一颗种子在阳光下的沃土里抽芽生根，苗壮成长，花红叶绿,有声有色。

一份乏味的工作,在此时获得了完全不同的意义。

很难说他们两个中谁更"戏精"一些,但赵心雨必然是获益更多的一个。当制俑师的故事被玩家大量截图传播时,他才后知后觉地发现,他红了。

制俑师从一个普通的路人NPC成了《我的江湖》中最知名的NPC,社交媒体上每天都有人撰写与他有关的同人故事,绘制属于他的同人图,就连他手中的人俑都时不时成为热议的焦点。

他仿佛痴情,又仿佛超脱于世间万物。有人觉得他汲取灵魂注入人俑的设定很可怕,又有人觉得拥有一个那样的俑人是很酷的事。每一天都有无数人来到他的摊位前,向他讲述自己或真或假的故事。也许他们真的相信那些忧愁和遗憾会被他取走,注入陶土之中,化作俑人的魂魄,在自己已经淡忘了那些往事之后,俑人会代替他铭记,天长地久。

经过两轮的例行安检,赵心雨才在更衣室里穿上自己的衣服拿回背包。他拿出手机一看,密密麻麻的未接电话,有家里的,有秋秋的。

赵心雨毫无回拨的意愿,他知道那都是些什么内容:妈妈对正在用的靶向药产生了耐药性,现在医生在研究新的方案,一个月需要十几万的自费开销,医生在催促他赶快定下来;秋秋家里现在有一个用内部价买房子的机会,想让他拿个一百万出来,两家一起买了。

秋秋是知道他家里的情况的,所以一直在搪塞父母,但最近也是焦头烂额。她父母逼着她要么马上买房结婚，要么分手回家。这两个选项放在她面前几年了，她已经快到崩溃的边缘。

她有一次说："我跟别人说你是在游戏公司上班，很忙，大家都以为你是程序员，觉得收入不低。你当客服这么些年，我都说不出口。"

他俩是大学情侣，赵心雨一直记得当初在学校戏剧社团认识秋秋的时候，她是个多么温柔单纯的女孩。他们的学校不是什么名牌大学，他们学的也不是那几个风口专业，理所当然的，毕业留在这座竞争激烈的城市后，日子过得磕磕碰碰。

赵心雨进入爱丽丝的时候，原本是去应聘策划岗位，但是无奈学校牌子不够硬，没能面上。那会儿他失业已经有好几个月了，眼看就要交不起房租，当HR说有个薪资不低的客服岗位时，他没有太多选择。

原本他只打算把它当作一个跳板，度过危机后就寻找更有前途的职位。但做了一段时间这种"古怪"的客服工作之后，不知不觉地，他开始沉迷其中。有时候他甚至觉得，制俑师是一个单独的人格，他没有"赵心雨"所有庸常的苦恼，过着"赵心雨"向往却不可得的人生。

也许当初建议他转岗的HR确实慧眼识珠，看出了他身上的"戏精"潜质，能让他在这个职位上做得游刃有余。他的绩效一直是客服部最高的一档，收入也比刚入职时翻了一倍。然而他这个职务终究是见不得人的，按照入职时的协议，他永远无法在简历上写他曾经扮演过多少成功的虚拟角色，他将是永远藏身在AI后面的隐形人。

秋秋并不喜欢玩游戏，却在某天逛街时突然提起："那个制俑师是你们公司的游戏角色吗？"

赵心雨心头突然一跳，好一会儿才用若无其事的声音回答："是啊，怎么了？"

秋秋指着前方商场的巨大户外广告屏说："我闺蜜托我问你，能不能内部认购联名款的包包。"

"那个啊……"赵心雨望着屏幕中那个执笔的青衫少年，眼眸中映着繁星点点。他高傲又冷漠，似乎俯视着脚下的芸芸众生，轻易地撷走他们的情感和记忆。

那是他最熟悉的角色，此时看起来却又那么陌生。他脑子里一片空白，一时间分不清自己到底是谁。

"可以试试。"片刻后他反应过来，"这个牌子你也喜欢的吧？"

秋秋犹豫了一会儿，慢吞吞地说："以前买的够用了。"

成功预定让闺蜜喜出望外，大手笔地请他们吃了一顿美餐。这家海鲜他们念叨过很多次，但是每个月的生活费里总也挤不出来这笔余钱。赵心雨还知道，秋秋的浏览记录里经常出现这个牌子的包包，但是他也只能假装没看到。

不久后的某天，赵心雨正与一号富婆聊她最近一次去沙漠探宝的神奇历程，AI 向他推送了一个难以处理的对话。

标签是白色的，说明那是一个最低等级的玩家，这种玩家没有氪金刷过好感度，赵心雨本可以完全不加理会，但是鬼使神差的，他竟然切换了过去。

他看到了一个穿着新手装的女孩百无聊赖地站在摊前，头上顶着"秋秋"这个昵称。

"这就是制俑师啊？好像也不是很好玩，为什么那么多人追捧？"

赵心雨觉得脑子不太舒服，他知道自己的沉浸扮演状态被干扰了。他努力集中注意力，才能回答："'盛名之下，其实难副'，这也是江湖常态了。让姑娘失望真是对不起，不过也许姑娘能告诉我你想要什么样的俑人，得到它以后，你也许会觉得不太一样呢。"

秋秋迟疑了很久。

这是大部分"戏精"精神欠缺的普通玩家会遇到的障碍，他们难以迅速融入这种角色扮演的情境中。赵心雨耐心地等了一会儿，秋秋终于回答。

"我想要这样一个人：也许他上班时经常见到你，比见到我的时候多。"秋秋不是购入载具舱的"重氪"玩家，她的话只能一句一句从对话框里跳出来，"他是个很可爱的人，总是有那么多花样逗我开心。只是有时候，我害怕我过于依赖他了。"

赵心雨想象着电脑的另一端她发愁的样子，他认识的那个秋秋，是个干净得一眼能看到底的女孩。也许最初爱上她，就是因为她这种令人安心的纯净。然而几年过去了，他竟然没有意识到，秋秋也有了一些他不曾察觉的心事。

"我是不是应该独立一些呢？我忍不住要和他分享一切，可是我的焦虑会让他难过，怎样才是对的呢？"

赵心雨有一刹那的冲动，想违反公司条例拥抱秋秋。但是他能说什么呢？说"什么都不用担心，我爱你，我会让你一生幸福"吗？

他知道他没有足够的能力做出这样的许诺。

最终他只能狼狈地输入符合制俑师身份的话："生人总逃不过聚散离合。姑娘，让我给你一个俑人吧，俑人才会永远陪伴你。"

费了不少心力送走秋秋，赵心雨切回到一号富婆的对话界面。

托管期间 AI 的全部对话瞬间进入他脑海，AI 妙语如珠地点评着她沙漠历险中见到的一切，赵心雨松了口气，觉得自己也不能表现得比它更好了。但他接过来聊了两句以后，一号富婆突然深深地凝望着他——那个红衣女郎诧异的表情在 AR 建模脸上纤毫毕现。

"我不知道发生了什么，可是你刚才好像……有些不像是你了。"

"啊……"赵心雨哆嗦了一下，倒是急中生智地挥了挥笔，将一个偶人推得离自己远了些，"这个生魂怨念好重，刚才我可能被它侵入了一会儿，嗯，我刚才说了什么奇怪的话吗？"

"那倒没有，不过……"红衣女郎的笑容又灿烂起来，"他不够有趣。"

这天回家的时候，赵心雨带了双秋秋在购物车里放了两年的水钻鞋回家，秋秋高兴坏了。

秋秋踩着心爱的鞋子快活地旋舞了好久，当兴奋劲儿过了以后又有点肉痛。

"怎么突然想起来买这个？"她嘀咕着，"一个月的生活费就这么没了。"

"这个月制俑师联名款卖得很好，多发了一倍奖金，看你一直这么喜欢，就买了呗。"赵心雨若无其事地说。

"咦？"秋秋抬起欣赏鞋子的眼睛，纳闷地问。

"我参与了制俑师的一部分对话资料模板制作，所以有奖金拿。"赵心雨思考了很久怎么在不违反公司保密条款的情况下向秋秋吐露部分实情。

"哇！"秋秋兴奋极了，扑过来抱着他，"这么说，你现在不做客服了？以后可以转岗做研发吗？"

"其实还是客服的岗位，不过……"赵心雨说着自己也不知道算是真还是假的话，"嗯，确实算是研发吧！"

"太好了！"秋秋已经顾不得脚上的鞋了，眼神闪闪发亮，"不是说你们公司研发年底能发十几个月的工资，我们是不是有希望买房了？"

平心而论，在最近以前，秋秋从来没有给过赵心雨任何压力，有时候他以为这样平常快乐的日子会顺理成章地走下去，走到结婚生子，走到白头偕老。但妈妈生病后，现实突然间就这么残酷地摆在了面前。

赵心雨知道秋秋想留着那双昂贵的水钻鞋在婚礼上穿，他在秋秋的浏览记录里看到过她访问与之相配的婚纱，只是随着母亲的病情加重，婚礼仿佛越来越遥远了。

赵心雨不是没有想过，如果他注定不能给秋秋幸福，是不是应该放手让她离开。但是每次想到这种可能性，总是像身体被掏空一样，对未来失去了想象。

两个一无所有的年轻人手牵着手走向成年人的世界，每一点领悟、成就和辛酸都彼此共享。他难以想象独自一个人走过他们曾经一起漫步的街道，坐在他们都很喜欢的餐厅里面，去他们向往却还没来得及攒钱去的那些山山水水。

赵心雨本来对于赚钱没有太迫切的想法，但现在钱已经是横亘在他面前最严峻的问题。

他并不是没有考虑过跳槽，但是这座城市源源不断地吸纳着全国的精英，想要找一个可以跨越当下的通道又谈何容易？

他拼命地思索着暴富的可能。他想过向公司索要"制俑师"这个IP的部分所有权，但以他入职时签下的保密合同，他可能反而面临天价赔偿，胜算不大。后来，他终于想到了一个可能有胜算的点：一号富婆。

一号富婆对这个游戏的沉迷和狂热氪金很大程度上是因为他。

只要他决定离职，一号富婆会有很大可能从游戏里流失，他能以此为倚仗向公司要求一笔分红吗？

怀着极度忐忑的心情，几天后的这个时候，赵心雨走向了客服总管的办公室，想尝试着进行谈判。

但走向总管办公室长廊的瞬间，他再次大脑一片空白。

恢复清醒状态时，他发现自己竟无意识地走入了一间没有人的茶水间，不知待了多久。此时，茶水间外，正传来两个人说话的声音。

客服主管熟悉的声音传来："让您久等了，我去拿最新数据过来，有突破性进展。"

"希望是我期待已久的。"声音很高冷，却依然有一丝难以按捺的激动。

赵心雨过了片刻才反应过来，这是CEO丁珏的声音。身为资深员工，他当然能经常听到这位大老板的会议发言，但这样近距离的谈话还是第一次。

"……13号的数据都在这里了。"

主管手里拿着的东西有些眼熟，赵心雨看了一会儿突然明白过来，那是他的载具舱存储器。

载具舱是从上岗开始就按编号分配给每个人的，赵心雨的员工编号正好是13号。

主管将存储器插入电脑，电脑屏幕上出现了一些令人眼花缭乱的画面，不同颜色的波纹在不同的密集小格子里跳动，赵心雨唯一能看懂的是最后跳出来的显眼结论。

"模拟度90%！"

"不错，确实是突破性进展了。"丁珏扶了扶细黑框眼镜，声音中带着一丝兴奋。

"扫描模拟的13号脑神经活动状态和他本人的相似度已经极高，我觉得完全可以取代本人了。"客服主管的声音有几分激动，"三年了，我们的智能NPC，终于要名副其实了。"

"90%吗？"丁珏却突然摇了摇头，"还是不够，我要的一直是100%。"

客服总管显然没有料到这样的回答，慢了两拍才纳闷地问："有这个必要吗？我想玩家是无法分辨的。"

"不，还是有玩家会发现。尤其是那些核心'重氪'的玩家，你提供的服务品质低一点点，都会导致核心玩家流失。"

"至于吗？"客服主管不太服气，"以前我们用现成数据训练出来的传统 AI，就已经让大部分玩家无法察觉了，等我们全面使用这种新式的人脑意识模拟 AI 以后，就连创意的产生都会十分接近真人。"

"但那毕竟只是接近。"

"就算如此，"客服主管困惑地说，"我们还可以继续保留现有的人工客服，为顶尖客户服务。"

"但是你能让客服永远留下来吗？"丁珏专注地盯着屏幕上的那些波纹问，"如果 13 号离职呢？"

"这……"客服主管犹豫了一下，"他不会离职的，我们给他的待遇是客服里面最好的了。"

"最好的客服待遇吗？"丁珏冷笑，"和制俑师这个 IP 的价值比起来如何？"

"他签过保密协议……"客服主管不太自信地嘟囔。

"那有什么用？"丁珏叹气，"我们不能把 IP 价值寄托在随时可能离开的员工身上。"

客服主管这次想了很久才认真地说："恕我直言，我觉得我们现在这种扫描模拟永远也不可能实现 100% 的相似，100% 约等于复制另外一个人的灵魂。"

"我不需要他的灵魂，我只需要制俑师的灵魂。"丁珏按了一下遥控器,关掉了投影仪,面无表情地转过身来,"继续努力吧。"

丁珏转身离开,客服主管追了上去,声音有点儿焦虑,"可是老板,现在的扫描提取意识方法已经出现严重副作用了,上个月就有一个客服出了事……如果再加上分离本人和角色的意识,可能会有大麻烦的……"

"有麻烦也是我的,不是你的。"

赵心雨不太确定自己是怎么从茶水间蹑手蹑脚走出来的,接下来的几天他都过得浑浑噩噩,断片儿的情况越来越常见。有时候他会在楼顶突然"醒"过来,望着楼下的车水马龙,有一刹那的惊悚——也许他潜意识里一直在寻找这种最简单的解脱方法?

曾经,他可以在工作的时候暂时忘记"赵心雨"面临的全部困境,沉浸在制俑师的角色中。他就是那个神秘而优雅的江湖奇人,有着无限的生命,见识过无数的喜怒哀乐。"赵心雨"这样平庸的苦恼又算得了什么呢,甚至不配在制俑师那里换一碗薄酒。

但现在,这些现实的苦恼让那些传奇的人生变得苍白无力。

从前,在面对一个又一个叠加的聊天申请时,他总会有一丝兴奋感,总是发自本能地接续一个新的故事,但现在他只是机械地输入,其间他甚至不知道自己有没有思考过。聊天结束时,他看着那些聊天框,会有一刹那的疑惑——那些文字都是自己想出来并键入的吗?到底是自己在使用AI辅助还是AI在使用自己辅助?现在他还分得清吗?

幸好还有一号富婆,她能认出来,他想,连丁珏也这么认为。

赵心雨换好衣服,从背包里拿出一张请假单,走进了客服总管办公室。

总管从办公桌上抬起头来,看着赵心雨的表情十分烦躁。也许他正在苦苦思索怎么将他那些灵光一现的创意全部偷走。

"我妈妈生重病了。"赵心雨克制住自己一拳揍在他脸上的冲动。

"哦,"总管努力地表达了一点儿同情但还是那么漫不经心,随手签上自己的名字,"需要预支薪水吗?我可以跟财务说一声。"

"谢谢。"赵心雨做出受宠若惊的表情。

这天下班后,赵心雨没有回家。他给秋秋留言说要回老家处理妈妈入院的事。秋秋心烦意乱但并没有怀疑什么,还问了他身上的钱够不够用。

赵心雨拿着预支的薪水到一家汉服店买了一套淡青色的汉服,在一家国画店买了宣纸颜料,又在一家酒庄买了一瓶名声不显但是他刚好知道味道很不错的糯米酒。

明天是三月十五,杭城西湖边断桥下,应该有桃花满径。

他会见到一号富婆吗?

一号富婆和他聊了三年,从天气情况和各种零零碎碎中,他早已猜到一号富婆住在杭城附近。

一号无疑是个富婆,氪金全服第一,大概每个月要在这个游戏里花到百万以上。

在赵心雨的想象中，一号富婆是某个大学毕业就嫁入巨富之家、过着百无聊赖的生活的家庭主妇，又或者是某位大佬金屋藏着的情人。她富有却不太自由，长年累月地在枯寂无聊之中度过，对外面的世界充满了好奇和想象。也许游戏里的那个制俑师是她唯一可以讲述自己想象的对象，他可以感受到她每一天跟自己打招呼时的欣喜，那迫不及待的倾诉欲，就像潮水一样向他涌来。也许现实中不会有人停下来听她的故事，不管是真是假，她只有在制俑师面前才能倾诉所有。

虽然说有钱人的快乐你想象不到，但赵心雨对她其实一直怀着同情，他相信这种温和的接纳是能被她感受到的，所以她那么依赖自己。

如果你在三年的时间里每天都向一个人讲述自己，那个对象不管是人、是鬼，还是个树洞，都会是一个特别的存在吧。

然而，她真的会来吗？

其实一直到这一步，赵心雨还没有想明白自己见到她以后想说些什么。

是的，她只需要把游戏里氪金花掉的钱分出来一点，一点点，就足以把压在他身上的那些沉甸甸的山一样的困境全部移除。

可是，她会这样做吗？

她会尖叫起来报警吗？

自己会被当成流氓或敲诈犯抓起来吗？

三月十五的西湖果然有一个弥漫在薄雾中的清晨。游客们还没到来，断桥上尚无人踪，四下里唯闻鸟鸣鱼跃声。

赵心雨穿着青衫，在湖边支起了画架，画架边搁下小儿，小儿上布置墨彩狼毫，两只斟满酒的瓷盏。他轻呷一口浅绯色的酒液，酝酿了一些勇气，最后用狼毫轻蘸朱砂，重重地描在了面颊上。

水波之中映出他沾着朱砂的面孔，并不意懒，反倒有几分狰狞。

赵心雨知道自己最近的精神状态不太正常，也许陷入了深度的妄想中无法自拔。今天应该什么都不会发生，他只是在西湖边上玩了一把 COS 而已。

就在他这样想的时候，一辆白漆的宾利悄然驰过来，在不远处停下。

车显然是经过特殊改装加宽的，司机拉开后车门，拿出来一把折叠轮椅，接着，一个中年妇女从车上抱下来一个穿着红衣的女孩。

赵心雨的心里哆嗦了一下，手指头仿佛麻木了，一点儿也感觉不到笔的存在，任由那支笔落入砚台中，朱砂溅了满手。

他眼中只有那个女孩，瘦瘦小小的一团，保姆毫不费力地抱着她，将她放在轮椅上。轮椅可能是贴合她身材打造的，并不比一辆童车大多少，但她向着湖面转过脸来的时候，还是能看出她并不是幼儿。

她的脸介于少女和年轻女人之间，但是下肢几乎完全萎缩了，和儿童差不多。

那张脸很瘦很瘦，两只眼仁漆黑而明亮，几乎占据面孔的一半面积,让她的其余五官都失去了存在感。

赵心雨注意到她披在肩头的稀疏短发,毕竟是三月的早晨,风还是有些冷,将头发吹乱扑打在她脸上,让她显得愈发单薄。幸好保姆已有察觉,取过来一顶绒毛帽子要给她戴上,但她拒绝了,四处张望着。

她在寻找什么?

赵心雨出神地看着她,一时间忘了她就是自己今天来的目的。

片刻后他感到了晨雾沁肤的寒意,他觉得自己不应该出现在此处,提起画架转身就走。

"咦,李姐,帮我叫住那位小哥哥。"

声音在风中传过来,零零碎碎的,像是芦苇上的霜花,一阵微风过来,就簌簌地不知去向了。

赵心雨想逃进游客中去,然而眼前已经出现了司机壮实的身躯,他满脸带笑,"帅哥,你是不是忘了东西?"

司机一出手就抓到了他,赵心雨这种日常坐办公室的弱鸡根本不是他的对手,很快就被带到轮椅前。

赵心雨低头,只看到那双明显畸形的腿,穿着白色的短靴和同色的长袜,鲜红的蓬蓬裙下摆在风中空荡荡地飘着,她的声音也似远似近地传来。

"小哥哥,这是你的酒吗?"她指着被赵心雨遗忘的酒水。

赵心雨听到自己在回答:"是。"

"好喝吗?"她显然很好奇,甚至吸了吸鼻子。

"这酒入喉细品,味道有桃瓣在轻雨中坠落的甜美清新,"赵心雨念着预习过的台词，"姑娘要不要喝一杯？"

"李姐……"她用撒娇的语气喊保姆。

"不行，医生警告过……"李姐很专业、很严肃。

"知道啦，不喝了吗。"她嘟囔着，讨价还价，"拿过来点儿让我闻一闻好吗？"

后面这句她说得仿佛耳语，有向往，却更添了一丝轻愁。

李姐经不住她这样的哀求，无奈点头。

赵心雨颤抖着将酒盏递到她鼻端，浅粉的酒液荡漾，她深深地吸了口气，闭上眼。阳光穿透清晨的薄雾，给她过于苍白的面孔均匀地抹了一层粉色。

"小哥哥来湖边写生的吗？为什么还会带着酒呢？"

"因为这个季节的湖影观之有微醺之意，所以需要小酌两杯助兴。"

"你在画什么呢，给我看看好吗？"

那是一幅尚未完工的水墨湖景，青衫少年在桥边徘徊，仿佛在等待着什么。画技并不甚佳，毕竟赵心雨也只是半路出家的业余水平。

"很有故事感啊！"女孩很给面子地赞叹，"画完了吗？"

"其实，并没有。我觉得这幅画还缺点儿什么，但是此间并不曾见到，我才想换个地方。不过，"赵心雨凝望着她，"我想现在我看到了。"

赵心雨用朱砂勾勒出纤瘦的红裙少女，初春的草木巧妙地掩去轮椅，她就像在那些绿芽尖上醉卧的精灵。

女孩笑起来，阳光破雾而出照亮了她的脸，"画家哥哥叫什么？我叫小铃，很高兴认识你！"

赵心雨猝不及防地握到了她伸出来的手，纤细冰凉。

他告诉小铃，自己是一个流浪画家，以卖画为生，游走天下寻找他觉得有故事的画面。

小铃津津有味地听赵心雨讲述他脑补的断桥故事，有时候会发出一连串清脆的笑声。

他们当然聊得很投机。怎么会不投机呢，三年的时间，足够赵心雨知道她的一切喜好。

赵心雨觉得自己鲜明地分裂成了两个部分，一部分是制俑师在与自己最好的朋友共享美好春光，另外一部分是心怀鬼胎的赵心雨患得患失。

他完全丧失了向她表明身份的勇气，并不是害怕被她鄙夷，而是害怕戳破她对这个世界的最后一点儿幻想。

阳光驱散雾气的时候，李姐开始催促她回去。

赵心雨长长地吐了口气，这荒唐又尴尬的半天终于要过去了。就在他手忙脚乱地收拾东西时，小铃突然对李姐说："李姐，我想学画画。"

"你以前也学过，结果呢？成天打游戏！"李姐语气微含责备。

"哎呀，那时给我请的老师一点儿也不好玩，如果是赵老师教我，我一定能好好学的！"她试图用手舞足蹈来加强说服力，但是只能稍稍举起几下手臂，就又委顿落下。然而这一通激动让她累得喘气，面颊上泛起了两团潮红。

李姐最终迟疑地将目光转向了赵心雨。

赵心雨懵懂地上了那辆加宽宾利，觉得自己的计划顺利得过头。小铃似乎过于兴奋了，上车没多久就在李姐的按摩中沉沉睡去。两个小时后，他们停在了远郊的一座独幢住宅外。

下车时司机解释说："小铃肺不好，郊区空气比较好，她哥平时不让她进城的。"

在小心翼翼的搬运中，小铃迷迷瞪瞪地醒了过来，"赵老师呢？"

她的浓浓睡音有说不出的娇憨，赵心雨委实有些受宠若惊，蹲到她的轮椅前，轻声说："我在。"

"呀！"她开心地拍着腿，瞳子瞬间灵动起来，"你真的跟着我回来啦！"

也许在她醒来的瞬间，害怕湖边的相逢只是一场梦境吧。

这会儿已经是正午时分了，赵心雨本来以为小铃要吃午饭，但她突然抽搐了一下，李姐脸色一变，抢过轮椅，推着飞快地跑起来。

赵心雨不知所措地跟在她身后，两名护士飞奔出来迎接他们，责备地问："怎么才回来？"

她们解开小铃的领口，露出脖子上一块颜色不同的皮肤，熟练地将输液针扎了进去。赵心雨在母亲身上见过这种东西，那是一个预埋在皮下的输液港，适合那些需要长期用药的病人。

所有人围着小铃乱成一团，赵心雨不知所措。小铃的面孔抽搐着，但她依然从人头的空隙中向着赵心雨扮了个鬼脸。

用药以后，她很快沉沉睡去。

晚饭时赵心雨才又在餐厅里见到了小铃，她的气色看起来比上午更差，似乎又瘦了一圈。但看到赵心雨时，依然笑得灿烂。

餐桌上摆着两份饭菜。

赵心雨那份是正常的饭菜，小铃面前的是拆骨去皮后切成适合用勺子吃的碎块。

赵心雨问候过她以后吃了两口，鱼虾嫩滑、蔬菜爽脆，显然，食材和手艺都不是他平时能吃到的。

但很快他就发现，小铃的勺子在碗里胡乱搅着，眼睛只是愣愣地看着他。

赵心雨有点儿狼狈，"你怎么不吃呢？不饿吗？"

"我想吃你的那份，"她叹了口气，"一定很好吃吧。"

"啊，难道不是一样的吗？"赵心雨纳闷。

"我这份的食材是我大哥专门包的农庄生产的，"她叹气，"用基因编辑去掉了一些我吃了可能有害的成分，相应的，味道就……"

赵心雨愣了一下，放下筷子，这份丰盛的晚餐变得索然无味。

他想起了游戏里那个白马红裙的女郎，她有一头丰茂美发，无拘无束，远行天下，见识奇人异事，遍尝佳肴美酒。

现在他完全能理解她为何如此投入游戏，那是她向往却不可触及的一切吧。

"对不起，"小铃歉然地笑，"陪我吃饭是件很有压力的事吧？"

赵心雨眼圈微红地摇头。

"其实你不用在意,"她似乎厌倦了玩弄勺子,把它搁到了一边,吐了吐舌头,"我日常是靠打营养液过活的,吃饭就是……意思一下。"

赵心雨终于问出来:"你的身体……是怎么回事?"

"基因。"小铃轻描淡写地回答。

她生下来就无法行走,还非常容易因为过敏或者进食而遭遇危险,医生原本断言她活不过十岁。大哥带她去美国就医,尝尽了各种实验疗法才让她能拖到现在,但那些药物也彻底地摧毁了她的肝和胃。对她来说,很多普通人的美食都是致命的毒物,酒精更是涓滴不可沾。

"我小时候还是喝过米酒的,那时候还期待有一天可以喝到传说中那些烈酒,但是……"她摊手耸了耸肩。

饭后,赵心雨推着小铃闲逛。这是一个充满了童趣的园林,许多花花绿绿的游乐设施点缀在花木间——只是看起来都荒废已久。这辆特制的轮椅能确保她脆弱的骨骼不会遭到损害。

在这样的花园里听她讲述奇奇怪怪的就医经历,有特别强烈的违和感。

小时候她因为频繁的打针哭闹过,但那已经是很多年前的事了,她早已习惯了每天有一半时间在输液中度过。幸好现在有了输液港,毕竟她的静脉血管曾经难倒了最有经验的护士。

"最离谱的一次是医生把我的颅骨掀开了好几个月,说是要扫描我的脑细胞。"她扯了扯自己的头发,"头发就是那个时候掉完的。"

"几个月？"这超出了赵心雨的想象能力。

"吓人吧？"她因为发现吓到了赵心雨而露出得意的笑，吐舌，"感谢大哥终于放弃了，带我回家。现在我只需要每天按时打营养液和止疼针就好。这几年是我过得最轻松的时候。"她长叹了一口气，露出幸福的神色，"除了有点儿寂寞。"

这座宅子名义上是她的家，但是大哥因为工作忙碌很少能回来。工作人员都很好，每个人都小心翼翼地对待她，却都不自觉地回避与她的交往。虽然事少钱多，但年轻人总是待不长就辞职而去。

"也许看到我这样的人这么麻烦地活着，大家都觉得很不开心。也许猫猫狗狗不会嫌弃我，但是医生说我不能接近它们……幸好，我还可以打游戏……"

她努力仰起头看他，调皮地微笑。

赵心雨感觉头皮发麻。

当然，她是知道的，她怎么会不知道呢？

她可是隔着网线和屏幕都能把他和AI区分开的女孩，她的心思纤细敏感得像童话里的豌豆公主。什么都不需要问，她已经洞悉了一切。

她知道自己是为什么来到她身边的吗？

她知道自己那些市侩庸俗的动机吗？

她知道自己只是想把她的依赖变现吗？

他无声落泪，想为自己辩解；又或许应该什么都不说地转身离去，为自己保留最后一丝尊严。

"你是为什么来到我身边的呢？"她却像完全没有察觉那些

洒在她头顶的眼泪,悠悠地说,"我能为你做什么呢?"

他转到她身前,蹲下来,泪眼迷蒙,难以启齿。

她费力地伸出冰凉的手指,轻拭他眼角的泪水,"是钱可以解决的事吗?"

赵心雨只能点头。

她大大地松了一口气,露出夸张的笑容,"原来这个世界上还有钱可以解决的事。"

赵心雨又窘迫又心酸又觉得荒谬。

"过几天我大哥会回家,把你的请求告诉他,为了让我开心他从不在意花钱,不过……请不要现在说出来。"小铃眨巴着眼睛,"我遇到的是制俑师在这个时代的转生,你是来这个世界寻找我、陪伴我的,好吗?"

见面以来,小铃一直是个过分乖巧的女孩,这时她才显出一点儿久病之人的任性。

赵心雨迟疑。

"我知道除了我这个废人以外,大家都很忙碌,但是,我不会耽误你很多天了。"

赵心雨迟钝地咀嚼她话语的意思。

"不会……很多天了?"

"我很快就不会再被这具日益朽坏的躯壳困扰……"她嘴角的微笑中有释然之意。

"不要这样说,你一定会好起来的!"赵心雨小心翼翼地握住她的手,尝试着给她一点儿温暖。

她望着云层边缘最后的那点儿霞光,语气平静甚至有些向往，"那是对所有人都好的事，我期待很久了。"

赵心雨留了下来，就算那位"大哥"什么都不给他，他也拒绝不了这样的请求。

也许从在游戏里面相遇的那一刻开始，就有一种宿命的力量引导着他来扮演小铃的知心密友。

自从那个傍晚的对话以后，小铃再也没有提过赵心雨的现实身份，她是认真地把赵心雨当成制俑师的现实转生看待，赵心雨也很自觉地陪伴她演绎那些脑洞。

小铃是个很有趣的女孩。赵心雨觉得，如果拥有健全的身体，她一定会是个名列影史的演员。很多时候，一朵花、一株草就能让他们度过脑洞大开的几个小时。

赵心雨无法避免地将小铃和秋秋放在一起对比。

有时候他会自问，如果小铃可以活下去，他会愿意永远和小铃在一起吗？

没有任何生活压力，只需要陪伴着她，让她开心就好了。

有时候脑海里会有一个声音说：那太好了！但他知道那是属于制俑师的声音。

更多的时候，赵心雨在计算着日子。一天，又一天，离小铃说的"大哥要回来"的时间，越来越近了。

李姐很满意赵心雨。自从他留下来，小铃偶尔能吃进去一点东西，打针的时候有人陪她聊天，就连以前那么沉迷的游戏都几乎不玩了。

"就是要少玩点儿游戏嘛，对身体不好。"李姐只是习惯性地进行长辈式的唠叨，但这句话说到后半截，总是戛然而止。

小铃不干了，"我身体还能不好到什么样啊？我今天就要玩游戏！"

小铃使起小性子，李姐只是嘀咕了几句，还是打开小铃玩游戏的房间。

里面放着好几台赵心雨熟悉的载具舱，每一台售价都在几十万以上，不过相对于她在游戏里氪金的数目而言，就显得不值一提了。

小铃指了指其中一台，对赵心雨说："来陪我玩啊。"

赵心雨略微迟疑，在这里他没有13号客服权限。

她脸上泛着两团不常见的酡红，"来嘛，我给你一个账号。"

赵心雨没有什么理由拒绝，他像过去很多次一样，熟练地躺了进去。

载具舱的透明壳子缓缓合上，他感受到那些吸盘聚拢过来，桃源陵的影子影影绰绰地升起，渐渐将他淹没——

一切都是如此熟悉、自然，以至于赵心雨感到一丝错愕。

为什么，为什么自己即将进入的，是那个临水执笔的身形？

制俑师的那部分迫不及待要与他合体，但属于赵心雨的意识在这一瞬间恐慌了起来，他疯狂地挣扎，大声呼喊："这不对，出错了！有什么错了！"

他试图中止沉浸的过程，他想按下紧急脱离按钮，那个淹没他的世界似乎缓缓地退去了一些。

他眼前再次出现游戏室，透过载具舱的玻璃壳，他看到了小铃。小铃微皱眉头，嘟着嘴，满脸不甚满意。

"放我……出去……求……你……"他用尽全力呼喊着，可是声音被无尽的黑暗吸纳了。

游戏室的门打开，李姐躬了躬腰，接过一个男人的大衣。小铃转身面向那个男人，露出笑容。

男人扶了扶细黑框眼镜，冷漠的面容变得柔和起来，走到小铃身边，轻轻拥抱了她。

他们一起转过头，看向载具舱中的赵心雨。

赵心雨直到此时才发现，他们有如此相似的眉眼轮廓。

许多记忆碎片像成吨的细沙一样兜头倒下。

"不，还是有玩家会发现。尤其是那些核心重氪的玩家，你提供的服务品质低一点点，都会导致核心玩家流失。"

…………

"但是你能让客服永远留下来吗？"丁珏专注地盯着屏幕上的那些波纹问，"如果13号离职呢？"

…………

客服主管这次想了很久才艰难地说："恕我直言，我觉得我们现在这种扫描模拟永远也不可能实现100%的相似，100%约等于复制另一个人的灵魂。"

"我不需要他的灵魂，我只需要制俑师的灵魂。"丁珏按了一下遥控器，关掉了投影仪，面无表情地转过身来。

…………

"过几天我大哥会回家，把你的请求告诉他，为了让我开心他从不在意花钱,不过——请不要现在说出来。"小铃眨巴着眼睛,"我遇到的是制俑师在这个时代的转生,你是来这个世界寻找我、陪伴我的,好吗?"

"哥哥,他不陪我玩!"

"没事,我来和他谈谈,他会知道自己应该去哪里。"丁珏的声音非常温柔,因此听起来非常陌生。但那依然是他的声音,不会有错,那种用最简洁的字眼说出掌控一切的声音。

"可是……"小铃的声音有一点迷茫,"他是不是不太愿意?"

"那是属于你的世界,也会是他的。你们会在那里过上最幸福的生活,他怎么会不愿意呢?"

轮椅的声音渐渐远去。

不知过了多久,赵心雨努力地睁开双眼,他眼中满是血丝,声嘶力竭地呼喊着:"不,不,不,那不是我的世界!"

丁珏俯视着他。

天已经黑了,室内没有开灯,丁珏整个人好像完全隐身在黑暗中,只有黑框眼镜后面冷漠的双眼闪着幽亮的光泽。那双眼睛让赵心雨想起自己给小铃讲过的故事。小学徒从泥土中醒来,伸出化为白骨的手努力扒开泥土,俑人舞姬将他从泥土中拉出来。他看到了星星在遥不可知的黑暗中闪烁,他以为自己看到了天空,然而那只是地陵顶上的夜明珠。

这一瞬间,他明白了一切——桃源陵是什么,而自己又是什么。他越发惊恐起来。

为什么一个那么美丽的地方，要以陵为名。

"求求你……放过我……"他听着自己发出的声音，那不像是从他喉咙里发出的声音，更像是墓地的孔窍中不明来由的尖啸。

"你害怕什么呢？"丁珏轻叹，"你突然请假走人，我还以为你逃走了。没想到，你选择的是来到她身边，所以你应该明白了，这就是你的命运。你注定要成为她的……"

俑人。

"拿走制俑师！求你……"赵心雨哀求，"放过我……"

"分离的计划一直不太成功。"丁珏摇了摇头，他眼神中似乎真有歉意，"但小铃的时间不多了，我不能让她一个人孤零零地去到桃源陵。"

桃源陵是丁珏为小铃打造的赛博时代的豪华地陵。

这个世界是小铃向往却不可体验的一切。

赵心雨可以想象丁珏设计这个游戏时，每一张设计图、每一句对白，都会交到小铃面前讨论。他们一起用欣喜的目光看着这个世界一点点成形，向往着小铃正式入住的那一天。

在摆脱了折磨她十多年的肉体以后，她将成为那个一直想成为的女侠。她美丽妖娆，有一头丰茂的及腰长发，纵马走天下，看四时风景，品美酒美馔，被她所喜爱和向往的人陪伴。

而自己，是随之葬入、将在死后的世界里取悦她的那些俑人——之一。

"不、不……秋秋！妈妈——"赵心雨用最大的意志力抗拒，摆动起身体，那些吸盘轻微地晃动起来，但每一下晃动都让他感觉到天旋地转。

"她们真的需要你吗？"丁珏带着一丝怜悯看着他，"你妈妈更需要的是一笔可以让她活命的钱，而你的女友……如果你消失了，她只会如释重负吧？她终于不必主动向你提出分手了。"

赵心雨感觉脑子都要炸裂了。那些痛苦太真实，他无法反驳，甚至想获得一些"断片儿"的时间，让他可以稍稍喘息。

"小铃才是这个世界上唯一需要你的人！去吧，和她一起去那个新的世界吧。"丁珏平静的讲述中有无限的诱惑，"去守护她，去爱慕她，去做她最好的朋友——对你来说，那不也是最快乐的事吗？"

随着他的话语声，赵心雨觉得眩晕感渐渐远离了自己。

他的身体一点点沉下去，他回到了桃源陵的河边，在制俑师的身体里，微笑地接待着面前的顾客。

"不，不，那不是我，我是赵心雨！"赵心雨脑子里还有一处角落是清晰的，但他什么也做不了。制俑师神秘又温柔，看淡世间事却还有一丝学徒般的青涩，向每个人讲述他们想要的那种似真似假的故事。有时候看着道路上匆匆来去的人，他目光中有一丝忧郁，仿佛在等着那匹飞扬的白马蹄染桃晕而来。

那不是他，但又分明是他，是他的神情、他的叹息，还有他的期待。除了心底深处的那一点固守，他已经什么都不剩了。

赵心雨不知道自己坚持了多久，或许有好几年，又或许只是几个小时，他已经非常疲惫了。

有这么一天，蹄声嘚嘚，清脆如同少女的笑声，那个红裙长发的女郎好像走过了千山万水，回到他的身边，向他伸出手。

她回来了，她还是那么美，但又好像有点儿不一样了。似乎刚刚有一层露水落在她乌黑黑的刘海、雪白的面庞和灵动的嘴角上，让她焕发出晶莹剔透的光泽。她从来没有这么鲜活、这么快乐、这么深情过。

"我回来了！好久不见啊！"她的笑容像整个山谷的桃花在面颊上绽放。

这一瞬间，赵心雨灵魂最深处的那点儿固守终于消融无踪。他再没有分毫挣扎，甚至忘记了自己为什么要张皇无助地抗拒。眼前的笑容就是他能想象到的最美丽的风景，他迫不及待地伸出手去，与那只纤纤玉手紧紧相握，细滑如水的触感传来。他知道自己握住了曾经幻想过的一切传奇。

处理完赵心雨的身后事已经是初秋。秋秋听着窗外寒蝉凄切，感到身和心都是空落落的。

赵心雨在请假后消失，几天后尸体从西湖中打捞出来。所有证据都清晰地指向他是自杀的，过劳死、抑郁症和都市年轻人的压力又在媒体上了一阵儿热门。

爱丽丝公司慷慨地给了一大笔抚恤金。据律师说，就算打官司，这种公司没有明显责任的案子也不可能拿到更多了。秋秋身为一个名分未定的女友，也无法再去深究什么。赵心雨的母亲拿走了那笔钱续命，十分大度地表示他的私人物品就随秋秋处理了。

秋秋的家人松了口气。不管怎么说，秋秋不再和这个只会拖累她的男人捆绑在一起了。尽管他们多少觉得赵心雨的抚恤金秋秋有资格分一部分，但也没有在此事上过多纠缠。

今天，秋秋终于开始处理出租屋里赵心雨的那些遗物。她已经退了房子，明天就要回家了。

家里给她安排了稳定轻松的工作、知根知底的相亲对象，她的人生应该会更好吧。

秋秋挑选着赵心雨的电子产品和书，过去她总是抱怨他将时间和精力都花在这些东西上面，现在她却每一件都舍不得扔掉。

在收拾电脑时，她想起那个消耗了他最多时光的游戏，那里面有个叫"制俑师"的NPC，台词是他写的模板。也许那是他还能留在这个世界上为数不多的痕迹。

秋秋登上她以前创建的账号，想再看一眼制俑师，听他说说话。

城市非常繁华，玩家来来去去跑得飞快，各自奔向自己的前途，没有人会关注一个一级的新号。

秋秋逆着青渠而上，来到城门，她的目光被那幽谷前盛开的桃林吸引。

簌簌而落的桃花下，长眉凤目的制俑师正握着一名红裙少女的手，白毫轻蘸翠墨，为新捏制的金狸点上碧绿的双目。

"哎呀！点歪了！"少女似乎在偷窥他耳上的银环，心不在焉，那金狸的一只眼瞳顿时点得高了些，显出一种又是吃惊又是蠢萌的神态来。

"可是更可爱了呢！"制俑师取下笔，两人一起捧着金狸，端详它的眉眼。

绿波盈盈,红霞满天,他们的面颊离得很近,都被霞光染红了。

秋秋停住脚步,久久地看着他们,感觉又是甜蜜又是酸涩。

她和赵心雨一起看过那么多日升日落,从今以后,都只能在记忆中寻找了。

"很可爱,是吧?"有人在她身边说话。

她吓了一跳,转过头去。那是个身着黑衣、戴斗笠的男人,满身风霜,眼角纹深如刻,看着那一对的时候,却露出极其温柔的笑意。

他的话不知道是自言自语,还是在对秋秋随口一言。等秋秋找到发送聊天的按键时,他已经萧然远去了。

丁珏合上笔记本电脑的盖子,打开放在身边的酒瓶,将一瓶茅台洒在新筑的墓碑前。

高度烈酒的芬芳弥漫在空中,洁白的没有过多装饰的墓碑上只有简单的一行字:

丁铃之墓,卒年十九,兄丁珏立。

碑顶上嵌镶照片的地方,是红衣长发女郎的瓷雕,她的笑容灿烂夺目,不染一丝阴霾。

现在,小铃和她爱的俑在一起,桃源陵的夕阳不会落下,他们的快乐也不会有尽头。

游隼向西飞行

杨晚晴

《科幻世界》2023年04期

杨晚晴

科幻作家，中国科普作家协会会员。在《科幻世界》上发表过多篇作品，曾获银河奖、华语科幻星云奖等多个奖项，作品数次入选《中国最佳科幻作品》。代表作有《蜂鸟停在忍冬花上》《塔》等，出版有个人作品集《归来之人：杨晚晴中短篇科幻小说集》。

走着走着，就走到了新疆。这是一场漫无目的的逃离，梁鸢和薛继东沿连霍高速驾车自东向西，本来计划在兰州折返。在高速公路休息区，梁鸢搭上了一辆从山东寿光拉蔬菜到乌鲁木齐的大货车。开货车的是一对四十来岁的中年夫妇，他们显然对一个二十多岁年轻姑娘的搭车请求毫无接受或者拒绝的经验，趁他们犹豫的当儿，梁鸢爬上了车。那时她已经决定，无论命运将她带向何处，她都会欣然接受——只要远远离开薛继东就好。

　　在后来二十多个小时的旅程中，货车夫妇对她的态度，与其说是客气，不如说是敬畏：这位年轻姑娘美丽、修长、清瘦，浑身散发着轻盈的气息，和货车、奔波的情境格格不入。他们小心翼翼地用浓重的山东口音与她说话，请她在驾驶座后的卧铺上休息，不停地塞给她各种瓜果零食。

　　车轮滚滚向西，在旅程的多数时候，梁鸢沉默不语，只是把目光投向窗外，看着地平线在温煦的春光下向无尽远处延伸。和城市的逼仄相比，西部的天地放大了许多倍，梁鸢的目光很快就在大片大片的蓝色、绿色、白色和棕色中失去了焦点，她开始有种静止不动的错觉。这让她想起小时候，当父亲开车带她去另一个地方学习、竞赛、做客、吃饭，去做一切她不喜欢做的事时，她总希望旅程没有尽头，车就这样永远开下去，这样她就不用去面对生活中那些沉重而烦琐的意义了。

就像鸟儿一样自由。

偶尔会看到那些天空中的精灵：凤头百灵、欧鸽、黄嘴山鸦和成群结队的紫翅椋鸟，也有猛禽，诸如秃鹫、草原雕。这时梁鸢会从她的背包里掏出观鸟镜，或长久或短暂地注视。这让她在货车夫妇的眼里更显神秘，他们早已对道路之外的事物熟视无睹，想不出来天空中有什么值得追寻。

时间匆忙向前，车轮也追不上夕阳，天黑得虽晚，但终究是黑了下来。在休息区吃过晚饭后，一行三人继续上路，向夜的深处疾驰而去。大哥矮壮敦实，脸颊上爬满粗硬的青色胡茬，一笑便露出满口的黑牙。在征得梁鸢的同意后，他开始一根接一根地抽烟，听"动次打次"的电子舞曲"提神"。大哥不好意思地笑笑，然后就不说话了。梁鸢用眼角打量他，简直就是薛继东的反面，如果人非要有一个伴侣的话，她一定会毫不犹豫地选择薛继东吧。

但是人为什么非要有一个伴侣呢？

到后半夜，换司机大嫂开车。她关掉车载音响，摇下车窗，让夜风呼呼地灌进驾驶室，直到烟味散尽。梁鸢渐渐模糊的感官又变得敏锐起来，她看到满天繁星之下被车灯渐次点亮又复归黑暗的道路，男人的鼾声如阵阵滚雷在身后炸响，清甜的果蔬香在微凉的空气中慢慢浮起。谁能想到，就在十几个小时之前，她和薛继东才刚刚完成了一场葬礼，正准备继续回到他们舒适而又乏味的生活。

谁能想到呢？

"咳,妹子……"是司机大嫂在说话,她的脸微微撇向梁鸢,"你这是,失恋啦?"

梁鸢愣了一下,"是吧。"

"嗐,这么好的姑娘……男人都是有眼无珠。"

梁鸢有点儿想笑,她偷偷瞄着大嫂,粗壮的小臂牢牢把着方向盘,腰身圆润胸部丰满,侧脸的线条刻满岁月给的麻木与坚毅。

"凡事要想开呀,"大嫂又说,"要是有什么困难……"

"没有啦。"她有些粗鲁地打断,"我只是需要弄明白一些事情。"

"哦。"

沉默。十几个鼾声的间隔之后,梁鸢低声说:"游隼。"

大嫂扭头看她,车身轻轻摇晃了一下。

"埋葬毛毛的时候,我看到了一只游隼。"她自顾自地往下说,不在意听者是否能够理解,"它在天空中盘旋了几圈,然后向西飞行。"

"哦。"

"所以我就在这儿了,"她卷起嘴角,"搭着你们的车,去向未知的远方。"

"妹子,你在追那个游什么……"

"游隼。"美丽的猛禽,轻盈的猛禽。她是在追逐那只游隼吗?也许吧。梁鸢想,一个人总要追逐什么,哪怕追逐的只是虚无。

"哦。"

谈话到此结束,司机大嫂吸了吸鼻子,重新回到她眼前的道路。睡意漫了上来，所有的摇晃、声响、气味和暗弱的光，都让梁鸢感到倦怠和安全。她合上眼，货车仿佛向着永恒驶去。

第二天下午，他们到了乌鲁木齐。分别的时候，司机大嫂告诉她，这是他们跑的最后一趟长途运输，排放税收得太高，已经赚不着钱了。又给她留了个手机号码，说既然有缘一路同行，也算是亲人了，在外面要是有什么难处，可以打这个电话，到了山东，要记得来找他们。对于夫妻俩的好意，梁鸢照单全收——接受总比拒绝要轻省许多。

分别之后梁鸢才打开手机，几十条信息堆了进来，都是薛继东发来的。她回了电话，对两千千米外失魂落魄的男人说："对不起，一切都是我的错……再见。"

挂电话以后，她就把对方拉黑了。如果说行动也能促使人思考的话，那么在这一路，她想明白的一件事就是：薛继东很好，可她并不爱他。

她短暂地安顿了下来，逛大巴扎①，在五一星光夜市里吃烤肉、喝"大乌苏"，在清晨和黄昏竖起耳朵捕捉风中的祷词，如同捕捉经久不散的乐音。也看鸟，麻雀、鸽子，偶见黄喉蜂虎和粉红椋鸟。城市里的鸟儿入乡随俗，它们调低了羽毛的饱和度，飞行姿态迅猛凌厉，自然而然地融入灰色的水泥丛林之中。

市区里待了几天，梁鸢想起自己此行的目的，或者莫如说，是司机大嫂赋予她的意义。于是，她跑到博格达峰脚下的柴窝堡湖，一个人吮着依旧清冷的空气，长久地发呆，在天空中寻找想象中的黑点。湖水碧蓝，雪山掩映下的湿地里，一只落单的灰

---

① 新疆维吾尔等民族对商业街、集市的称呼。

鹤踽踽独行，电线杆上有红隼停留，小鸟叽叽喳喳的求偶声在芦苇丛中响成一片。在这里，梁鸢意外碰到了本地鸟类协会的人，他们个个长枪短炮，正计划集体去往北部的阿尔泰山观鸟。领头人叫马悯农，高个儿，阔脸，普通话字正腔圆。聊了几句之后，梁鸢就和他熟络起来——观鸟人有共通的语言，他们靠着这门语言确认彼此。所以当这位年轻美丽、有共同语言的姑娘请求与他同行时，他想都没想，就答应了下来。

于是逃离继续。梁鸢坐马悯农的车，老款普拉多，有年头了，颠簸起来吱吱嘎嘎地响。

中年男人说："对于观鸟人来说，这是一个最好的时代，也是一个最坏的时代。最好的意思是什么呢？就是你能在新疆看到许多以前看不到的鸟种。比如刚才我们车队停下来看的，应该是纹喉凤鹛，典型的东洋界的鸟，以前最北的目击记录在陕西。它怎么跑到新疆来了呢？很可能是因为气候变暖，气候变暖带来复杂的连锁反应，鸟的迁徙和分布只是反应的一个环节——所以这也是最坏的时代，有些鸟你看不到了，也许是栖息地发生了变化，或者迁徙路线发生了变化，也许根本就是灭绝了。"

连锁反应。听到这里，梁鸢心念一动，她想起自己为什么会踏上旅途，因为气候在加速变暖。根据薛继东的推测，国家很可能就要实施碳排放"休克"战略，届时，长途旅行将变得十分困难。其实连锁反应早已发生，那是北京一年热过一年的夏天，是反复无常的晴雨、飙升的电价油价、废弃的工厂和建筑工地，是司机大嫂口中高昂的排放税。似乎每个人都心知肚明，地球精密的大气系统崩溃在即，严格的碳排放政策势在必行。

似乎每个人都心怀侥幸。

"鸢儿，这可能是我们能够自由旅行的最后机会了。"薛继东如是说。梁鸢记得，说这话的时候，他雾蒙蒙的眼神里有一丝平静的绝望。

正好，梁鸢刚刚博士毕业，正踌躇着未来的人生。一场旅行，有何不可呢？

"小梁，"马悯农的声音闯入了她的追想，"我们快到了。"

她抬起头，情不自禁地一阵战栗。从喀木斯特到富蕴再到阿克恰勒，一路蜿蜒向北，阿尔泰山愈发壮阔，此刻更是占据了她大部分视野。在她眼前的，是向天空突起的连绵的地平线，棕色和绿色交杂，白色的山尖衔着低垂的云层。

如果薛继东的推测正确，这里可能就是她此生能够去到的最远的地方了。

她低呼一声。

马悯农却在叹气，"雪线又上升了啊，往年的五月……"

她转头看他。

中年男人伏在方向盘上，轻轻摇头，"今晚我们在阿勒泰休整，明天进山。"

那天夜里梁鸢入睡极快，随后一直流连在同一个梦中——她依旧在追逐那只游隼，她看到它凝固在天空中，猛禽之上和她的脚下是黑漆漆的宇宙。她在梦中清楚地意识到，她已经来到了世界的尽头，逃离至此终结，所有关于意义的争论也应当在此处终结。

她感到前所未有的轻松。

一觉天亮。事实上,梁鸢是被窗外的嘈杂声吵醒的。她顶着沉甸甸的脑袋踱到窗前,看见宾馆的住客们正用手指向天空,叽里呱啦地说着些什么。抬头,窗外的景物看不真切,但足以让她瞬间清醒。她披着外套,穿着一次性拖鞋奔下了楼。人们齐齐扬着头,朝向太阳,如同簇拥在一起的向日葵——他们注视的东西就在日出的方向,它飞得那么高,却又异常鲜明地驻留在所有人的视野之中。很快,这个半透明、带两根鞭毛的浑圆球体就会被人们称作"母舰",但在此刻,没人知道它是异常大气现象、秘密实验、敌国入侵还是神的救赎。他们或兴奋或恐惧地议论着,丝毫没有意识到,他们熟悉的世界已经在这一天终结了。

一同终结的,还有梁鸢的旅程。

要找到薛继东并不难,这几年,他经常出现在官方科普视频里,大小也算个名人。语音通信链路的另一头,这位名人稍一迟疑,便答应了梁鸢见面的请求。见面地点是王府井的一家咖啡馆,梁鸢步行前往。

七月的周日午后,街道上人流如织。它们来了之后,北京夏日的酷暑缓解了许多,不过澄澈的蓝天也很难见到了。在前"休克"时代,碳排放被严格控制,那时鲜有雾霾,天空总是瓦蓝瓦蓝的,阳光在这片空旷的瓦蓝中锋利如刀,割在大地和人的身上,嗞嗞作响。梁鸢在阿勒泰醒来的那天,母舰也出现在北京上空,它喷出小小的浮粒,如同喷吐烟霭,仿佛顷刻之间,"烟霭"就弥漫了整片天空。

"……完美的球形。"科普视频里的薛继东微笑着对观众们说，"直径三十四微米，半透明，长有两条鞭毛。我们叫它们'浮粒''外星蜂群'或者'平流层微生物'。难以计数的浮粒飘浮在平流层之上，如同一顶阳伞，将太阳给予地球的能量部分归还给宇宙，从而导致了气温的下降；另一方面，对阳光的全波段散射呈现在人类眼中，就是大家头顶无边无际的灰白色……好了，本期节目到此结束，亲爱的观众朋友们，咱们下期再见……"

天空这样灰着脸，已经有十年了啊。梁鸢推开咖啡馆的玻璃门。

"梁鸢。"卡座里的薛继东朝十年后的梁鸢招手。

她的脸颊跳了一下，快走几步，在他的对面落座。薛继东的眼睛隐蔽在黑色的镜片后面，鼻翼和嘴角旁有深邃但不凌乱的皱纹，灰色的POLO衫干净熨帖，肩膀宽阔，露出的半截胳膊修长、结实，没有一丝赘肉——的确是镜头会偏爱的皮囊，梁鸢想着，用手指拢了拢头发。

"如果不看照片，我想不起你的样子。"薛继东说，声音低沉，略沙哑，没有视频里动听，"见到你之后，我就纳闷儿自己为什么会想不起来。"

"十年了，想不起来也是正常的。"她讷讷地应了一句。

"都十年了吗？时间过得真快。"

薛继东手肘撑在桌上，半晌不语，墨镜后的目光刺得梁鸢脸颊发烫。别问，她在心里暗暗地说，别问那个问题。

"你过得好吗？"

梁鸢轻舒一口气，"还好。"

还好。活着。没出过意外，没生过大病。母舰降临之后，观鸟活动自然泡汤，马悯农将她带回乌鲁木齐。那段时间由于不清楚平流层中的浮粒对飞行安全的影响，民航停运，她坐了三十个小时的火车返京，在车上一通没日没夜地狂睡，下车时，整个人都脚步飘忽，形如梦游。回到北京之后，在鸟类研究所找了一份工作，一直干到现在。虽然依旧迷茫，不过她已经三十六岁了，迷茫不再构成逃避生活的借口。

梁鸢有时会想，生活就是人与人结成的一张张巨网，关系密切的人互为经纬，彼此束缚也彼此承接，任何人的突然抽离都会破坏本来稳固的几何构型。十年前她的不辞而别，一定让曾经稳居网上的薛继东摔得鼻青脸肿吧？所以，像她这样的人接受生活的招安也未尝不是一件好事，这意味着，在她的身边不会再出现和薛继东一样的受害者了。

从外部性的角度来看，岂止是还好。

"什么嘛，"男人的身体猛地向后一仰，带着惯性前后摇晃，"我还以为你多少会有点儿寝食难安呢！你知道我这十年是怎么过的吗？"

梁鸢一怔，还来不及变换表情，就听薛继东说："开玩笑开玩笑，没有指责你的意思。外星人都来了，普通人那点儿儿女情长又算得了什么？"

她抬起咖啡杯，用嘴唇裹了裹温热苦涩的液体。

薛继东停止了身体的摆动，低头，从墨镜上方的空隙翻眼看她，"礼尚往来一下嘛，问我过得好不好。"

"你，过得好吗？"

"还好。你知道，我就是那种循规蹈矩的人。相亲、结婚、生子、买学区房，一样不落。非要说和别人有什么不同的话，那就是我有一个像鸟儿般飞走的前女友，有一桩鸟儿般飞来的事业。"他将脸转向窗外，"不怕你笑话，你走的那几天我浑浑噩噩，都不知道自己是怎么把车开回的北京。不，不是难过，而是想不明白……梁鸢，我想这应该就是命运。薛继东这个男人注定要和他永远无法参透的事物打交道，无论是你，还是天上那些东西。"

梁鸢勉强笑了笑，"我还以为你非常了解飞羽呢。"

"飞羽？"

"就是浮粒，飞羽是我自己的叫法。"

薛继东把脸转了回来，墨镜后的目光在梁鸢的想象中弥散着。"飞羽。飞——羽——很诗意的名字，典型的梁鸢风格。"他说，"也许我应该在视频里推广一下——哈，看你紧张的，开玩笑的啦。"

又一阵沉默，两人各自端起瓷杯。咖啡快要见底，梁鸢想，我们却还在旧时光里兜转，就像一对刚刚争吵过的男女朋友，怀着恼恨、恶作剧和了解彼此的渴望。

"外壳由比富勒烯还要复杂的碳基分子构成，对光敏感，会随着光线的变化在透明和不透明之间转换，靠两条鞭毛移动和维持高度，被捕获后会迅速丧失活性。这就是我们目前对浮粒，或者说飞羽的全部了解。"片刻之后，薛继东放下咖啡杯，"它们如何新陈代谢，如何繁殖，如何思考，如何协调彼此的行动——最重要的，它们的目的是什么，我们一无所知。"

"不都说，它们是来拯救人类的吗？"

"我持怀疑态度。"薛继东撇下嘴角，"梁鸢，在你面前，我可以不必伪装成视频里那个微笑天使。它们刚来的时候,的确将人类从迫在眉睫的气候灾难中拯救了出来,但我们曾经做过计算,全球低云量增加4%,其降温作用将大于二氧化碳倍增产生的温室效应——强火山喷发到平流层里的火山灰和气溶胶也可以起到削弱太阳辐射的效果。但云是会散的,火山灰和气溶胶是会被平流层纬向风带走最终落回地面的。"

梁鸢不自觉地看向窗外,"它们不会。"

"没错。"薛继东压低声音,"十年,它们不知疲惫地反射阳光,按照现在的降温速度,要不了多久,地球就要进入下一个冰川纪了。各国都在采取行动,导弹、飞机捕获、大功率激光,只不过都不敢大张旗鼓,原因你懂的。"薛继东的双臂撑在桌上,身体前倾,"但是,如你所见,浮粒的数量并没有减少——如果不是增多的话。"

"所以唯一的思路就是,把它们消灭?"

薛继东苦笑一声,"要是能够对话,谁会选择暴力?"

梁鸢默默看了他一会儿,"薛继东,你最近抬头看天了吗?"

"什么意思?"

"陪我去趟西山吧,如果你方便的话。"

男人墨镜之上的额头皱了起来,"梁鸢,我还以为,你找我出来只是叙叙旧。"

"就只是叙旧。"梁鸢寂寞地笑了笑,"我离开之后,你有多久没去观鸟了?"

对于浮粒的到来以及展现出的行为,科学家们自有他们的解释,一个不含目的论(至少不是上帝及其子民的目的论),因而更加漠然的解释。在这个解释里,人类不过沿着另一条路走向厄运。

只是很少有人愿意相信这个解释罢了。

"最好的猜测是:浮粒是一群有着简单行为逻辑的外星微生物,只知道最大限度地攫取阳光的能量,并且在夜晚尽可能减少能量的散失——这个假设完全不需要更高的智慧或者上帝,就能完美地解释它们表现出来的行为。"缆车的对面,薛继东用食指搔着鼻翼,"还有可能,它们是某种微型机器人,或者内置了简单行为指令、能够自行移动的光逻辑门,正在为即将到来的外星文明营造更加舒适的气候,一个比现在稍微凉快那么一点儿的气候,它们根本不在乎对流层里的生物会受到什么样的影响。"

"确实比上帝更有说服力。"梁鸢评论道。

"相信什么是一回事,怎么做又是另外一回事。"薛继东说,"梁鸢,现在你应该能体会到我这几年的痛苦了吧。我的工作是借理性的名义平复人们的恐慌,但历史一再证明,在面对恐慌时,冰冷的理性于事无补。"

你的痛苦来源于责任与理性的相互拉扯吗,就像十年前那样?梁鸢想问,却没有问出口。

下了缆车,几步就到观景台。此时离层林尽染的秋天还远,他们身边游客寥寥。薛继东终于摘下墨镜,猛眨几下眼睛,带着重见天日的快意。他茶色的虹膜依旧透亮。

他说:"刚谈恋爱那会儿,你经常拉我过来观鸟。"

"这几年我自己也会来,北京上空的鸟又多起来了。"天坛公园的戴胜和椋鸟；玉渊潭的鸳鸯和绿头鸭；西山山头上，黄栌和枫树染红的秋色中的猎隼和雀鹰。它们来了之后，鸟儿的活动在回归正常。

虽然"正常"也可能只是暂时的。

他抬起头，望向天空深处，"我好像看见了，那是什么，雕吗？"

沿着他指的方向看去，梁鸢摇了摇头，"雕的飞行姿态是非常稳定的，这只飞得飘飘摇摇，应该是黑鸢。"

"鸢。"

薛继东意味深长地盯着她。接着，男人轻描淡写地笑了笑，说："开始了。"

开始了。时近黄昏，浮粒开始聚集，被夕阳烧得发红的蓝天终于一点点显露出来。少顷，浮粒聚成了一片片纤细的云彩，在高天之上泛起七彩流光。"这些绚丽的云朵飘浮在平流层之上，"视频里的薛继东说，"由于阳光的衍射作用，贝母云具有像彩虹一样的色彩排列。这一奇观原本属于高纬度地区，是浮粒让我们可以在华北平原上大饱眼福。观众朋友们，除了贝母云之外，浮粒带来的奇景还有同样罕见的'晕'和'华'，欲知详情，请听下回分解……"

"不只有理性，"梁鸢喃喃道，"还有美。"

薛继东转头。

"看那里。"她扬起手臂，指向天空中与贝母云格格不入的银色硬块。

薛继东眯起眼睛，"什么，看不清。"

她从背包中掏出墨绿色的星特朗观鸟镜，一番调试后塞到薛继东手中。后者将一只眼睛凑到目镜前时，她在一旁解说："几天前这个东西就出现了。白天它隐没在浮粒中，不太容易看见，黄昏的时候就很明显了。当然，如果只用肉眼的话，你也看不清它的结构。"

"这什么玩意儿？"依旧抬着观鸟镜的薛继东瓮声瓮气地说，"浮粒的卷曲程序出错了吗？"

"不是程序出错。你看到的东西，我研究了十年。"

薛继东放下观鸟镜，惊愕地瞪着她。

"薛继东，"她撩了撩额前的垂发，"你还记得毛毛吗？"

毛毛是一只灰绿色、体形硕大的新西兰啄羊鹦鹉，把它带上那一段旅程时，梁鸢已经养了它十三年。这只不会说话的鹦鹉极其聪明。它会乐此不疲地搭建和推倒儿童积木，会用它弯曲的喙在家里四处搞破坏，最常遭殃的是书和鞋子，后来则是薛继东车上的真皮座椅。还会跟梁鸢开一些无伤大雅的小玩笑，比如把她的发卡或者袜子藏起来，会围在她脚边撒娇似的索要食物，也会发出高高低低的叫声，传达它的想法和情绪。

可是薛继东不喜欢它。那时的薛继东有一种天然的骄傲。这位气象专业的高才生在国家部委工作，风华正茂，前途无量。他瞧不上智力不如自己的人——尽管在小心翼翼地掩饰——更何况一只鸟儿了。

"嗟，傻鸟，来食。"

"毛毛才不傻！"

一开始，每当薛继东以这种调侃轻浮的语气向鹦鹉投喂肉块和花生米时，梁鸢都会气鼓鼓地纠正。在多次纠正无果后，她放弃了。如果一个族群中的智力优越者都不能以一种开放的心态看待智能的不同范畴，其他成员就更难了。的确，在抽象思维、使用工具、表达情感等方面，毛毛是人类智能的拙劣模仿者。但如果鸟类也有它们自己的智力评价体系，那么人类在高速反应、辨别方向、识别湍流、记忆地点上，又能得分几许呢？

"我当然记得毛毛，"十年后的薛继东对梁鸢说，"当时你坚持要带上它一起旅行，是不是有某种预感？"

梁鸢一怔。无论从哪个角度看，毛毛都更像一个时刻需要被照顾的孩子，而非可以彼此支持的旅伴。确实没有理由带上它，当时的执拗，难道真如薛继东所说，是出于某种预感？那么薛继东呢？为什么明明那么讨厌毛毛，却还是答应了她？

两个人到了山脚，天在这时彻底黑了下来。预约的无人电动车还没到，他们在游客接待处站着聊天。星子正爬上天幕，"贝母云"镶嵌在银河之中，如同这雄伟星系的点点黑斑。

"埋葬毛毛不久后你就不见了，可把我吓坏了，以为你是一下子想不开。"薛继东双臂抱在胸前，"人生地不熟的，你还一直关机，我差点儿报了警。"

"对不起。"

"嘻，说对不起就没意思了啊。"薛继东摆了摆手，"不是有正事儿吗？"

对，正事儿。天空的那个硬块。一切都和毛毛有关。毛毛死在甘肃省定西市，这本是两人一鸟旅途的倒数第二站。前一天晚上还好好的,第二天醒来就见它直挺挺地躺在特制的便携式鸟笼里。说它"好好的",其实也不尽然。梁鸢记得,那天晚上入睡前,毛毛一反常态,迟迟不肯从她身边离开。它沉默的眼神中似乎有某种东西,某种深邃、急切又悲哀的东西,需要在时间中站开一段距离,才能穿越浓稠的记忆迷雾,触摸到那个眼神的真正寓意。那天晚上的情景总是让梁鸢想起另一只鹦鹉,一只名叫亚历克斯的非洲灰鹦鹉,它曾经被认为是世界上最聪明的鸟儿,拥有堪比灵长类的智力。这只鸟儿在三十一岁时突然死亡,在死去的前一个夜晚,它的主人把它放回鸟笼时,它还对她说:"乖乖的,明天见,我爱你。"

毛毛是不是也预感到了什么,只不过它不会开口言说?

那天,他们将毛毛葬在小城郊外一棵云杉树下。透过蒙眬的泪眼,梁鸢看到薛继东的脸上,竟然带着真实的悲伤;透过蒙眬的泪眼,梁鸢看到一只游隼向西飞行。

——之后便是逃离,逃到新疆,逃到往日世界的终点。

"我可不可以这样理解,"夜有些凉了,薛继东的手掌在小臂上摩擦,"毛毛是连接你和世界的一条纽带,这条纽带断了,你就可以飞得远一些?"

梁鸢叹了口气,"我不知道。"

"好吧。"

"但毛毛确实和我后来的选择有关。"梁鸢把脸转向薛继东,"回到北京后,我就进了鸟类研究所,我的主要研究方向是鸟类的智力。"

"鸟类的智力……"薛继东喃喃道。

她笑了笑，"毛毛才不傻。"

薛继东愣了一下，然后尴尬地挠了挠头。

"为了飞行，鸟类放弃了很多。它们的大脑很小，且没有哺乳动物进行高等思维活动、布满褶皱与沟回的新皮层。这是人类对鸟类智力持有偏见的解剖学根源。"终于回到生活之外的领域，梁鸢驾轻就熟，"事实并非如此。虽然物理结构和哺乳动物完全不同，但鸟类其实也有类似新皮层的高级神经系统，这一紧凑高效的系统同样通往复杂行为，通往社交与学习，通往回忆与预期，通往情绪与情感——在这些恐龙的后裔身上，智慧找到了另一条路。"

薛继东恍然大悟，"天上那东西，是鸟类的大脑?！"

梁鸢点头。

男人停止了揉搓小臂的动作，抬头看天。硬块早已融入黑漆漆的夜空。

"为什么？"半晌，他才吐出一句话来。

梁鸢摊了摊手。薛继东约的电动车到了，他动作缓慢地拽开车门，身体停滞了一下，回头对梁鸢说:"要不要捎你一段？"

"多谢美意，我有一个人旅行的经验。"

两人相视一笑。薛继东钻进车里，他摇下车窗，伸出头来，"梁鸢，这次你不会再飞走了吧？"

"这要看我和世界之间的纽带是什么了。"

薛继东想了想，说:"世界本身。"

在车顶灯的映照下，梁鸢终于看清了男人的表情。

——他是认真的。

伦敦的上空。新德里的上空。大兴安岭的上空。卡拉哈里沙漠的上空。在全球各地，人们都看到了一模一样的神迹。

——光滑的表面。基底核。视叶。嗅球。平流层上的巨大鸟脑。

"无人机和卫星遥感数据重建的三维图像也证实了，天上的那个东西，就是梁鸢同志所认为的那个东西。"一个声音说，"二位有什么想法吗？"

梁鸢把目光从显示器前收回。说话的人是薛继东的领导，薛继东叫他"李主任"。李主任五十岁出头的年纪，戴黑框眼镜，眉眼清隽，微微谢顶，说起话来慢条斯理，带着点儿南方口音。此刻，他正双手撑在会议桌上，直直地盯着她和薛继东。

"浮粒在模仿。"梁鸢说。

"模仿鸟脑？它们怎么做到的？"

"也许是一只飞近了平流层的鸟，比如黑白兀鹫，给它们提供了素材。我猜。"

"您的意思是，"李主任转了转眼珠，然后压低声音，仿佛即将说出口的是一句可笑到不可饶恕的话，"它们分析了一只鸟，然后像表演团体操那样，在结构上模仿了这只鸟的，嗯，大脑？"

"没错。"梁鸢说。

"为什么？"

梁鸢看向薛继东。"咳，我有一个猜想。"男人清了清嗓子，"当你面对生物基础和文化基因完全不同的智能生物时，重现它们的思维器官，以之作为交流的媒介，大概是一种可行的选择。"

"星际文明交流意义上的罗塞塔石碑。"梁鸢补充道。

沉默片刻。

"您的意思是,"李主任一脸的匪夷所思,"外星文明对我们视而不见,却选择了和鸟交流?"

"对于飘浮在大气层中的生物,"梁鸢说,"行星表面或许并不适合孕育智能。"

李主任坐了下来,身体重重靠向椅背,发出吱嘎一声。他的表情有些沉痛,"那它们对智能的认识未免过于狭隘了。"

梁鸢瞟了一眼薛继东,后者若有所思。我们又何尝不是?她想。

"起码不是件坏事。"薛继东说,"这至少说明,它们有交流的意愿。"

"怎么交流?飞上去和它们说鸟语?"

梁鸢差点儿笑出声来。位高权重者喜欢肆无忌惮地宣泄刻薄,在这一点上,他们更接近孩子——只不过肩上的责任更重一些罢了。梁鸢又想,虽然刻薄,但李主任说的大体没错。当天空中的巨物终于确凿无疑地昭示自己的存在后,世界各地的人们已经各自做出了交流的努力。他们用调制过的无线电照射,用震山响的大喇叭喊话,用巨幅织物或者灯光在地面上摆出莫名其妙的符号,或者点燃巨大的火堆,期望飘升的青烟上达天听,全然不顾烟气根本飘不出对流层的事实。那些顶礼膜拜的信徒呢?如果对更高存在的祷告能够超脱人类所知的物理定律,他们反而更接近理性主义者。

如此看来,"飞上去说鸟语",也许并不是一句纯粹的讥讽了。

飞上去说鸟语。飞上去说,鸟语。

李主任转向梁鸢，"梁鸢同志，你有什么想法？"

她嘴唇微张，摇了摇头。

她想起母亲。

母亲出走的那年，梁鸢十三岁，刚上初一。母亲不打一声招呼就走了，毛毛几乎是她留给梁鸢的全部。在梁鸢的记忆里，母亲是比她更狂热的鸟类爱好者，但也比她不幸。母亲遵从老一辈的意愿，学了法律，顺理成章做了民事律师，而这个职业，用母亲的话来说，简直是飞翔的反面。她的故事和薛继东大同小异，相亲、结婚、生子、买学区房。在梁鸢十三岁以前，她没有逃离的勇气，所以只能在生活那小得可怜的缝隙里满足自己对鸟类的痴迷。她养鹦鹉、观鸟、看纪录片、下载论文、熬夜撰写论文，并且，承受身边人的不解和讥讽。绝大多数时间里，面对那些企图把她摁在地上的世俗，她都保持着沉默甚至谦卑。她做出的唯一一件出格之事，是用大半个月的工资买了一台仿生计算机，塞进书房。那阵子仿生计算正在概念风口，硬件价格被吹到了天上，父亲无法理解，向来理智的妻子，为什么急吼吼地做了冤大头。

"我做研究要用。"母亲简短地解释道。

"什么研究？"

"鸟类的大脑。"

父亲看疯子一样看着她。之后这对夫妻间冷战的细节，梁鸢已经记不清了。总之，妻子小小地冒犯了一下她循规蹈矩的生活，开辟了一片新的领土，丈夫战略性后撤，伺机反击。这样的局面维持了一个月,一个月后,妻子下班回家,面对空荡荡的书桌,发出一声尖叫:"梁开元,我的电脑呢?!"

"卖了。"丈夫狡黠地笑,"比买的时候还涨了点儿。老婆,原来你买的是理财产品啊。"

现在回想起来,这件事,就是母亲出走的契机吧。人总有属于自己的那根稻草,母亲的稻草是她的研究,而梁鸢的稻草是毛毛。

这么多年过去了,许多事情都已淡忘。然而她仍清晰记得母亲在逃离的前一晚对她说的话。

"鸢儿啊,也许有一天,我们会真正理解它们吧。"

她疑惑地看着母亲,"它们?"

"毛毛,和所有飞翔的精灵。"

"哦。"

母亲怜爱地摸她的头发,"假如不是进化论无可辩驳,我倒宁愿相信,人类和鸟类只是恰巧生活在同一个星球上,分别占据着地面和天空。生理构造和生存环境是共情的基础,如果某天一群同样生活在天空中的外星人造访地球,它们和鸟类的共同语言应该多过和人类的吧。"

梁鸢似懂非懂地点头。母亲亲了亲她的脸颊。多年以后,她在观鸟时忽然想起母亲的话,于是偏转镜头,看向飞羽簇拥成的卷积云。

于是她发现了天空中的鸟脑。

那晚之后,母亲消失了。父亲困惑过、愤怒过、发疯似的找寻过,可母亲就像人间蒸发了一样,没有留给他一点线索。随着时间流逝,他的愤怒和壮年都消耗殆尽,终于接受了妻子不会再回来的事实。这是一场多么决绝的出走啊,梁鸢想,就像《百年孤独》里那个乘着床单飞升的蕾梅黛丝。

也许母亲本来就不属于这个尘世,她的归宿只能是天空。

待世界变成冰窟,她还能自由飞行吗?

"鸢儿,吃饭了。"暮年的父亲召唤梁鸢。

"哎。"她答应道。她住单身公寓,每个周末回家探望父亲,尽女儿的职责:吃父亲做的饭菜,赞美他几十年没有半点儿长进的厨艺,听他例行公事般的催婚。路过书房时,她看到书桌上氤氲着的光。她走了进去,过时的液晶显示器上滚动着意义不明的字符串。

"爸,这是什么?"

父亲站在她身后,用围裙擦手,"仿生计算机啊。"

她瞪大眼睛,"仿生计算机?"

"有什么大惊小怪的?"父亲风轻云淡地说,"我还没告诉你,这是你妈当年买的那台呢。"

她张大嘴巴,说不出话来。

父亲是在二手交易软件上淘到这台计算机的,卖主正是当年的买主。仿生计算机本身就是概念多过应用,这人买来也是当作理财产品。入手之后,仿生计算机的价格确实又涨过一些,但后来就是一路下跌。他抱着回本的希望,就没卖,一直放在储物间,时间长了,就把这事儿忘了,搬家的时候才想起来。扔了怪可惜的,不如到网上觅个买家。

"鸢儿,你猜我花多少钱买的?"父亲露出孩子般的笑容,"只有原价的十分之一!"

"哦。您怎么确定,这就是我妈的那台?"

父亲上前,手指在显示器上滑动几下,"喏。"

她凑过去,看到了一个叫"鸟"的文件夹。

"当年卖得急,"父亲讪笑,"都没看看里面有什么。"

"您……为什么要把它买回来?"

父亲一怔,"我在想,里面会不会有什么线索……"

"我懂了。"她善解人意地笑笑,"走吧,先吃饭。"

这天晚上,梁鸢没有回去,而是住在家里,和父亲一起琢磨这台卖而复得的计算机。这玩意儿确实只能当理财产品,还是赔钱的那种,她想。人机界面极其不友好不说,连基本的操作逻辑都与冯·诺依曼结构计算机迥异。拿数据存储来说,这计算机里就没有队列和栈的组织形式,而是模拟大脑的分布式存储,需要相关性引擎来开启特定文件。长时记忆和短时记忆机制也被引入,你要存储一个文件不是选"保存",而是通过多次确认短时记忆将它转化为长时记忆。同样地,要删除一个文件也没那么简单,你需要用其他的长时记忆来覆盖这个记忆……怪不得母亲的文件夹过了二十多年都没有被删除,也怪不得父亲无论如何都打不开它。毫无疑问,当年设计这个系统的人一定是一群脑科学极客,只想着用神经形态忆阻器来重现大脑,根本没想过要做出真正的、人人皆可使用的产品。

"那你妈用它来做什么?"父亲问。

梁鸢报着嘴唇。是啊,做什么呢?用它跑冯·诺依曼结构计算机的通用程序，速度慢得要命；用来模拟人脑，由于仿生计算机里的忆阻器单元比人脑神经元少太多，程序的表现如同幼儿……这样的产品，究竟有什么样的应用场景呢？正想着，显示器上跳出提示，相关性引擎搜索完毕，数据的碎片被拼合起来。

梁鸢深吸一口气，点击母亲的文件夹，系统提示她键入密码。她想了一下，输入毛毛的汉语拼音。

文件夹打开了。她和父亲对视一眼，然后同时看向母亲藏在文件夹的东西。

那是一个程序，后面附着一段说明。

梁鸢，你个笨蛋。她咒骂自己。你早该想到的啊。

她听到父亲深深的叹息。

落雪的清晨，世界安静得像一个哑谜。天空中有云朵聚集，光线暗淡下来，寒风裹着细碎的雪粒，在人的脸上打旋儿。梁鸢裹了裹衣领。他们把氩离子激光器安装在西山山顶，说那里效果最好。李主任本来给她备了加厚的羽绒服，被她婉言谢绝了。此刻，刚刚下了缆车，寒冷便已刺入骨髓，想想接下来的攀登之旅，她有点儿后悔。

抬起头，硬块还在，只不过周围多了一些不那么致密的结构。现在任谁都能看得出来，那是一只凝然不动的鸟。先构造思维器官，再创建身体映射。有趣，她想，竟然和母亲的思路一致。这是我在现实和梦境中追逐的那只游隼吗？有一天，它会像真正的鸟一样，展翅飞翔吗？

"梁鸢。"远处，一个黑色的人影冲她招手。是薛继东。她快步走向他。

"挺冷的吧。"薛继东缩着脖子,在厚厚的羽绒服里打量着她。

"嗯。印象里,北京的十二月从来没这么冷过。"

"还会更冷的。"薛继东用恶作剧般的口吻说。

他是已经成竹在胸了吗?她斜着眼角看他。还是说,他在巨大的压力下退缩回自己的世界,卸下了对万事万物的责任?

"怎么了?"薛继东边走边问。

"没什么。"

上山。碎石小道。很快,她开始呼哧呼哧地喘气。薛继东时不时停下来等她,表情轻松。

"没想到啊,"他微笑着说,"十年了,我们竟然还能一起爬山。"

"要不是,呼——肩负着世界的责任,呼——谁来遭这份儿罪啊。"

"也对。"薛继东抿了抿嘴唇,"也许拯救了世界以后,我就没有机会问了吧。"

她停下脚步,仰起头,"啊?"

"那天,你为什么要离开?"

终于还是问了啊。她叹了口气。这个问题她思索过千万遍,答案依旧模糊。毛毛死去的那一天,梁鸢看到她的悲伤也成了薛继东的悲伤,也许她因此意识到,深刻的共情意味着沉甸甸的责任——而她,至少在那一刻,只想像母亲、像鸟儿一样,自由自在地飞翔。"爱"这个字眼对她来说是稀薄的,稀薄得甚于山顶的空气。

可以这么告诉薛继东吗？

她摇了摇头，"不知道。"

"好吧。"

听不出失望。或许薛继东并不是真的想要一个答案。默默攀爬了一会儿，他再次开口："谈正事儿吧。氩离子激光器的成像效果不错，通过分析被反射的脉冲，我们不仅能够看清'鸟脑'内部的构造，还能观察到其中的光学活动。其实早该想到的，既然它们重现了鸟脑，那么也会重现那里面发生的事件——只不过，事件的物理载体不再是神经元和神经递质，而是浮粒和光子。"

"天才的想法，典型的薛继东风格。"梁鸢试图用俏皮话活跃气氛。

"但要弄清事件的意义，还是要靠你的模型。"薛继东依旧是公事公办的语气。

"是我母亲的模型。"或者说，母亲留给世界的礼物。没有母亲行踪的线索，父亲固然失望，但他终究会明白，不会有比这更好的结局了。

"如果不是你，它不会比秀丽隐杆线虫的神经图谱有用多少。"

这倒是真话。母亲编写的那个鸟脑模型，只是一个简单的框架，不过非常有开创性且思路清晰，就是用尽可能少的忆阻器单元再现鸟类的大脑。她把仿生计算机带回研究所，和同事们一道，在框架里填充内容，忙乎了几个月，模型的1.0版前几天才完成交给薛继东的团队。他们夜以继日实现了硬件对接，邀请她上山，就是观摩第一次试运行。

"薛继东。"

"嗯？"

"你说，它们会不会也是一群逃亡者，从宇宙的尽头一直逃到地球？"

"它们？"

梁鸢抬头示意。

薛继东蹙眉，"也许吧。可你为什么要说'也'？"

是啊，为什么要说"也"？她愣了一下，忽然笑出了声。男人疑惑地看她，她不解释，只是摆了摆手。

此后一路无话，直到山顶。远远就望见临时搭建的基地，大功率氩离子激光器的谐振腔如乌黑的炮筒，在基地的圆形拱顶上扬起头来，直指天空中振翅欲飞的"鸟"。李主任早已等在那里了。简单打过招呼，他就把梁鸢领进了基地内部。不大的房间，预制板做的墙壁和水泥地面，由于堆满全力运转的电脑，竟然有些温暖。

梁鸢看到了模型。它以三维形式呈现在房间中央巨大的显示器上，端脑、嗅球、视叶，一应俱全，泛着金属光泽，在黑色的背景中慢慢旋转。这就是她和母亲共同的研究成果，一颗计算机里的仿生鸟脑。神经形态忆阻器是鸟脑的基础结构，它们被编入简单逻辑，在指定的位置进行指定的运算和信息交换，类似于元胞自动机。

"小梁啊，在开始之前，再给我吃颗定心丸吧。"李主任在她耳边低语，神态语气像极了许下宏愿又担心愿望无法实现的孩子，"这么一个小小的程序，真的能模拟鸟类的大脑吗？"

"鸟类的大脑要比哺乳动物紧凑得多，"梁鸢宽慰道，"所以只要几千万个忆阻器单元，这个模型就能粗略地实现鸟类大脑的功能——放在目前的应用场景里，足够了。"

李主任盯着她的双眼，郑重地点了点头。

"开始吧。"他说。

初始化。空间向量参数导入。外部环境数据导入。图形渲染。激光束来回扫描，将天空鸟脑的光学数据直接导入模型——显示器映亮了人们的脸，那是神经元在持续不断地被激发。这来自异域与异类的景象带着难以言说的壮丽与恐怖，把在场的每个人都看痴了。这只是第一步，梁鸢想，很快，人们就会将激光作为载波，调制出想要交流的信息。

但首先，要理解。

"刚才发光的是视叶神经元，这说明它正试图去看呢……现在亮起来的，是鸟类的高级发声中枢，相当于人类的布罗卡区①。"梁鸢解说道，"有一种观点认为，鸟鸣类似于人类的语言。这样看来，它是在说话呢。"

薛继东和李主任同时转头看她，眼神复杂。梁鸢知道，她说的话很快就会被证实。激光器观察到的活动会进入解码器，化作一串绿色的波形图，波形图会在音箱中被翻译成真正的空气震荡，划破初冬清晨的幽静。

——也许，他们即将听到的，是新世界的第一声啼鸣。

"我说，"薛继东不知道在何时站到了她身后，"接下来，你有

---

① 语言的运动中枢，主要功能是编制发音程序。

什么打算吗？"

她转过头，"喝杯热咖啡。"

薛继东僵硬的笑容终于柔软下来，"对世界尽过责任之后，你可以做更长远一点儿的打算。"

她想了想，"旅行。"

公路、货车和"动次打次"的电子舞曲从记忆中渐次浮出。梁鸢突然想起，自己还存着那个电话号码呢。这一次要由西向东，她在心里暗暗地说，从新疆，一直到黄海之滨。

就这么定了。

若虫之森

索 木

《科幻世界》2023年01期

索 木

青年科幻作家，作品主要见于《科幻世界》，曾发表过《丢老师的最后一幅犀牛》《前往圣帕尔那》《异体孤魂》等作品。

"大家准备好了吗？最后再来一遍，从第二小节开始——"

细川老师挥动双手，努力提高嗓门想要压下学生们嬉戏的噪声。我站在扭动的人群中，感到格外不自在，好想找个没人的角落安静一会儿。

众人的歌声响起，嗓音有粗有细，像是某次去吃拉面，店主误把两种粗细的面条掺在同一碗里一样怪异：

耳畔响起令人怀念的朋友的声音

因不知从何而起的争执而哭泣的时刻——

声音被刺耳的婴儿哭声打断，背后有人叹了一口气。这已经是第二次了。歌声像断线的手链散落成一颗颗珠子，噼里啪啦掉在地上，一片嘈杂。

"健夫是不是又拉裤子了？"

"老师还是去看一看健夫吧……"

细川老师咬了咬嘴唇，看了我们一眼，走出了教室。片刻之后，她回来把我和长谷部拓真叫了出去。

"长谷部同学，真不好意思，能麻烦你一件事吗？你和良太帮我把健夫送回家，健夫看起来可能是饿了，但是我办公室里已经没有奶粉了，这会儿也不方便……"

她看向我，"把健夫送回去交给爸爸，交代他记得一定要给健夫换尿布。"

我接过老师怀中的孩子，"我会把健夫交给青木的。"

细川老师叹了一口气，回望一下教室里乱成一团的同学们，"还有一件事，拜托你们去找一下北原同学……你们应该知道她在哪里吧？"

拓真和我想了想，点点头。

"那就好。找到之后尽快回来，不要错过毕业典礼。"老师看了看表，"好了，快去吧。"

她转身回到班里，努力维持秩序，但收效甚微。我抱着健夫，和拓真一道走出校门，嘈杂的声音在身后渐渐远去，取而代之的是早春沁人心脾的乡间空气。

"我不想回去了。"我说，"我不喜欢合唱，还有毕业典礼。"

"我也不想了。"拓真说。他比我高出一头还要多，是我们班上个子最高的男生。"可你敢溜掉吗？细川老师晚上回家准会问你为什么不回去。"

"在家里，妈妈所有的精力都在照顾健夫，才没空操心这个。倒是你，你可是我们班唯一一个男低音。"

"一个人的低声部，真是尴尬啊。"

一辆客车驶过，带起路上散落的花瓣。车上坐满了看起来像是高中生的孩子们，穿着统一的校服，也许是城里的孩子来乡下研学旅行。

怀里的健夫不知何时停止了哭闹，我想他可能不是饿了，而是像我一样受不了学校里的氛围。他漆黑的眼睛盯着不时飘过的花瓣，伸出肥嘟嘟的小手去抓。拓真摘了一片嫩叶给他，他把玩得不亦乐乎，放在嘴里含着，嫩绿的叶子沾上一层口水。

"先去哪里？"拓真问我，"你真的知道黛在哪里吗？"

"大概吧。"我说，"反正绕的路也不远，先去那里看看吧。"

"上次的地方？"

"嗯。"

"她真的还会去那里吗？"

我知道她会的。我知道那天以后，北原黛经常一个人去那里，有时痛哭流涕，有时只是望着林间小径发呆。

事情发生在一年之前，那时拓真刚刚转入我们班，第一次出场就在我们心里留下了深刻的印象，大概是我们在此之前从来没见过他这样的高中生：身高超过一米八，运动背心遮不住饱满的肌肉线条，嗓音也比我们低沉得多，听起来像是一个大人了。

那也正是北原黛最艰难的一段时间，班上几个浑小子整日捉弄她，嘲笑她的矮小瘦弱，让她回小学重读——尽管那几个人的身体发育看起来也就是十二三岁的程度，比我大不了多少。北原黛的暴脾气当然不会让他们在明面上占上风，但那几个人背地里给北原使绊子，在北原的储物柜里放上成人文胸，轮到北原值日那天把黑板擦藏在她够不到的高处。北原把那文胸摔在他们脸上，背地里却在他们看不见的地方咬牙痛哭。

"我怎么办啊，良太？"她的手在自己瘦弱的大腿上掐出鲜红的指甲印，"一辈子都是八岁的身体，活着还有什么意思啊！"

我想不出安慰她的话来，"……我的也只有十二岁。"

"可我已经十八岁了！"她吼道，"十八岁啊！你看过那么多老电影，知道以前人们十八岁的身体是什么样的！不像我们，永远是一群毛都没长全的孩子！"

她的短发在月光下随着身体不断颤抖，"我不想继续这样活着了……"

第二天，拓真看到坐在他前桌的那个短发女孩没来上课，问我是否知道原因，我便把事情的原委都告诉了他。那天中午，拓真正好遇到那几个男生故伎重施，往北原的衣柜里放她穿不上的大号体操服。拓真把那几个人揍进了医务室，那几个男生无论如何也想不到，他们整日崇拜的成熟、强壮、沉稳的长谷部同学会为了北原的事情那样大动肝火。

细川老师把拓真叫到了办公室，她是我们的班主任，也是我的妈妈。我在门外等着拓真，突然觉得自己是那样懦弱无能，也头一次开始对自己与年龄不相称的身体产生厌恶。

我初中开始就认识北原黛了，却从没为她动过手。

拓真从办公室里出来，表情显得有些茫然。

"老师叫我们两个去把北原同学找回来。"他说。

"她提起你打架的事情了吗？"虽然我猜得到妈妈的回答。

"她只说以后不用这样了。"

那天，我们在学校附近的小山上找到了北原。她没有哭，而是以很奇怪的眼神盯着我和拓真。她的脚下翻倒着一个小药瓶。

"那几个人以后不会再来找你麻烦了。"拓真把我教他的话扭扭捏捏地背了一遍。

北原认出了拓真。她靠近他，好奇地上下打量。

"你好高啊。"最后她说。

健夫在我的怀里不停扭动，我抱得有些累了，就让拓真帮我抱一会儿。我们的村子很小，只有一条公路贯穿，两边是大片的稻田。这个时节稻田里还没有注水，有三两个村人在田间扶着手扶拖拉机翻土。他们年轻的脸上被帽檐勾勒出黑白分明的界线。

出校门不远的路旁有一座密林覆盖的山坡，我们走下沥青公路，拐上青石板的小径，向山上走去。山林间的气温比外面低很多，哪怕是下午阳光最强烈的时分，走在树林荫翳之下也略微有些发冷。

林间鸟鸣声此起彼伏，阳光投下的婆娑树影犹如海浪。

山路平缓，向前走百步有余，便看到那座褪色的鸟居候在路上。那形似"开"字的木门原本漆成朱红，如今已斑驳得几乎认不出，但木头本身尚未被林间的湿气腐朽。青石径在鸟居后转了个弯，潜入一片密林深处，原本依稀可见的沥青公路完全消失在视线之中。

"你知道吗，听说鸟居是人界和神界的划分。"拓真说，"说不定真是这样。"

"这样的话，北原整天往这里跑，住在这里的神明大人岂不是要被烦死。"

"她经常来这里吗？"

"嗯。"

青石径终结于一片不大的林间空地，一座小小的神社坐落其中，看样子已经很久没有人打理，建筑已经到了垮塌的边缘，恰似这个时代人们的信仰。门口的手水舍^①倒还存着一汪清水，水池由粗糙的岩石整体雕琢而成，没有任何记号和文字。

北原黛不在这里。

我们静静立了一会儿，拓真把健夫轻轻递到我的怀里，捡起水池旁的舀子洗手。

"在干什么呢？"

"来都来了。"拓真说。

"你知道这里供的是哪位神吗？"

"不知道。"他漱漱口，咕噜咕噜吐出水，"不过贸然闯进别人家里，总得礼貌一些。"

他站在倾颓的殿前，鞠了两躬，起身拍拍手。我注意到手水舍水池的形状，突然发现隐约浮现出一只兔子的形状，肚子丰满双耳贴身。之前来这里总是站在远处，从没有注意到这块石头的细节。

"喂，知道为什么是兔子吗？"

林间肃穆的静寂被电动马达启动的嗡嗡声打断，一个尖细的嗓音随之响起。那声音令我产生生理性的不适，婴孩的嗓音搭配上夸张的弹舌，不良少年似的语气，听起来怪异至极，如同牛奶里撒进胡椒。一辆外形尖锐的黑色四轮小车从神社背后驶出，急刹车漂移过弯，在落满枯叶的地上划出一道漂亮的痕迹。

"喂喂……"拓真抗议道，"在神社里这样做不好吧。"

小车大概有半人高，轮胎为增强越野能力大得和车体不成比例，整辆车看起来就像是缩小版的越野吉普。护板和外壳上

---

① 位于神社入口处，让访客洗手和漱口的地方。

用喷漆喷着张狂的街头涂鸦，液压减震器件露在外面，车毂上焊着一圈金属尖刺。

那车上的喷漆还是几个月前我、拓真和黛帮忙喷上去的。

车子上面的金属护栏像肋骨一样向两侧翻开，里面是一个精心设计的摇篮。淡蓝色的减震材料围成蚕茧一样的形状，里面垫着一条给婴儿用的毛毯。

"你们两个，"酒井丸躺在摇篮里向我们招手，"来帮我换尿布。"

我们几个早已习惯了酒井丸的呼来喝去。拓真取下挂在车子侧面装尿布的袋子，我动手去解酒井的尿布，却被他用胖嘟嘟的脚粗暴地踹了回去。

"洗手了吗，你？"他指指一旁的手水舍，"注意卫生，我的免疫力很弱的。"

"不能设计一个自动换尿布的装置吗？"拓真嘟囔道。

酒井皱起眉头，露出绝非一岁婴儿脸上会出现的阴沉神情，"之前试过，但是PID控制的伺服电机动作僵硬得像是要杀了我。现在考虑模糊逻辑控制，但是和之前的完全不一样，学起来很头大……"

"好好。"拓真漫不经心地应着，接下我递过去的新尿布。

酒井丸是几个月前才转入我们班的。当细川老师让新同学进入教室时，我们都看到酒井丸驾着他的黑色轮椅……摇篮车驶进来，班里一时间鸦雀无声。他没拿粉笔在黑板上写自己的名字，而是在摇篮里按了一个什么键，空气中便赫然出现一块全息投影屏幕。

"已经到这种地步了吗……"坐在我身后的拓真低声嘀咕，"看起来最多只有一岁的样子吧。他会走路了吗？"

"我觉得不会。"我说，"否则怎么会用得到这样的车子？"

班里是死寂一样的沉默，大家都知道这意味着什么。我的目光转向北原黛，在此之前她是班里生理年龄最小的学生。北原嘴唇紧绷，目光死死盯着摇篮车里的酒井，恐惧、震惊和希冀轮番出现在她的眼神中。

"初次见面。"酒井婴儿的脸上是一双冷峻的眼睛，"我的名字是酒井丸，年龄十八岁零两个月。"

随后又轻描淡写地加了一句："生理年龄一岁一个月。"

他的声音听起来怪异至极，毕竟谁都没听过一岁的孩子说话。

最初的一段时间，我们搞不懂酒井为什么要来我们高中上学。他是个摇篮里的天才，早在几年前就自学了高中乃至大学所有的课程，我们的理科、数学和国语等对他来说完全不在话下。他从没参加过考试，一周能有三天出现在教室里就实属难得。每每见到他，也只是开着摇篮车独来独往，或者坐在电脑屏幕前，对着我们看不懂的数据、代码和图纸皱眉沉思。

我们后来才惊异地得知，就连那个车子也是酒井自己设计，委托东京的工厂制造的。

但酒井唯有一事不得不有求于人：换尿布。由于身体发育不成熟，大脑尚不能有效控制括约肌，酒井的摇篮车旁边总是挂着两个装尿布的袋子，一进一出。那几个原先捉弄北原的小子盯上了新的目标，但每次他们想要下手，都会遇上莫名其妙的霉运:网络社交账号被改了密码,硬币莫名其妙被自动售货机吞掉,被电子锁锁在理科教室里和骷髅一起过夜。

对自幼浸淫网络的酒井而言,物联网如同自己肢体的延伸,摄像头便是他的眼睛,自己只消在摇篮里动动手指。如此几次下来,再没人敢招惹这个坐在电动摇篮里冷笑的大头婴儿。大家都对他敬而远之,只有我、拓真、北原三个人和酒井形成了某种奇妙的友谊。

事情还是因换尿布而起。一开始负责这项工作的是细川老师,她起初想将酒井和我的弟弟健夫一起照顾——毕竟生理年龄一样,都是一岁左右的婴孩。

但酒井坚决反对。"我是十八岁的成年人了!"他说,"怎么能和这孩子在一起?"

这话从酒井的嘴里说出来的确很滑稽,但他态度坚决。北原向老师申请接下这个工作,我仍然不清楚她这样做是出于何种动机——也许是长期在班里生理年龄垫底的她想要照顾生理年龄比她还要小的酒井,从中获得抚慰? 抑或是被身体压抑的母性渴望找到一个发泄的渠道? 我不知道,但北原热衷于此。

酒井对此的抵触甚至比上一个方案更强烈。"让班里的女同学——"他的小脸涨得通红,"他妈的,你们考虑过我的感受吗?!"

最终,这项差事莫名其妙地落在了每日陪伴在北原身旁的两个人——我和拓真——身上。

"所以为什么是兔子?"我把换下来的尿布丢进袋子里。

"兔子象征着'多产'。"酒井说,"你来过这么多次居然都没注意过吗？"

我望向那只孤零零的石兔，摇摇头，"很难联系在一起。"

"随你的便。接下来去哪里？北原不在这里。"

"你知道北原在哪儿吗？"拓真问。

"嗯。总之先把健夫送回家吧。"

阳光比我们来时更低斜，颜色由苍白转成橘黄。云渐渐多了起来，透过云隙的金光却更加刺眼。

健夫又开始哭闹，酒井对我说："你抱我出来。"他拍拍摇篮，"让他躺进来。你们那个抱法……幸好健夫不会说话，否则肯定要到老师那里告你们状。"

"是啊，一岁会说话的小孩子可太少见了。"我随口应道。

酒井啐了一声，往我手臂上掐了一下，自然没什么力度，"说话注意点儿，我比你还大呢。"

"不怕我把你摔在地上？"

"那你就是杀人犯了。"

神社的小丘在我们身后渐行渐远，地势逐渐平缓，四月的乡间稻田在眼前铺陈开。

我们路过时田家的田垄时，时田大叔正蹲在电视天线旁边，一副愁眉苦脸的模样。见到我们走来，他挥挥手招呼我们。

"大叔——"拓真朝他喊，"不好意思，我们要送健夫回家，现在没法帮您修理拖拉机。不过我把要用的曲柄和螺栓带来了。"

"啊，那真是太感谢了。我试试能不能自己装上去吧，麻烦你们了。"时田大叔指指锅一样的天线，"这东西又没信号了，真是头痛。我想能不能……"

酒井让我抱着他走近些，眯起眼睛，目光随着电线走了一遍。"天线没问题。"他说，"估计是调制器那边有问题，进屋看看。"

我走进屋子，把酒井放在榻榻米上。他拿起调制器看了看，随便按了几个按钮，一片雪花的电视屏幕上恢复了画面，一群西装革履的人正坐在深井一样的会场中。

"日前厚生劳动省举行第三次听证会，投票表决关于是否在国民医保药物清单中继续保留性激素类药物的决议……"

时田大叔为我们端来清凉的大麦茶，"多谢了，经常麻烦你们几个来帮我修农机……"

"哪里哪里……"

从时田家出来之后，酒井显得有些激动，"你们听到刚刚的新闻了吗？"

"还是生育派和疫苗派的政治博弈吧。"拓真说，"我觉得还是生育靠谱一些，疫苗搞了这么多年了，也还是没有结果……"

"都没用的。"酒井打断他，"出生后再接种疫苗已经晚了。病毒在受精卵时期就能完成逆转录，一个人的生理年龄上限在出生前就已经注定了。生育……"他冷笑一声，"看看我这样子，再看看北原同学。"

"北原比你痛苦多了。"我说。

"是啊，"酒井尖刻地回答，"内分泌失调。她大可不必吃雌激素，那东西没法让身体继续发育，未来还有可能诱发乳腺癌。"

"那你是什么派呢？"

"什么都不是，至少不是生育或疫苗。那些政客表面上争来争去，为的还不是背后生物药企财团的股票。这帮老家伙，死到临头还是改不了这么恶臭。"

"那你能保证，你背后就不会是丰田汽车、FANUC机器人和三菱重工吗？"

酒井对我的讽刺嘿嘿一笑，"我倒是想哦，可惜我只是个长不大的高中生罢了。"

"良太的爸爸就是研究疫苗的吧？"拓真试图岔开我们的话题，"每次周末一起去研究所的时候，他都会聊起这个。"

"青木的确是病毒和免疫领域的专家，不过具体在研究些什么，可能只有我妈妈知道。"我说，"我爸爸生前也在那里工作，这倒是真的。"

尴尬的静默笼罩了我们。"对不起。"拓真低声说，"我不该那样问的。"

"不要紧的。青木比我们大不了多少，从年龄上也不会是我爸爸啊。他是健夫的爸爸。"

"青木先生……多少岁？"

"没记错的话，是二十六岁吧，生理年龄二十三岁。他看起来和你差不多哦。"

"怪不得啊。"拓真望向蓝天，突然想到了什么似的，"等等，那你妈妈——细川老师……"

"我妈妈已经四十一岁啦。如何？"

拓真呆立在原地，瞠目结舌，"啊，这……细川老师……"

他的面色先是惨白，继而转向通红。我和酒井看到他这副模样不禁大笑，健夫看到我们在笑，也跟着笑起来。咯咯的笑声回荡在空无一人的田间，融进缄默的夕阳中。

在我们班里，生理年龄迈过青春期门槛的学生屈指可数，大多数人——像我和北原——因为病毒的影响，身体都永远停留在了小学生或初中生的模样。对拓真来说，细川老师大概是能接触到的为数不多的生理成熟女性。

我和酒井明白他在想些什么。情有可原。妈妈的生理年龄定格在二十二岁，正是怒放的青春年华，也是她与我爸爸在东大相遇的年纪。

那时候，人们对病毒在全球范围内的传播仍然一无所知。人们正常地出生、成长、衰老、死亡，直到我五岁那年，越来越多的病例得到研究与确认。一种新的逆转录病毒被发现，它会在人类受孕期间对受精卵基因进行修改，而被篡改的那段DNA长链上，承载着控制人体细胞分裂次数的基因片段。

人们一开始欣喜于青春永驻的奇迹，直到有实验表明事实当然不会如童话里那样美好：大脑仍在以恒定的速度发育、老去。死亡仍等在前面，人们将会以发育停止时的年轻外表活到八九十岁的某一天，直到大脑老化，阿尔茨海默病让灵魂从躯壳中流逝殆尽。

爸爸和妈妈是最早受到病毒影响的一代人，他们的身体定格在了二十到三十岁之间，具体时间因人而异。但随着环境病毒载量不断上升，新生儿的生理年龄的上限也越来越低。那时的年轻人每天早晨起床的第一件事就是忧心忡忡地去量身高，虽然人们都知道，这样做带来的心理安慰大于实际意义。

之后社区医院要求人们定期测骨龄，先是一年一次，还没到一年就改成了三个月一次。年轻人挤在医院 X 线室外的走廊里，叽叽喳喳议论着医生们脸上严肃的神情究竟意味着什么。

令人不安的流言开始扩散。女孩们的初潮迟迟不来，男孩们上了大学仍旧没有变声，诸如此类的市井怪谈很快扩散成网络上的热点话题。孩子们母亲彻夜难眠，父亲们眼见没了香火，一夜愁白了头。

生理发育停止点下降到青春期以下，意味着不孕不育。

生理发育停止点下降到十个月的怀孕期以下，意味着流产。

"我大概能理解细川老师了。"拓真恢复平静，他显得若有所思，"老师是责任心很强的人。"

我叹了一口气，"你也是啊。"

"倒不如说，眼下这种情况下，每个身体成熟的人的责任都是空前的。"酒井回到了摇篮里，"他们赡养已经老去的老人，照料永远长不大的孩子，真不容易啊。"

"之后怎么办呢？等这些人也死去，就只剩下我们这些长不大的孩子了。我们这副样子……可能就是地球上最后一代人了吧。"

"以后的事以后再说。"酒井挥挥手，"船到桥头自然直。就算只有孩子的身躯，我们能做的事也不少。打起精神来！"

嗓音尖细的大头婴儿拍拍身下的黑色战车。夕阳照在他胖嘟嘟的脸上，他不屑地眯起眼睛，降下摇篮顶盖的遮光罩。

沿着公路拐过一个弯，我能看到那条波光粼粼的蛙川了，我家就在河边。蛙川得名于夏夜聚集于河畔合唱的大批青蛙，它们震耳欲聋的声音甚至会把我从不安的睡梦中惊醒。

"它们为什么叫？"有一天晚上北原问我。

"据说是为了求偶。"我一边啃着西瓜，一边望着一旁的北原。她坐在门前的木台阶上摇着把扇子，只穿一件背心，那件背心套在她瘦小的身体上显得松松垮垮。北原望着夏夜的银河，似乎沉浸在了此起彼伏的蛙鸣中。那年我们刚上初中，我的身体尚未停止生长。北原比我大一岁，看起来却像我的妹妹。

"求偶之后呢？"

"抱对，产卵。"

"你见过蝌蚪吗？"

晚风变了个方向，送来两栖动物的腥气。

"不。"我说，"我不喜欢蝌蚪或者青蛙，滑溜溜、黏腻腻的。"

北原叹了口气，"这样啊。"

我重新戴上耳机，蛙鸣融进肖邦的《圆舞曲》中，熟悉的旋律让我平静下来。

那年夏天结束的时候，我的身体停止了发育。

眼下尚未到蛙鸣的时节，河畔只听得见潺潺水流声。再过一周就要抽水入田了，抽水机已经堆在河边，一方面是离水源近，另一方面是酒井经常来我家，村人们常拜托他整修机械。我家的院子里乱成一团，堆着一台拆开的抽水机，酒井和拓真已经修了三天。

青木的车子停在门口。大概是从后视镜里看到了我们，他从窗户探出头，朝我们挥挥手。青木戴着副钢丝眼镜，白衬衫最上面的口子解开了一颗,妈妈常说他和二十多岁时候的爸爸很像。

"刚从东京回来吗?"酒井和青木打招呼。

"是啊。你托我买的化油器和火花塞在后面车座上,但是指定尺寸的蜗轮蜗杆店家没有现成的,只好拜托大学的校工厂去加工,估计下个月才能拿到。这也是没有办法的事。"

"哪里哪里,这次也多亏了你。蜗杆是给我这小车设计的升级件,那个倒不急。化油器和火花塞是修理抽水机用的,不耽误农活就好。"

青木接过我怀中的健夫,看看即将沉没在远山之下的斜阳。"时间还早,"他提议道,"酒井不是说你们要去山上找北原同学吗?不如我开车送你们上去吧。"

青木的车上有婴儿座椅,还有和酒井的摇篮车轮胎相匹配的固定卡槽。我们坐上厢式面包车,酒井顺手拿起放在后座上的火花塞把玩。青木打开窗户,让傍晚温暖的风灌满车厢。拓真坐在副驾驶上,我和酒井坐在后面。

风把青木的中长发吹得飞舞,其中不时透过一丝金光。拓真一直望着窗外的景致,神情有些惘然若失。

"青木先生,这不是每周去——"

"嗯,是去研究所的路。说起来,这周准备得怎么样了?"

拓真的脸微微有些涨红,"还是和往常一样。长跑健身之类的每天都在做,饮食也很清淡。"

"没有梦遗吧?"

拓真摇摇头。

"真是辛苦你了。现在年轻健康的捐献者越来越难找了。我最近总是坐实验室，精子质量也下降了。"青木自嘲般笑着摇摇头，"该跑一次马拉松了。"

拓真每周日都会随青木驱车前往山上的研究所，回来的时候两个人都显得很疲惫。不过那天晚上也是我们最轻松愉悦的时刻，妈妈会在家里准备寿喜烧作为对二人的犒劳，我、北原和酒井自然也位列席间。青木和拓真不喝酒，却总像醉了一般。北原的目光总是在拓真身上，一开始她还总追问拓真去干了什么，拓真却显得有些消沉，面色通红，支支吾吾。北原之后便不再过问，目光里却隐现出几分和妈妈一样的闪光。

车子沿着盘山公路蜿蜒而上，仿佛在追逐下沉中的夕阳。我看着远方渐渐缩小如沙盒般铺陈开的村镇，感到心头有什么沉重的东西压了下来。

十岁那年以后，我再也没造访过父亲工作过的研究所，甚至对这座山头都望而却步。我的卧室窗户正对着这座山，它让我感到某种阴沉的压迫，那扇窗户的窗帘每天都是拉紧的。这种压迫感的来源可能有二：第一，这里是爸爸自杀的地方；第二，这里是当初制造了那病毒的地方。

我不知道这两件事是否存在某种关联，想必是有的，但这样的秘密也被父亲带进了坟墓。在官方披露的所有证据资料里，爸爸的名字从未被提起。确实理应如此，当初病毒泄漏事故发生时，爸爸还只是祖母腹中的一颗受精卵，他也是受害者。更何况当初他取得基因工程博士学位，进入这里任职时，全世界仍对病毒的事情一无所知。

"为什么要造出这样的东西？"我不禁脱口而出，"历史课本上说，高龄少子化、劳动力短缺的问题在 21 世纪中叶就已经成了我国面临的棘手难题。那些人难道是觉得局面太过简单，故意给后人留下没法收拾的烂摊子吗?!"

我不禁吼了出来。

酒井和拓真惊异地看着我。青木眉头紧皱直视道路前方。

"事实恰好相反。"他说，"病毒研发的最初目的并非使人绝育，而是为了延缓衰老，延长适龄劳动时间和适龄生育时间，是政府为了应对人口与劳动力问题的诸多举措之一。"

青木舒了一口气，"就像一切新技术一开始应用时那样，总避免不了走上歧路，难免要付出代价。"

他显得有些心不在焉。

"这代价也太大了点儿。"酒井学着青木的口气。

"是啊。"青木把车停在岔路口，"不过好在终归还是留下了一点儿补救的余地。好了，我只能送你们到这里了。接下来的小路太陡，车开不上去。往前走一段应该就能看到研究所大门了，酒井应该能开门吧。"

青木带着健夫驶下了山丘，我们三个朝山顶爬去。这里的树林很像学校旁神社的，多少让人感觉安心了一些；但这里的路的确要陡峭得多，而且曲折蜿蜒，似乎故意不想让人找到一般。酒井的越野轮胎在这里也派不上用场，我和拓真不得不一前一后，一推一拉，帮助摇篮车爬上山坡。

"喂，我说酒井啊，你刚刚和青木说了吧，北原在这里什么的……你怎么这么确定？"拓真推着沉重的摇篮车，"用你那无处不在的摄像头吗？"

酒井手上的操作停顿了一下，"不用摄像头。我知道她一定会来这里……以北原的性格。"

"什么？"

酒井沉默了一下，仿佛在下定什么决心，"算了，告诉你们也好，反正也已经告诉北原了。你们两个，承受能力不至于比不上一个女孩子吧？"

"你在说什么啊？告诉我们什么？"

"补救措施啊，刚刚青木在下车前提到的补救的余地。你们不会真的以为大家都在坐以待毙吧？"

"谁坐以待毙了？大家都在为活下去拼了命地劳作啊。"

"我不是那个意思。'拼了命'有时只不过是为了让失败更容易接受些的自我安慰罢了。"

酒井清清嗓子，叫了我的名字，"良太也仔细听好了，这也是关于你父亲的故事。

"生理年龄之所以会被限制，是因为逆转录病毒感染人体细胞，篡改了细胞核中生长发育的基因片段。如果我们能通过严密的隔离与灭菌，创造一个没有病毒的环境，在这个环境下制造未经感染的受精卵，让它发育成胚胎，并让孕妇在整个妊娠期内持续服用抗病毒药物，把体内病毒浓度控制在不会感染胎儿的水平……那么，这样出生的孩子是可以正常发育的。"

"可这只是到出生为止啊。"我提出异议，"就算出生之后没有感染，出生后面对充斥病毒的外界环境，新生儿全身的细胞也会迅速被病毒侵蚀，最后还是长不大的孩子。"

"为什么要面对外界环境？"酒井轻蔑地笑了笑，"我们完全可以在没有病毒的环境中把这孩子抚养成人，让他的身体发育到成熟。"

"可这……不是非法监禁吗？"

"非法监禁？"酒井尖细的笑声在林间回响，"你愿意做一辈子被困在摇篮里的婴儿，像我这样，还是以十几年的'非法囚禁'换得一副拓真一样的体魄？你不愿意选，我来替你选。"

"这样的孩子……真的存在吗？他现在在哪里？"

酒井止住了笑，用怜悯的眼神看着我。

"不是'他'，而是'他们'。"他冷冷地说。

拓真猛然愣在原地，摇篮车颠簸了一下，"你是说，我捐的那些……"

"没错。你捐献的精子都用来干这个了。还有无数和你一样，有幸拥有成熟身体的女孩们，你知道她们捐献卵子时要经历怎样的折磨吗？打针、注射激素、被毛线针一样长的取卵针……"

"别说了。"拓真低垂着头打断酒井，"我不知道你为什么要告诉我们这些。我不想听下去了。"

"可我必须告诉你！"酒井几乎要从摇篮里坐起来，"你又在逃避了。你的身体成熟了，内心却仍然是个孩子！我早就想告诉你这一点，你总是把自己有限的痛苦当作逃避他人痛苦的理由。"

"那你说我该怎么样啊？"拓真几乎要被酒井骂得哭出来。

"你要听我说下去，了解这个世界的全貌，摆出一副比现在更合适的姿态出来。"酒井指指身后林中影影绰绰的研究所建筑，

"那里，那幢建筑里面就是我刚刚提到的无毒环境，三百个少男少女正生活在其中。"

"我该怎么相信你说的？"

"简单。后天上午，新的一批二十个孩子将会达到适合进入社会的年龄。他们会被接走，安排在各自的岗位上。到时候你来这里看就知道了。"

我突然感到天旋地转，一时间有点儿恍惚。那幢高大厚实的灰色水泥建筑物仿佛在我面前耸立起来，变得无限宽广，从中走出无数长相一模一样的年轻人，细看上去竟全部长着拓真的脸，面无表情。

"这种事情……从什么时候开始的？"我努力抑制住不舒服的感觉问。

"很早。厚生劳动省的人在媒体曝光之前就知道了病毒泄漏的消息，依此制订了这样的计划。"

"你快要变得和他们一样冷血了。"拓真对酒井说。

"我不冷血，他们也不冷血。从这里走出来的是活生生的人，和你一样的人！倒是你，太矫情了。"

我看看拓真，他闭上眼睛，然后睁开，眸子重新变得澄澈。他对我点点头。

"告诉我，我父亲是怎么死的。"我说。

"你父亲在研究所任职的那几年，正是这项计划刚刚启动的时期。尽管理论框架具备，但具体操作时的各种参数，譬如抗病毒药的剂量、种类、服用策略等，仍需通过实验摸索。这种逆转录病毒类似上世纪的HIV，一旦感染便不可能彻底清除，而且隐蔽性极强，哪怕病毒低到了仪器无法检测的浓度，也仍然可能感染胎儿。病毒潜藏在骨髓内部，直到婴儿出生之后才开始大量增殖。面对这样的困境，研究人员们束手无策，只能在婴儿出生后观察身体发育情况，以此判断是否成功。"

"那，没有成功的话……"

酒井咬紧嘴唇，"……人道处理、安乐，随你怎么安上一个好听的名字。这样的孩子注定长不大，无法正常工作、享受健康完整的人生，对于社会也是沉重的负担。那群人是这样说的。"

酒井丸脸上出现了我从未见过的神情：悲戚。

"你知道最可恨的是什么吗？我想不出反驳的理由。"

风吹起林间的落叶，遮住了夕阳。酒井开动摇篮车，领我们沿着墙根绕行。我抬头望向高墙，铁丝网不知是为了防止里面的人逃走，还是防止外面的人侵入。

"良太，你的父亲无法从这种亲手杀人的道德谴责中自我开脱。和你妈妈一样，他是个责任感很强的人。"

我闭上眼睛，试图想象自己听到婴孩的哭泣声，但传入我耳中的只有林海的涛声。

"这里。"酒井指指前面，"快到了。"

林间的空地上立着一块黑色的石碑，一人多高，上面密密麻麻刻满了连续的数字，从 1 开始，一直到 1032。

石碑前的落叶上放着一束白花，在昏暗的林间格外醒目。那片洁白带有某种圣洁感，与周遭的金色、褐色与灰色格格不入。

"在找到合适的用药方案之前，他们尝试了 1032 种无效组合。"酒井的声音低沉得不像他。

拓真伸出颤抖的手指，拂过那些数字。但他在一个空缺处停下了。

在936和938之间没有数字，只是一块光滑的表面。

"937号……"

我们不约而同地把目光投向酒井。酒井看着我们，确信无误地点点头。

"我就是937。细川老师救了我。"酒井说，"当时她正怀着你，良太。你的母亲知道你爸爸所做的一切，了解他的工作与道德困境。她希望用这种方式减轻你爸爸的心理负担，但你爸爸的赎罪只能用他自己的生命来达成。"

酒井凄凉地笑了笑，"说起来可笑，当年细川老师见到我的时候，我和现在一个模样。"

拓真倚靠在黑石碑上，无力地瘫坐在地。他望向傍晚苍蓝的天空，有什么东西在他的眼中发光，"你把这些都告诉了北原？"

"对。昨天晚上我见到她在教室里一个人抽泣，实在于心不忍就把'人类其实是有未来的，但是代价很残酷'这样的信息传达给了她……"

"为什么要告诉她这些！"拓真把酒井从摇篮车里一把拎出来，酒井这才看到拓真的眼里噙满泪水，"她已经那样痛苦了，你却还要给她增加精神负担！"

"她喜欢你啊。"

我正要把酒井从拓真手上救下来，却听到酒井慢悠悠地说。

"全班所有人都看得出来。你不知道吗?！"

拓真的眼睛瞪圆了，"你说什么?"

酒井却自顾自地说了下去:"北原黛,喜欢,长谷部拓真。全班人都看得出来,只有你这个傻大个自己毫无知觉。因为身体的差异而不能在一起,你不知道北原因此有多痛苦。她经常去那座神社大概也是因为这个吧——北原总有点儿疯疯傻傻的,她大概把自己的处境和人类的困境搅和在一起了。我呢,作为同学,又是你们的朋友,看到她这样子总会于心不忍吧,于是就告诉她——"

"酒井!"

女孩的喊声从背后传来,"你不是来学习如何和人打交道的吗?看来还有待钻研啊!"

酒井愣了愣,咧嘴一笑,"那倒确实。"

拓真放下了酒井,不知所措地转向北原。

"北原,你……不要紧吧?"

"没事。"北原说,她的语气比我预想的要平静很多,是暴风雨后再掀不起一丝波澜的那种平静。

她走到石碑前,轻轻捡起那束花,"我以前不知道……活着本身就是一个奇迹。"

她伸出小手牵住拓真的大手,另一只手抚摸石碑上的号码,"哪怕这个样子,我们仍旧能站在这里,让最后一缕阳光流进眼睛里。这一切一定有什么意义,不是吗?"

拓真叹一口气,蹲下去紧紧抱住了北原。北原似乎吃了一惊,身体僵住了,随即便放松下来,倚在拓真怀中。她的眼角流下积攒多时的泪水。

"别再吃激素了。"拓真轻轻地说。

我静静地望着二人夕阳下的剪影。酒井叹了一口气,握住我的手,"我够不到你的肩,只能这样了。"

"谢谢。"我说,"这样就很好了。你小子观察人还挺有一套。"

酒井笑了笑,"毕竟也算是功课之一。"

我握住酒井的小手,思绪又回到那间灰色的水泥房。我想象着其中的少男少女在负压房和紫外线灯下度过的童年和少年,想象着他们像水稻幼苗一样在试管中栽培、移植、出生、成长,也许还要相爱。等到十八岁或二十岁的某一天,大门打开,他们会被送进外面这个从未见过的陌生世界之中,就此停止生长。他们会被告知,自己年轻有力的身体生来就是要为外面服务的。根据安排,他们或许会成为卡车司机、发电站工程师、幼儿园老师、办公室文员,也许会留在那间水泥房里,抚育同样的下一代。

用不了几十年,我们终将死去,而他们——永远十八岁或者二十岁,永远年轻健美的少男少女们,将成为文明的继承人。他们不会知道衰老与退休为何物,他们将永远活在大好年华。

那些把世界变成这般混乱模样的人们最终还是如愿以偿了。难道从一开始这就在他们的计划之内吗?我的思绪忍不住滑向更深的旋涡,也许病毒的泄漏根本就不是什么意外,也许我父亲的死并非全像酒井说的那样。

我不知道。我看着那块沉默的黑石碑,上面的数字仿佛在控诉着什么。

晚风送来了远处的钟声,将我从阴郁的揣测中惊醒。我抬起头,正看到夕阳将最后一抹余晖投在高中的教学楼上。小山投下巨大的阴影,步步紧逼,转眼之间蚕食了车棚、钟楼、足球场和体育馆。整个小镇笼罩在日落后淡紫色的余晖中，显得空旷而朦胧。

几个人都愣了一下。

"喂，我说……你们毕业后都打算去干什么呢？"酒井打破了沉默。

"我大概还是留在这里吧，村里的人手不够，能多一个人算一个人吧。"拓真望向未注水的稻田，"你要去东京吧？"

"嗯，和那边的教授已经约好了。"

北原和我沉默不语。晚风吹干了北原脸上的泪痕，她嘴唇微张，目光眺望天际的黛紫，仿佛在凝视着逐渐升腾起的云海。

"我不知道。"我说，"不知道我能干什么。"

北原摇摇头，"我和拓真留在村里。"

林间迅速地暗了下去。我最后看了一眼背后的高墙，它们在暮色中渐渐隐没了轮廓。

"天黑了。"酒井驱动小车，"山上很快就会冷起来的。"

"嗯，该走了。"

已经结束毕业仪式的校园前，有位母亲仍在等待。

孩子们挽着手朝山下走去。

中元节

宝 树

《科幻世界》2023年08期

宝 树

科幻作家、译者，中国作家协会科幻专委会委员。屡获银河奖、华语科幻星云奖等奖项，著有《观想之宙》《时间之墟》等长篇小说，发表中短篇作品约百万字，已出版《我们的科幻世界：宝树中短篇科幻小说集》等多部个人作品集，主编科幻选集《科幻中的中国历史》等，译著有《造星主》等。

1

老魏醒来,发现自己悬浮在黑色大理石的墓碑之前,对着自己那张熟悉的遗像。

在那张慈祥微笑的照片下方,是竖着镌刻的两行隶书文字:

慈父　魏光明（1968 年 06 月 20 日—2042 年 09 月 14 日）

慈母　沈　月（1970 年 04 月 13 日—）

两行字的颜色一黄一红,他的是黄色的,沈月的是红色的,一旁还有两行白色小字:

儿　魏佳杰　媳　齐小冰

携孙女　魏若宸　泣立

这块墓碑,老魏早已看得熟了。他知道,自己通常是清晨在这里被唤醒,准备上午或下午和亲人见面,一般是在自己的墓地,有时候也会去墓园专设的会客室(需要另外付费)。但他很快发现,此时并非清晨,而是黄昏,太阳刚刚落下,西边天上还带着晚霞的深红,并不是往常苏醒的时辰。老魏环顾四周,发现左邻右舍也都同时醒来了。老傅、李姐、王哥、小刘……似乎所有的游魂都醒来了,以半透明的形态悬浮在自己的墓碑前,有几分迷惘地看着彼此。

这是清明还是冬至？一般只有在这两个节日，大部分墓主的亲属都来祭扫，才会有游魂们都被唤醒的场面，但现在却又不像。老魏感受不到气温，但看绿化带里郁郁葱葱的植物，分明是在夏季。

这时，老魏的视野上方冒出了一则推送，告诉他收到一条信息。老魏伸手，做了一个点击的动作。他看到其他游魂也在做同样的动作，说明大家都收到了这条群发的信息。

那是一条简短的通知，告诉他们为什么在此时此刻醒来："您好，今天是2052年8月9日星期五，农历七月十五日，中元节。按照我国今年刚刚通过的《数字人格复制体权益保护法》第七条第十二款，您作为数字人格，享有半天的合法假期，因此被唤醒，并可以在法定范围内自由活动十二个小时。更多信息请点击……"

老魏还没回过神，一旁的老傅转向他，笑着说："老魏，你没想到吧？现在的社会还挺尊重传统文化，连中元节都给咱们过上了。听说以后每年都会有好几个节日可以苏醒……"

但令老魏愕然的，是其中另一个信息，"2052？怎么会到2052年了？我、我上次醒来不还是2045年吗？怎么再一醒来已经过了七年?!"他求助地望向老傅。

老傅似乎不知如何启齿，良久才说："看开点儿吧，老魏。时间对咱们还有什么意义可言呢？多几年少几年的，都一样。"

老魏颤声问："所以，他们……我家人，这些年一直都没来看我吗？"

"这我也不清楚，我也不是每天都醒来的啊。"老傅含糊地说。

老魏忽然想起来，自己作为和这块墓地——准确来讲，是这块储存有他全部数据的墓碑——绑定的数字体，可以查看扫墓的记录。他点击了自己视野右上角的一个隐匿图标，很快跳出一堆选项，虽然已经是数字化的存在，但老魏还是花了点儿时间才找到家人的扫墓记录——其实这几年家人还来过几次，最近一次是在去年年底，但再未唤醒过他。

老魏心中感到一阵苦涩，或许这么说也不妥当，他已没有了"心"，但一股纠缠郁结的感受渗透了他的整个感应场，让整个世界都变得灰暗、黏稠。

老傅安慰他说："毕竟你家人还是来过嘛，你看李姐家，十来年都没人来拜祭。这年头有几个真孝顺的儿孙啊，能来看看就不错了。"

但是来扫墓又不唤醒自己，比完全不来更加令老魏伤心。他摇摇头，"多半是我那婆娘不让，这女人固执得很……唉！"

是的，老魏很清楚，问题的症结就在于沈月。她这些年一直恨着自己，确切地讲，是恨自己这个魏光明的"数字人格复制体"。

2

在老魏的感知里，死亡并不是十年前的事，而几乎就在几个月以前。他在医院中最后一次昏迷似乎没多久，就又醒来了。

说"醒来"不是很确切，因为并没有一个从朦胧到清醒的渐进过程, 而是刹那间, 整个广阔清晰的外部视野一下子跳了出来, 无数光影和声音向他涌来。老魏吓了一跳, 本能地闭上眼睛, 等到再睁开, 他发现自己站在一块黑色的墓碑前, 仔细一看上面的字迹, 竟然是他和沈月的墓碑! 他恍惚间以为在做梦, 想去掐自己的大腿, 却哪里掐得到——他发现自己浑身上下只是一个半透明的虚影, 甚至脚都是悬浮在地面上的。

"魏先生, 不要紧张, 请听我说!"老魏这时发现, 身边还站着一个年轻女孩子, 穿着印有"永恒墓园"字样的工作服。她告诉老魏, 他是用了最新的扫描和建模技术, 在魏光明死去的瞬间, 复制他大脑皮质中的海量数据而形成的数字虚拟人。尽管他觉得自己就是魏光明, 但严格来讲, 他只是魏光明的数字人格体。

现在, 他的本体就在这个内置有强大处理器和储存器的墓碑里, 但又结合了一个和生前相似的三维形象, 以增强现实也就是所谓AR的形式, 投射到现实空间中。他的感知——当然, 基本只有视觉和听觉——来自周围环境中遍布的微型传感器, 这是这些年来智慧城市建立的基础, 它们足以支撑起一个覆盖整个城市的智能感知场域。这些技术已经成熟好几年了, 特别在中国这样一个讲究"事死如事生"的孝道社会, 为死者制造数字体——俗称"游魂"——正在越来越受到欢迎。

老魏是个工人, 没念过多少书, 加上生命中最后几年一大半时间在医院度过, 对社会上很多新事物已经产生了很深的隔阂。但毕竟在21世纪度过了后半生, 他很快也就明白了"数字人格体"的大致意思。他当然一时难以接受自己竟变成这副"鬼模样", 但等到平静下来, 又感到自己还算是幸运: 不管怎么讲, 本来他重病缠身，只剩下喘息的力气，但如今病痛都已无影无踪，他还能留在亲人身边，陪老伴走完余生，看着自己的孙女长大。还有什么奢求呢？

老魏巴不得马上回家，但是对方告诉他，政府规定，死者的数字人格体只能留在墓园里，不得离开这里进入社会，甚至进行网络通信都不允许。这很好理解，比如，过世的领导和老板，其数字体要是继续霸占要职指手画脚，那社会可就乱套了；即便留在家庭内部，也容易造成个人生活和人际关系的隐患，例如遗产分配和配偶再婚等。所以让数字体们留在墓园，应该说是最好的方案。老魏不得不接受这个现实，只要能再见到妻子和孩子们，这都是可以接受的代价。

第二天，老魏再次被唤醒了，那是家人在他下葬后第一次来扫墓。老魏有点儿遗憾，他的骨灰下葬时，数字体还没有完全制成，所以没法在自己的葬礼上当面答谢亲友。一家人都来了，远远地就飞奔过来，围在他身边，哭着、笑着、诉说着。特别是沈月，泪眼滂沱，几乎要瘫倒在他的怀里——只可惜他无法抱住她。九岁的孙女宸宸也蹦蹦跳跳，缠着爷爷不放，给他看自己画的一幅蜡笔画。老魏清楚地记得，画的是爷爷拉着她的小手走在硕大的太阳下，两个人都笑嘻嘻的。在她心目中大概根本没有死亡的概念，爷爷只是换了一个地方住而已。

后来有一段时间，家人常常来看他。当然，儿子和媳妇要上班、孙女要上学，只有周末才能来，老伴沈月却天天风雨无阻，在他坟头一坐就是几个小时，商量家里的琐事，告诉他邻居和朋友的近况，就像生前那样依赖他。那是一段美妙的时光，实在比生前最后两年病魔缠身的日子要舒心太多。

但这种死后的美好生活并没有维持多久，是从什么时候开始变化的呢？对了，就是那一天。他和沈月当年相识的纪念日，沈月随口跟他提起，但他竟然不记得了，好像记忆中有一个巨大的空洞。

"1988年的今天，在你表姐的婚礼上？我、我想不起来啊，奇怪，真是奇怪。"老魏疑惑地说。他的确记得有几次和沈月在一起庆祝这个日子，但这一天本身发生了什么，他一点印象也没有。他有点担心，自己是不是老年痴呆了？但再一想，怎么可能，他分明已经没有了肉身，哪里会有什么老年痴呆！

"那我们第二次见面，去看《高山下的花环》，你还记得吗？你都看哭了，我还笑话你来着……"老伴小心翼翼地问。

老魏摇摇头。高山下的花环，是什么花环？有什么好看的？

沈月的眉心越发紧蹙，"那我们结婚那年，去杭州度蜜月？"

新婚燕尔的甜蜜，再不记得就不像话了，老魏想说自己记得，但又说不出口。他惊恐地发现，和沈月在一起的前几年几乎都是空白，但同时期的事也不是全不记得，和工友吵架、借给表弟钱之类的琐事都还有印象。他的记忆就好像是一本被撕去了最重要几页的书，怎么会这样呢？

沈月缓缓向后退了两步，眸中透出陌生的眼神。好像眼前不是和她相濡以沫五十年的老公，而是一个打扮成他的骗子。

"假的，"她喃喃说，"你不是我家老魏……他从来不会忘记的。"

"我是啊，我没忘记，我肯定记得，只是一时想不起……"老魏毫无底气地说，自己都听得出来自己的心虚。

"假的假的假的……"沈月不去看他，只是不住重复这两个字，仿佛是以此来说服自己，拒绝再和他有任何交流。很快，她颤抖着转过身，踉踉跄跄地走了。老魏既然心里没底，也不敢追上去，只是木然站着，喃喃说："怎么会这样……"

"有些记忆没拷贝上，很常见的现象，别担心。"一个声音在他身边说。确切地讲，也不是真正的物理声波，而是游魂之间的一种信息交流。

老魏回头，看到一个四十来岁、身形高瘦的中年男子对他微微一笑。虽然对方看起来比自己小很多，但不知怎么，他有一种见到老大哥的感觉。

那就是老傅，他认识的第一个邻居。

3

永恒墓园是人格数字复制技术投入商用后新建的，所有墓主都有一个数字人格复制体，或称游魂。游魂的物理存在依附于墓碑内置的芯片，但他们的形象都是AR系统中生成的影像，可以看到彼此，也可以相互交流。

在法理上，数字体是对本体进行复制的产物，其所有权归属于本体的继承者，何时苏醒由继承者决定。当然一般来讲，继承者会尊重游魂的苏醒意愿，不过大部分游魂也并不想经常醒来，在墓园中过形同坐牢的无聊生活，而常选择只是在和亲人相见的日子苏醒。

但老傅是个例外。老傅比老魏大好几岁，也早走几年，是国内最早诞生的数字体之一。他妻子早逝，无儿无女，一辈子活得洒脱，临终前把房子卖了，委托一个殡葬公司复制了自己的数字体，根据协议，他可以自由选择在何时苏醒。老傅一年到头会醒来很多天，经常在墓园里转悠，找人聊天和下棋——AR界面能实现这个功能，因此认识绝大部分游魂，可以说最是见多识广。

老魏从老傅口中知道，原来并不是每一个数字体都能实现本体100%的记忆复制，这会因为临终时大脑状态的不同而有很大差异。开始复制老魏时，他的大脑已经坏死了一小部分，所以大约只有魏光明本人八成的记忆，因此许多年轻时的珍贵回忆，都已不复存在。

后来，老魏又苏醒过若干次，但沈月再也没来过，儿子来得也不怎么勤快。唯一的安慰是小孙女宸宸还很依恋爷爷，每次来看他，都在他耳边叽叽喳喳地讲述学校里外的趣事，排遣了老魏不少的苦闷。然而到了第二年，宸宸也来得越来越少，似乎她也发现，停留在过去时光里的爷爷，渐渐已经不能理解她越来越丰富有趣的生活，跟他说不到一块儿去了。第三年，老魏更是只在清明节苏醒过一次，和儿子、孙女匆匆一面，后面就一直沉睡到了今天。

老傅也曾告诉他，像他这样的情况并不罕见。对许多人来说，已故亲人的数字体只是一个廉价的慰藉，并不是亲人本身；随着人们走出悲痛期，许多人在心理上也渐渐拉开和数字体的距离，甚至对"假冒"其亲人的数字体感到反感。据说，有三分之一的家属最终会选择销毁数字体，还有三分之一不愿销毁但也不会再唤醒他们。看来，老魏的家人进入了后者这一行列。

想到这里，老魏哭丧着脸说："这么活着……不，死着还有什么意思，沈月既然不想再看到我，干脆让他们销毁我得了。"

"你还不知道吧，"老傅说，"前几年国家通过了数字人格体的权利法案，保护我们的'准生命权'，从此以后就不允许销毁我们了。今年又通过了新的法案，我们每年都有几天法定假期用来苏醒，还可以选择何时苏醒。"

老魏苦笑说："想不到政府对我们这些孤魂野鬼还能这么好，比我老婆还强。"

老傅却说："别怪她，也许可能恰是因为她和你——和魏光明——的感情最深，如果她觉得你不是魏光明，反而会产生强烈的排斥心理。"

"那我该怎么办？"老魏哭丧着脸说，"就这么被所有亲人遗忘，孤零零地在这个破墓地里住下去？"

老傅却笑了，"你别急啊，你看——"他指了指前方。

老魏顺着他指的方向一看，看到一对拉着手游荡的游魂，不由得微微吃惊，"那不是王哥？他身边怎么多了个女的？"

老傅说："这是他老婆！去年刚去世的，如今也成了数字体，夫妻两个在这里团聚了，现在整天形影不离。"

老魏心中一动，明白了老傅的意思。其实他自己也不是没想过，等到老伴百年归天，多半也会成为数字体来陪伴自己，到那时候，夫妻俩同是游魂之身，还会有什么排斥芥蒂？他们可以在这里相依相偎，就像生前……

老魏不禁想，要是这一天能快点儿到来就好了。但转念又觉得自己过于自私，不管怎么说，也不能因此就盼望沈月快点儿亡故吧？

"对了，"老傅说，"刚才不是通知了吗，今天咱们可以去外面。你如果想家里人的话，可以回家看看。"

"真的可以？"老魏精神一振。

"嗯，没问题的。不过你也要知道，这需要他们的 AR 系统能够识别你。"说到这里，老傅有些吞吞吐吐。

老魏心一沉，他明白老傅的意思。既然家里人好多年都没唤醒他，也未必会欢迎他的归来，也许在 AR 系统中早就删去了他的信息，也就无法再看到自己。不过见到家人的渴望仍然压倒了一切。他眼前不禁浮现起多年前的某个记忆碎片：他从外地回来，推开家门，家里充满了欢声笑语，儿子和媳妇已经做好了一桌菜等着他，沈月迎上前嘘寒问暖，小宸宸更是大叫着"爷爷、爷爷"扑到他的怀里——那是久违的家的感觉。

老魏感觉自己眼角湿润了，当然那只是幻觉。他问老傅："那我该怎么去？"

老傅说："很简单，根本不用走路。在我们视野右上角有一个图标，可以下拉一个菜单，点击地图，就可以到达想去的地点了。不过好像要先登记一下，我带你过去。"

4

游魂的移动方式和人的肉身不同，是以虚拟大脑中的指令驱使影像在AR场域中平移位置,看起来便如同飘移。当然也可以采用行走或奔跑的表面动作,但没有实质意义。老魏跟着老傅在墓园中飘着,向出口移动。左顾右盼间,他发现这几年公墓里多了不少新邻居,绝大部分都是耄耋老人。虽然理论上数字人格体可以是任何模样,但家人一般还是习惯于订制死者晚年的形象作为皮肤,否则中年人对着小伙子大姑娘叫爹妈,未免太过硌硬。当然,老傅是个例外,他虽然是快八十岁去世的,却按自己意愿设置成四十来岁的形象,眉目修过,比本人真正年轻的时候还俊朗几分。

老魏的目光忽然定在一个小小的身影上。那是一个穿白裙子的小女孩,只有六七岁,头发长长的,抱膝坐在墓碑后的阴影里,不仔细看几乎看不出来。她身上发出淡淡的白光,表示她也同样是一个游魂,而非人类。

"老傅,那是——"他停下问。

老傅看了一眼,说:"这孩子啊,她叫林莎,死于飞来横祸。她好好地在小区里玩,谁知一辆自动驾驶的汽车失控撞过来……她进墓园也有五六年了,但你一直没醒,所以不知道。"

老魏看了这孩子几眼,想起了幼时受了委屈躲起来哭的宸宸,心下一软,朝她移过去,"孩子,你怎么了?"

看到有陌生人飘过来,女孩流露出恐惧的眼神,更加瑟缩。"爸爸,妈妈!"她稚气地喊。

"莎莎,别怕。"老傅上前安抚说,"这是魏爷爷,我是傅爷爷,你还记得吗?我们前几天还见过的。"

莎莎似乎认得老傅,犹豫地点点头,叫了声:"傅爷爷!"

老魏问:"她爸妈也在这里?"

老傅低声告诉他:"当然没有。不过当年她的大脑受损严重,导致复制的时候错误太多,现在她丢了一大半记忆,智力也明显低于同龄孩子,她到现在可能还不知道发生了什么……"

老魏的感应场又是一阵压抑。可怜的孩子,他想,要是我的宸宸也这样,那真是比我自己死了还难过。

老傅说:"她父母前一两年倒是常来,后来可能嫌她不像自己的真女儿,也就不来了。这孩子好像设置了自动苏醒,每年还会苏醒几天,找不到家里人就自己躲在这里,也不说话。我们别打扰她了,先出去再说。"

莎莎听到了他最后一句话,忽然眨巴着眼睛,问:"傅爷爷,我也可以出去吗?"

老傅一怔,随口说:"嗯,对,今天是中元节——"

莎莎一下子站起来,带着哭腔说:"妈妈! 我要去找妈妈……"

老傅和老魏面面相觑,老傅问她:"你要找你爸爸妈妈?"

莎莎点了点头。

老魏问:"那你知道你妈妈在哪里吗?"

"知道,东海市南川区江东二路296号仁爱小区C座506室。"莎莎背出一串详细的地址。

老傅说:"应该是生前她父母教她背的,以防走失。"

老魏说:"对,我也教孙女背过。老傅,既然有地址,不如我们带她去找她父母?"

老傅面露难色。

"永哥——"

老傅还没开口，忽然一个嗲嗲的女声传来。伴着这声音，一个身穿绛紫色旗袍的丽影飘来，竟是一位颇具风韵的熟女，"永哥，我一直在找你呢，你怎么还在这里，到底还走不走啊？"

老傅顿时眉开眼笑，"这不是碰到老魏了吗，聊了几句……走，马上走！"

"是魏哥啊，好几年不见了！"旗袍女对他甜甜一笑。

"哦，小田啊，你好……"老魏有些尴尬地打招呼。

小田是位"00后"，比他们都小很多，四十岁出头时因为癌症走的。她去世后，丈夫很快便再娶，再不来祭扫，不过倒也放她自由。小田蛮看得开，既然丈夫另寻新欢，她在墓园里也开始了第二春，换了好几个"男朋友"。虽然游魂之间无法有真正的肉体关系，但虚凤假凰，彼此倒也有一些相互感应的满足方式。

有段时间，她和一位英年早逝的歌唱家走得很近。在月光下，歌唱家曼声高歌，小田翩翩起舞，郎才女貌，颇为浪漫。谁知歌唱家的妻子查看记录，发现丈夫的数字体频频在夜里苏醒，不觉心生疑窦，一天亲自跑来墓园查看，发现后大吵大闹，上演了一出"捉奸"大戏。这场"活正房大战死小三"成为冷清的公墓里好几年中最大的八卦。后来，那妻子一气之下，将歌唱家的骨灰和数字体都移走了，小田才又寂寞了下来。

这几年老魏没有苏醒，也不知道发生了什么。看来，老傅已经被她拿下了。老魏想，本来小田只找同代人，看不上他们这些比自己大几十岁的老头子，但在墓地里一住这么多年，这些差距慢慢也就无所谓了。

老傅把他拉到一边，有些歉意地说："老魏，刚才没跟你说清楚，其实我跟小田约好了，今天要去超元宙玩一圈的……"

"超元宙？是什么？"

"这两年的新玩意儿，就是一个赛博空间，大到无边无际，里面各种奇观都有，飞在天上的鲸鱼、翡翠造的城市、千奇百怪的外星人……你可以想象成一万个，不，一百万个幻想世界的总和。现在每天都有几亿人在里面玩，几乎都不愿意出来了。"

"嘻，不就和以前那个什么元宇宙差不多嘛，骗人的花头。"老魏不以为然。儿子魏佳杰在21世纪20年代搞过创业，投资了什么"元宇宙工业"，结果赔得一塌糊涂，大部分债都是他帮着还的。

"不一样！这次是真的。你进去就知道了，那是一个根本想象不到的神奇世界……一般不对数字体开放，但今天是个难得的机会。有人说，将来也没有什么人类和数字体的区别了，所有人都会住到那个世界里。据说在里面，我们也可以有真实肉体的感觉，可以……嘿嘿……"他冲老魏挤眉弄眼。

老魏说："行吧，那你和小田去玩吧，我不当电灯泡。我带莎莎去找她爸妈好了。"

老傅想了想，说："你也不一定好找，要不，还是我们带莎莎去超元宙吧，那里的游乐场特别带劲，小朋友一定喜欢。"

莎莎好像听懂了，固执地摇头，说："妈妈！我要找妈妈！"她着急之下，居然主动抓住了刚才还是陌生人的老魏的手。

老魏心一软，说："放心，莎莎，我带你去。"

5

和老傅及小田分开后,莎莎紧握着老魏的手不放,好像生怕他跑掉一样。数字体没有触觉,但在不同数字体的影像有意接触时,工程师仍然设计出一种难以名状的刺激,勉强说的话,类似于黏附感。它和数字体虚拟大脑中一些深邃的区域相连接,可以在感应场中激发出各种各样的情感涟漪。对老魏来说,他感觉好像回到了很多年前,自己的身体还硬朗,拉着孙女去幼儿园时的情景。

完成简单的登记之后,老魏和莎莎的地图被激活了,一张可以随意放大缩小的三维地图展现在他们面前,上面标出了AR影像的可传送点,在东海市里至少有几百个,基本都在马路、广场、公园、购物中心等公共空间。老魏先是找到莎莎家的位置,然后找到距离她家最近的一个传送点,按下了传送按钮。下一个瞬间,一老一小两个游魂就出现在那里了。

那是一个街心的小公园,离老魏家也不算远,周围的建筑和街道都似曾相识,但老魏仍然一下子感觉到了十年的时代变迁:光屏墙、扫地垃圾桶等智能设备变多了,有不少少年男女穿着时髦的飞行衣在天上飞来飞去,还有一些合金的或陶瓷的机器人在路上行走,运送外卖或者快递……这些在老魏生前还很少见。

莎莎左顾右盼了一会儿,忽然发出一声欢呼,抽出小手,朝着公园里一个灯火辉煌的儿童游乐场跑去。老魏不禁莞尔,孩子就是孩子，玩性太大，这就忘了回家的事了。不过数字体孩子怎么能够在人的游乐场里玩呢？老魏一边想一边跟了过去。

谁料，莎莎跑到游乐场门口，却并不往里走，而是扑进一个中年女子的怀里，"妈妈！妈妈！"

她整个身体从女子的下半身穿过。女子漫不经心地看着一个投射在她面前的 AR 视频，根本没有注意到脚下有这么一个发着白光、满面渴盼的小女孩。

"妈妈！我回来了呀，妈妈！"莎莎尖叫着，试图抓住她的衣角。女子却打了个哈欠，用手一拨，又换了一个搞笑的猫狗视频。

老魏的心沉了下去，他也走到女子身边，试探地问："你好，请问你……"

女子没有任何反应，继续漠然调弄着视频。

老魏明白了，就像老傅说的，只有在对方内置的 AR 系统授权的情况下，游魂才可能出现在其视野中，被对方看到。莎莎的母亲大概早已更新了 AR 系统，删除了有关莎莎的信息，所以根本看不到她。当然，更看不到老魏。

"妈妈，妈妈，你怎么不理我，我是莎莎呀……"莎莎在她面前哭了起来，虽然流不出眼泪，但鼻子一抽，小嘴一撇，同样令老魏的心都要碎了。

"别哭了，莎莎乖，别哭了。"他徒劳地劝道，却不知到底该如何是好。

但这时，女子好像听到了什么，抬起头，脸上忽然绽放出温柔甜美的笑容。莎莎也怔了一下，以为母亲看到了自己，急切地说："妈妈，我在这里，妈——"

"小诺！"女子却叫了起来，"来，妈妈在这里！"

一个三四岁的小男孩从游乐场出来，穿过莎莎半透明的身躯，真实地扑进了女子的怀里，骄傲地叫道："妈妈！我刚才从最高的变形滑梯上滑下来啦！"

"真厉害！玩累了吧，满头大汗的。"女子说，"你爸呢？也不看着你一点儿。"

"我跟着他跑了半天，"一个男子走过来，也笑着说，"你在一边休息，还说风凉话。"

"爸爸！"莎莎叫了起来，老魏感觉到的分贝比刚才还高，"爸爸呀！"

男子同样没有听到分毫声响，对男孩说："小诺，我们去吃冰激凌好不好？就我们俩，不给你妈吃。"

小诺却说："我跟妈妈吃，不给你吃，哼！"

"看到没有，"母亲洋洋得意地说，"儿子向着我，少挑拨离间了。走，妈妈给你买分子冰激凌。"

一家人说说笑笑地走开了。莎莎在后头追了两步，虽有些犹豫，但还是哭着叫"爸爸妈妈"，想跟上去。

老魏心中酸楚，拉住她说："别哭了，莎莎，他们听不见你。"

莎莎停住了脚步，又哭了一阵，然后问他："魏爷爷，爸爸妈妈不要我了吗？"

"不是不要，"老魏不知该怎么说，"怎么会不要你呢？他们只是……"

算算时间自然明白，在莎莎去世后，她的父母很快又有了第二个孩子——如今人人都在生育银行里存着冷冻生殖细胞，想生几个孩子都轻而易举。新的小生命疗愈了他们的伤口，给了他们的人生新的希望。或许他们不会忘记莎莎，但也不愿再直面这内心的伤疤，所以多年没有再唤醒莎莎的数字体，甚至从自己的信息管理系统中删掉了女儿的一切信息。但你怎么能让一个心智只有三四岁的孩子明白这些呢？她甚至不清楚自己已经死了。

何况，即便能见到莎莎，她的父母又会怎样？也许他们会痛哭流涕，抱住这个苦命的女儿，又或许，他们不愿承认这个残缺的、不具备许多基本记忆的数字体是自己的女儿，甚至不承认她有人的意识，认为她只是一段拙劣的错误程序，置之不理。人心的深邃与偏执，外人无法蠡测。

"只是技术故障，所以他们看不到你。"最后老魏勉强地说。

"那小孩是谁？"莎莎又问。老魏知道她指的是那个小男孩。

"他应该是你的弟弟。"

"我不要弟弟！不要！我要我的爸爸妈妈！"莎莎仿佛忽然意识到是谁夺去了自己的父母，愤恨地鼓着腮甩开他，朝父母离开的方向移去。这次她的念动力很强劲，瞬间就像箭一样射出几十步远。老魏忙追上去，但忽然一群贴地飞行的小青年从他眼前冲过，逼得老魏退了几步。老魏过了好一阵才想到，他无须躲避，就算开来的是二十吨的大卡车，也伤不到他。此时，对面又跑过来一群打打闹闹的小学生，挡住了他的视线，人群散开后，老魏已看不到莎莎的身影了。

6

老魏找了半天也找不到莎莎，只好先告放弃。反正莎莎这状态应该也不可能被坏人拐跑。临走时，老傅跟他说过，十二个小时后，不论游魂身在哪里都会被强制关闭，下一次苏醒——如果有的话——还是会在自己的本体墓碑之前，所以不可能走失。但想到莎莎此时不知会在什么角落里哭得昏天黑地，也没有人去安慰，老魏的感应场还是一阵阵难受。

老魏只好让自己不去想这些糟心事，只想着自己的家人，向家的方向飘去。距离还有两三千米，他本来可以传送到更近的地点，但老魏想看看家附近的街景有什么变化。当年，隔了两条马路的百货大楼本来要改成一个艺术展览馆，旁边的小巷也有改造成智能街区的计划，他去世的时候正在动工，现在不知道怎么样了。

其实老魏也知道，这些都是自欺欺人的托词，他只是不敢马上面对家人。也许他们和莎莎的父母一样，早已删去了自己的信息，也无法再看到自己，又或许他们已经搬走了，数字体在未经授权之下，无法通过网络主动联系人类，老魏更不可能找到他们。他只希望走得慢点，让或许非常残忍可怕的真相更慢、更迟一点到来。

老魏在路上看到了不少游魂，有些是和活着的亲人在一起的，但还有许多大概都是和他类似的情况，他们灰暗惨白、若隐若现、魂不守舍。其他人类都看不到他们。尽管路上有些中元节主题的表演,但似乎没多少人知道今天是他们这些游魂返家的日子。毕竟人鬼殊途,老魏想,但也许再过几十年,生人会越来越少,就像老傅说的,人们都搬去什么超元宇宙了,这座城市将被越来越多的游魂淹没,埋葬在过去的记忆里。

在离家不远的一条街上,老魏看到四五对男女,打扮得花花绿绿,在离地不远的空中飞着,他们不是游魂,而是穿着飞行衣的年轻人。他们笑着、闹着,相互亲吻、抚摸,交换伴侣,同时做出各种高难度飞行动作,天知道彼此是什么关系。这大概又是年轻人喜欢玩的什么时髦游戏。

他们一个个从老魏头顶掠过,老魏只是略看了几眼,他对这些造型古怪的小青年没任何兴趣,又沉浸到自己的心事中。但在队伍末尾,一个女郎似乎看到了他,好奇地看了他几眼,忽然发出惊讶的低呼,一时没把握住平衡,在空中画出歪歪扭扭的曲线,差点儿摔下来。

女郎停止飞行,缓缓落地,眼神中满是惊讶。这女郎的身姿前凸后翘,性感到夸张,大概是注射了什么智能纳米液进行了身材调整。她的衣着暴露得不能再暴露,下面露到大腿根,上面露出大半个胸脯,绿色的长发像是飘动的海草。脸上和身上不知涂了什么,发出五颜六色的荧光。

老魏有些诧异,为什么这个浑身抹得跟山魈屁股一样的女郎盯着他看,难道他的样子看上去很恐怖?还是她从未见过一个老人的游魂?

但忽然间,他想到了一点,整个感应场战栗起来。

这个飞天女郎既然能够看到他,难道……

他紧张地望向那女郎,渐渐地,他发现她其实很年轻,并从那张浓妆艳抹的面孔辨认出了一张熟悉小脸的痕迹——但这怎么可能啊!

"若宸,你下来干吗! 跟见了鬼似的! "她身后,一个辫发文身的青年男子也跳到地上,不满地叫道。他显然看不到老魏。

没错了,老魏的感应场一阵紧缩。眼前这个一身非主流打扮的女妖精,正是记忆中活泼可爱的宸宸,他从摇篮里一直照顾到八九岁的小孙女。

算起来,今年宸宸的确也有二十左右了。老魏也想过,她应该出落成一个亭亭玉立的大姑娘。但怎么也想不到,孙女是这副模样。

"宸宸……魏若宸? "他试探地叫道,朝前走了两步。

魏若宸紧张兮兮地动了动嘴唇,想说什么,却又没说出口。她尴尬地抬了下手,好像打算遮挡住自己性感暴露的身躯,又发现实在欲盖弥彰,想了想,只好更尴尬地放下手臂,两只手拧在了一起。

"若宸! 我跟你说话呢! "辫发男有些猥琐地搂住她的腰肢。

魏若宸骂出一个脏字,略放低一点儿声音:"滚开,我爷爷来了! "

"你爷爷? 你跟我说过的那个什么数字体吗? "

"闭嘴! "魏若宸说,在一个老魏看不到的界面上操作了几下,大概是共享了 AR 界面。男青年忽然也能看到他了,一时呆了,然后傻兮兮地鞠了一个躬,"叔叔……啊呸,爷爷好! "

"爷爷，"魏若宸稍微镇定了些，迎上前说，"你怎么来了呀？也不打个招呼。"

"宸宸，你已经长这么大了。"老魏说，稍微移开目光，不便正视孙女丰满的胸部。一阵时光流逝的悲凉之感从心底升起，那个娇憨可爱的小女孩永远也回不来了，"一晃都七八年了，爷爷一直很牵挂你……"

魏若宸也不好意思看他，低着头，干巴巴地说："爷爷，我也想你……你在那边还好吗？"

老魏不知道怎么回答，只能说："孤魂野鬼的，有什么好不好的。你们不来看爷爷，只有爷爷来看你们了。"

"对了！"辫发男插嘴说，"我今天看到新闻，说数字体可以在中元节放假回家！我还寻思你爷爷会不会来呢。"

"那你怎么不告诉我？"魏若宸瞪了他一眼，又对老魏说，"其实我一直想去看您，就是奶奶不让……"

她不知该怎么表达，但老魏也知道她的意思，摇头说："我真不懂，你奶奶为什么这样，就算我……可我对你们……"他也说不下去了。

魏若宸赶紧换了一个话题，"对了，爷爷，我爸就在家里呢，我带你去看他吧。老K，你在下面等我一会儿。"

辫发男不情愿地答应了，一老一少沉默着转过一条马路，走进一座公寓大楼，这里一切倒基本还是老样子，只是更破旧了几分。魏若宸按了指纹，走进电梯，电梯识别了她的身份，自动带她上到三十五楼。

电梯里，两人相对无言。尴尬的气氛笼罩下来，老魏打破沉默,问:"宸宸,刚才那个人是你男朋友?"

"也不算吧,"魏若宸含含糊糊地说,"就一朋友。"

老魏想提醒她几句注意检点,但多少年没见了,自然也拿不出长辈的权威,只好说:"那个,你爸妈都在家吗?"

"我爸在,我妈嘛,哼,他俩早离了。"

"什么?!"老魏大吃一惊,"这好好的,怎么忽然就离了呢?"

"都离了七八年了。"说到父母的事,魏若宸说话顺畅了许多,"您老人家在世的时候他们也没少吵,你又不是不知道。后面更是过不下去了。我妈倒好,现在找了一个外籍华人,去外国了!"

这时电梯叮的一声,门打开了,正对着的就是他的家门。魏若宸说:"对不起,爷爷,我和朋友约好了还有点事,今晚就不陪你了啊,过几天我专门去那边看你!对了,一会儿你就说只看到我一个人就行了!"

魏若宸快步走到门口,用指纹锁打开了门,里面似乎有一股气味传来,她皱着眉头嘟囔了一声"又喝酒了",然后喊了一声"爸,爷爷回来了"就溜之大吉。

7

老魏缓缓飘进房中,这套房子是他去世前三年全家五口一起搬进来的,装修还是他亲自监工的。如今依稀仍是记忆中的样子,但也残旧了许多,家具隐隐都有了包浆,地板上脏兮兮的,散落着许多纸巾和食物碎屑,显然好多天都没打扫了。他看到儿子魏佳杰坐在餐桌边自斟自饮，头上明显有了不少白发，脸上也苍老了几分，一脸酒气，面前有好几个空了的啤酒瓶。

老魏心疼地叫了一声："佳杰！"

总算儿子没有把他删掉，一瞥眼也看到了他，立刻酒醒了一半，"爸?!"手一抖，碰倒了边上的酒瓶，啤酒哗哗地流到地上。

老魏一时气上心头，皱眉说："你怎么一个人又喝上了，以前就跟你说要戒酒戒酒，还是喝个没完！怪不得小冰要和你离婚呢！"

"爸，你、你怎么来了？"

"我不来还不知道你把家都给搞散了！"老魏越说越气，"你知不知道若宸现在在做什么？和不知道从哪里来的小混混在一起鬼混……她小时候成绩那么好，难道没上大学？"

魏佳杰摇摇头，结结巴巴地说："离最、最低分数线还差、差一百多分呢，去酒、酒吧里上班了。"

"你小子怎么把我的小孙女教成这样了！"

"我有什么办法，"魏佳杰嘟囔着说，"丫头大了，不听我的，她妈又跑了……"

"老婆老婆你管不住，女儿女儿你教不好，老子在坟里等了好些年也没见你来看看我，每天就知道喝酒……废物！早知道老子当初就不生你了！"老魏教训起儿子，很快就进入了状态，说个没完没了，没注意到儿子的神态变化。

砰！

忽然间，一个酒瓶砸到地上，酒水和玻璃片四溅，好几片碎玻璃甚至穿过了老魏的身体。魏佳杰扶着墙站起来，指着他，喘息着说:"你他妈什么时候生过我?你是我爸吗?凭什么管、管我?"

老魏蒙了,"我怎么不是你爸?"

"拉倒吧!你就是我爸的一个低级复制品,还没复制全!当年我妈就说,你根本不是我爸,让我们把你销毁了。我不忍心,让你活到现在,你居然还教训起我来了!早知道就该听我妈的,把你给……"

老魏气得要发疯,"你妈呢?让她出来,今天老子要跟她说个清楚!"

魏佳杰却怪笑起来,"怎么,你在那边没见到她啊?"

"我在哪边没见到她?"老魏想,难道沈月今天去那边看自己了?但也没人通知啊?

"在游魂那边啊。她都走了大半年了。"

老魏一怔,随后一股寒气仿佛笼罩了他的感应场,他明白了儿子的意思,"你是说,怎么会……"

魏佳杰颓然坐倒在地上,语气和缓了下来,"肠癌,折腾了一年多,受了不知多少罪……去年冬天,总算解脱了。"

老魏只觉得心绪纷乱,相伴一生的妻子死了,他不能不感到难过。但是他自己都早已不在人世,去哀悼一个比自己走得晚得多的人,也未免有些奇怪……

忽然间,他想到那件事,伤感与希冀同时在感应场中搅动起来。他小心翼翼地问:"你妈有没有复制?"

儿子摇了摇头,"没有,什么都没有留下。"

老魏感到了一阵数字体应该不可能感到的晕眩,仿佛整个感应场都在无底深渊中下坠、分解。妻子是真的死了，不仅肉身死了，而且一切信息都消失了，变成了虚无，不会存在于宇宙中的任何一个角落。虽然他一时还不明白，这到底意味着什么。

魏佳杰的话似乎还在从远处飘来，"其实她一直很想你，应该说是想魏光明。她后来信了教，天天去教堂念经，她说你的灵魂应该上了天堂，而不是在那个墓园里。她死的时候斩钉截铁，说绝不要复制数字体，说那个墓园是魔鬼聚会的场所，她临终时甚至决定移走你的骨灰，另外找一个教友的墓地合葬。我也拦不住，只好一切顺着她……"

"移走我的骨灰，另外合葬……"老魏感觉这无比荒谬，简直连语法都不通。原来，他的骨灰都不在自己的墓地里了，而被葬到了别的地方！那还留在那里的他算什么？闹了半天，他不但不是人，连个正经的鬼都算不上！

"哈哈哈哈哈……"老魏听到一阵怪异的笑声，发现原来是他自己发出来的。

"我懂了，我懂了！"老魏一边笑，一边说，"我也太傻了，真相是，魏光明早就死了，这十年来，他根本就没存在过。我他妈的根本什么都不是！所以魏家这一切破事和我一点儿关系也没有。老婆、儿子、孙女，都和我没有一点儿关系！我还活着干什么，不，我还死着干什么啊！把我销毁了吧，快点儿！"他语无伦次地嚷嚷着。

魏佳杰反而有点害怕了，"爸，你别激动，你，你——"

"爸？谁是你爸？你爸和你妈已经在天堂团聚了吧！我只是一串毫无意义的数据，一个根本谈不上有生命的程序，压根儿不是你爸!"

老魏骂着,但不知怎么,儿子从牙牙学语到工作结婚的一系列画面在老魏眼前闪现,仿佛告诉他这些话都不是真的。但老魏挥挥手,把这一切都抹掉了。既然他根本什么都不是,这些记忆和他又有什么关系?老魏只想赶紧离开这里,他调出地图界面,随便找了一个传送点,按了一下。

8

魏佳杰和整个客厅都消失了,眼前一下子暗了下来。

老魏发现,自己被传送到了一条河边。他花了一点时间认出来,这是一条城中的河流,距离他家不远。河面上有几点萤火虫般的光晕闪动,花朵形的纸船上插着蜡烛,是如今已经很少见了的河灯,用来超度亡魂的。老魏飘近前去,看到一个看上去差不多有一百岁的老婆婆在河边一边放着河灯,一边口中喃喃念诵着佛经:"无常大鬼,不期而到。冥冥游神,未知罪福。七七日内,如痴如聋。或在诸司,辩论业果。审定之后,据业受生。未测之间,千万愁苦……"①

放河灯本来是中元节的旧俗,但到了这个时代,早已没什么人记得了。老魏记得自己小时候,20世纪80年代,虽然已经是移风易俗的新社会,但中元节还见到过许多河灯在小河中飘荡,仿佛是天上的星河流淌下来。想来那时候,还是有许多老一辈

---

① 出自《地藏菩萨本愿经》。

的人在以此怀念自己的亲人吧。如今他们也都故去了，成了亡魂，无人怀念，无人知晓。就连他自己，也有不知多少年没有想到早已去世的父母了。人类啊，尝试用记忆抵挡遗忘，最终归于徒劳……

老魏又想，这位老婆婆是在超度谁呢，多半是她的丈夫。她丈夫应该走得很早，也没有数字体留下来，她只能以此寄托对丈夫的思念。忽然间，老婆婆的背影仿佛幻化成了沈月，老魏好像看到她在教堂里、在家中一遍遍念经，祈祷着能在另一个世界和自己团圆。一股悲怆击倒了他。

原来这一切的背后只是爱，无法再寻回的爱，如今已化为虚无的爱。

沈月恨自己，这其实也并不要紧，因为沈月至死不渝地爱着魏光明，这就够了。恰因为沈月爱着魏光明，才会恨他。作为魏光明残留的一部分，或者说魏光明的一个影子，他没有理由生气，而应该为此感到高兴，这是他的救赎、他的荣耀。一切问题的根源，都只在于他违反了自从有生命以来的自然规律，他本不应该存在。如今，沈月和魏光明在另一个世界团聚了，他就应该平静地化为虚无，那也没有什么不好。佛经怎么说来着，四大皆空，涅槃寂静。

在这个中元节，没人会超度他，但也许他能够超度他自己。老魏知道，虽然他无法被合法销毁，但他现在不是有了"人权"吗？可以向园方申请，从此以后永不被唤醒，结果是一样的。如果他爱沈月，爱自己的家人，他早应该这么做。除了以此来减少他们的苦恼，他也不可能再帮到家人什么了。

老魏决定，一回到墓园就这么办。但漂浮的河灯唤起了他一点儿遥远的回忆，他打算在这个悲伤的夜晚，再在这座城市里四处转转，和家乡做最后的告别。

老魏御风而行，飘过一条条熟悉的街道。这些地方曾留下了他从小到大的许多人生回忆，不过其中有不少记忆也被抹去了，想不起来发生过什么，只觉得那些名字熟悉而亲切：建设南路、新丰路、仁爱小区……

等等，仁爱小区？

老魏忽然想到了一件事，一件他早该想到的事。

他迅速穿过大门，沿着主路进入这个不大的小区。夜色深沉，行人不多，绿化带中掩映着一座座灯火通明的小楼房，A座，B座，C座——对了，是C座。

他在楼梯间飘升，来到五楼，果然看到一团淡淡的白光照亮了昏暗的楼梯。一个小小的身影蜷缩在门口，就像一只流浪小猫一样孤单无助。

老魏缓缓平移过去。他猜想得不错，刚才莎莎跟着父母走回到自己家门口，但她无法入内。住宅是私人领域，既然她的父母已经删除了与她的联系，她也就无法进入房间内的AR场域，甚至看不到里面的任何东西，只有一片黑暗。可怜的莎莎不知怎么办才好，只能待在门外面，像在墓园里一样，蜷缩成一团。

老魏俯下身，生怕吓着她，轻声说："莎莎，你在这里啊。"

莎莎抬起头，虽然没有泪痕，但表情显然已经哭过很久了。看到他，她眼中闪现出一丝犹豫的光亮，"魏爷爷……"

老魏说："莎莎，我们走吧。"

"可是，这是我家啊……"

老魏尽量柔声细语地说："其实，你爸爸妈妈刚才跟我说了，让我先带你回去，他们……现在还有一些技术问题，看不到你，但过几天就会来接你的。"

"真的吗？"莎莎的眼中放出光彩，"他们真的会接我回家吗？"

老魏说："对，我保证会有人接你回家的。"

也许，是另一个人，接你回到另一个家。

莎莎犹豫地伸出手，老魏拉住她的手，转身下楼。他想起第一天送宸宸上幼儿园时的场景，历历宛在面前。如今，仿佛又有了新的义不容辞的责任召唤着他。爱与温柔在他心底复活。

老魏想，如果善良了一辈子的沈月能见到莎莎，肯定也不会再去想什么数字体和人的区别，什么谁是魔鬼了。那样柔弱的一个孩子，需要照顾和安慰，这是超越人和游魂的区别、超越任何教义的简单事实。沈月一定会比自己更加热情和细心地照顾好这个孩子，让她脸上露出笑容。如果沈月能见到莎莎，说不定就能理解我了。

老魏又想，虽然沈月已经不可能见到莎莎了，但莎莎还有他。如果今后他能够照顾莎莎，让她重新幸福快乐起来，找到家的感觉；如果将来他能带她去老傅说的那个超元宙里生活，能够见到千千万万个神奇的世界；如果在未来，新的科技能让莎莎再次长大……

这些"如果"，这些让一个孩子幸福的可能，虽然还不能说是确凿存在的，但已经不是虚无，它们在有无之间闪现，是有意义的指引,它们的名字,叫作未来。未来,让时间成为时间。

纵然他并没有真正的生命,但他仍然、仍然被另一颗小小的心灵需要着,所以,他仍然要活着,仍然不能去选择走入那最后的良夜,仍然要拥抱那个渺茫的未来。

谢谢你,莎莎,挽救了我这个老东西的存在。老魏暗自想。

"嗯,莎莎,我给你讲个故事吧,想听吗?"

"想听。"

"从前有一座山,叫作花果山,山上有一块仙石……"

"这个故事我听过了。"

"那我再想想啊……从前有个小男孩,额头上有一道闪电一样的疤痕,他叫……"

尾 声

最漫长的一夜过去了,天色已经微明,游魂们半日的假期也将要结束了。

老魏和莎莎早已回来,在墓园里讲了很久的故事,做了一会儿游戏,又讲了一会儿故事。莎莎有些困倦,躺在自己的墓碑下面,闭上眼睛睡了——数字体既然模仿人脑的构造,便仍然有一些睡眠的需要。老魏坐在她身边很久,直到听到老傅和小田回来的欢声笑语。

老傅一回来就高谈阔论:"老魏啊,你没去太可惜了,超元宙太了不起了!我去了都觉得这辈子白活了!我告诉你,那一定是人类的未来，也是我们的未来……"

游魂们渐渐都围过来倾听。老魏听他讲了一会儿，也神往不已。但这时，一条推送提示他，刚刚收到了一条信息，来自一个老魏没有印象的私人号码。

老魏有些诧异地走到一边，打开信息，发现是一幅非常简单稚嫩的蜡笔画：太阳高照，一个老人拉着一个小女孩，走在马路上。老人和小女孩脸上都在微笑，虽然笔法简陋，却颇为传神。

"魏爷爷，这上面画的是谁呀？"莎莎不知什么时候也醒来了，看到了画问道。

老魏不知怎么说才好，于是笑了笑，拉着她说："是魏爷爷和莎莎呀，你看像不像呢？"

"是谁画的呢？"

"是一个姐姐，一个很好很好的姐姐。"

老魏永远不会忘记这幅画那是多年前他刚去世的时候宸宸画的，那一年，她还曾专门拿来墓园给他看过，告诉他，自己很想爷爷，所以画了这幅画。

如今这幅画，当然是魏若宸发送给他的。想不到她还一直保留着这幅小画，也许是她翻了一夜才找出来的；又或许，是她在一夜狂欢之后，午夜梦回忽然又想了起来。虽然早已物是人非，但无疑，宸宸的心里仍然记得爷爷，记得童年那些相伴的美好。不仅是在魏光明生前，还包括那些在墓园中和老魏爷孙欢聚的日子。这一切都是有意义的。宸宸仍然关心着他，需要着他。

纵然人生不如意事十常八九，但有这些，也就足够。

随着这幅画一起发给他的，还有一段长长的语音留言。老魏不知道魏若宸会对他说什么，但已经充满期待中的幸福感。他一边握紧了莎莎的手，一边在感应场的微微颤抖中点下了播放按钮。

透过黑色墓碑群的间隙，第一缕阳光照亮了他们。

心语者

路 航

《科幻世界》2023年06期

路 航

科幻作家，作品散见于《科幻世界》《海燕》《飞》等刊物，获第15届华语科幻星云奖新星奖金奖，代表作有《通济桥》《虫儿飞》等，已出版长篇少儿科幻小说《星际醒狮队》。

1

父亲走后，母亲变得很沉默。

除却悲伤之外，她也不得不沉默。她只会手语，而父亲是除她之外家中唯一会这门语言的人。他不在了，母亲的声音自然也就消失了。

好在平日里，母亲也不太需要和人交流。她是绣娘，在醒着的大部分时间里除了分丝就是刺绣，半点儿工夫也轮不到"说话"上，即便是和我。

葬礼过后的第二天，我托了懂手语的人，问母亲是否要随我去广州同住。"虽然我在广州的房子不大，但让你一个人住在这边，我实在放心不下。"

母亲比画着婉言谢绝。"这多麻烦你，我不去。"

我几次三番地说，她终是不肯来，我也就只好作罢。

我和母亲算不上亲密。一来，我看不懂她想表达什么，她也听不到我说什么，自然亲密不起来。二来，我从初中起就开始住校，和母亲相处的时间短，交道打得少，也就没什么机会亲密。

　　我不知道别人家的母子关系是怎样，但在我家，父亲就是我和母亲之间的那根纽带。母亲的许多话，都是经由父亲辗转告诉我。他不在了，我和母亲之间的交流几乎就断了。

　　如果是旁人，不理也就不理，没人会说什么。可她毕竟是我的母亲，我没法不理她。而且因为说不了话，也听不到声音，母亲一个人生活有诸多不便。

　　或许有人会说，现在网络发达，无论买菜做饭还是出游，只要会用手机和电脑，下个单，请个人，生活就不会有什么问题。但进行这些操作的前提都是识字，可母亲不认字。她没受过什么学校教育，手语和刺绣都是拜的师傅。外公外婆想得实在，刺绣是门手艺，即使他们不在了，也能保障女儿一辈子吃穿不愁。母亲也确实是不愁吃穿，但没上过学，就意味着她少了一群可以互相交流、沟通的同学。母亲的生活圈子很窄，窄到一直以来，仰赖的都是青梅竹马的父亲。我还记得因为她不识字，过去绣花时，每每需要落个款、绣首诗，都是让父亲描好，她再绣上。父亲走了，这样要配字的刺绣活儿，母亲都没法接。

　　我回广州不到三个月，家中就连遭了两次贼，不止首饰被偷走了好些，连刺绣用的金丝都被卷走了。倘若不是族里长辈给我打电话，我定不会知道。到这个地步，我再没法心安理得地把母亲留在老家了。

　　我找了手语翻译再次和母亲谈，大概是因为遭了罪，她这次终于点头同意，决定跟我去广州。

　　搬家是件麻烦事，跨城搬家尤其是。

老家住得久，难免东西多。我需要不断和母亲沟通哪些东西可以扔，哪些东西不能扔。在这无声的交流中，我们的关系更坏了。

因为不管是什么东西，大到冰箱、洗衣机，小到家里的一针一线，母亲都不肯让我扔。更要命的是，她还想把父亲书房里的东西全搬到广州去，而这显然不可能。且不谈运费多少，我那间广州的小房子也装不下这么多东西。

我请了手语翻译来，好说歹说，掰开来、揉碎了一点点和她讲道理，可她油盐不进，干脆就装看不懂。

要不是后来父亲学校的人过来问能不能捐些书，母亲点头同意，给了我启发，恐怕我真得把它们全给运回广州。但就算这样，也还是剩了三大箱父亲的书籍、资料。

书房的事大体解决后，举一反三，我挨个给亲朋好友打电话，让他们找母亲要些能用得上的东西。母亲面子薄，不好意思拒绝，全答应了，这就又帮我省下些工夫。

最后，我们还是足足折腾了快一周才打包好行李。这时，我项目组的组长已经催了我四五次。

回广州的路上，我就暗下决心，一定得给母亲找个保姆，最好是懂手语的。不然，到了广州住在一起，就算她受得了我，我恐怕也受不了她。

只是找懂手语的保姆太难了。我本以为有钱就行，可在网络上发了好些帖子，都石沉大海。我还特地托人去特殊教育学校打听过，虽然是找到了些会手语的，可他们和母亲交流起来也不顺畅。那时我才知道，母亲的手语并不是学校教授的标准手语。它类似于手语中的方言，如果不是同乡的话，彼此之间也颇难沟通。

"各地有各地的手语，不同国家、不同地区的都不一样，互相之间看起来就像是另一种语言，很难交流。"学校的手语老师告诉我，"如果没在学校接受过手语教育，就连电视上的手语也不一定看得懂。"

听了这番话，我才恍然大悟为什么从没见过母亲看手语新闻。过去我虽然知道她是聋哑人，但也只是知道，什么都没做过。我有些后悔父亲在时，没有好好跟他学手语了。

说起来，我初中开始去外地住校，主要原因就是"不肯学手语"。

小的时候母亲常到学校给我和父亲送饭，每次她来，就有同学起哄，"陈嘉明，你那哑巴妈来了！"他们有恃无恐，敢当面这么喊，无非是清楚母亲听不到。起初我骂过他们，也打过他们，可都没有用，反倒被人孤立。因着母亲，我在学校里的日子不大好过。当然，我在家中的日子也不大好过。

六年级时，父亲升了学年主任，工作忙，时不时就要去市里开会，一去大半天，有时候当天还赶不回来。由于担心母亲，父亲想教我手语，这样他不在时，我就可以照顾母亲。我很不情愿。我想都能想得到，假如我和母亲一样用手语了，其他人会怎么笑我。

时间过去太久，我已经忘了当时是怎么和父亲吵起来的。

只记得气急之下，父亲打了我一顿，失望地冲我大吼："你既然这么不喜欢你妈，那你走吧，找个外地学校去住校！我就权当没你这个儿子了。"

"去就去！"年少的我，立马就答应了，浑然忘了如果我去外地的话，那些我刻意维持下来的"友谊"也要断了。

"友谊"会断，血缘却不会。

懂得这个道理，花了我许多年。兜兜转转间，我和母亲还是生活到了一起。只是现在，没有父亲在旁教我了。

2

回到广州，我很是花了一段时间找照顾母亲的保姆，心中首选当然是懂手语的。可实在是难找，最后只能退而求其次找了不懂手语的。本以为顶多是沟通不了，有些磕绊，熟悉之后就好了，花钱省麻烦。但没想到保姆请来后，麻烦事更多了。

大概是母亲和我运气不好，也大概是这年头人心太坏，欺软怕硬，先后请回来的三个保姆一发现我经常加班不在家，母亲又是聋哑人，听不到也说不出后，做事情就开始大打折扣，马虎起来。轻的，不按时按点做饭，不打扫屋子；重的，不仅敢瞒下买菜钱，偷拿母亲的绣品，还敢当面扯谎，说母亲冤枉她。要不是我偶然看了家中监控，恐怕母亲只能白受欺负。

请走最后一个保姆，我气得远程找了手语翻译，一字一句，告诉母亲下次被人欺负的话，绝不能这么软。

"你不会说话，你还不会打人吗？你要是不敢打人，你告诉我呀！或者告诉林姨也行。"我指着屏幕那头手语翻译的脸，示意母亲。多日联系，我与手语翻译已经成了朋友，喊她姨了。"你打视频电话找她，她就会告诉我，我们就可以帮你出气啊！"

只可惜我在这边说得唾沫横飞，林姨在那边比画得手不停歇，母亲却好似完全没懂，"你工作那么忙，我不想麻烦你。"

经过这些事，我着实是有些怕了请保姆。人心隔肚皮，我如何能知道人家是好人还是坏人。可让我亲自照顾母亲，也不太可能。一是我们不亲近；二是项目正忙，组长私下找过我好几次，让我不要分心。

"我妈这情况，你也知道。"我有些郁闷，"保姆真是难找，我都在想要不找个菲佣算了，反正谁也听不懂谁。"

"要不你买个机器人吧？华美前几年出的那款家用的就很不错，代号小九，到现在都不算过时。"组长见我发愁，给我出主意，"照顾人方面，机器人肯定比不上活人懂心意，毕竟现在技术就这样。但是有一点可以肯定——它不会欺负你妈。机器人三定律，你晓得吧？一切以人为主。再说你还可以远程监控，万无一失。"

"机器人？"这倒是我没想过的角度，"可我妈又不会说话，又不认字，平常怎么操控呢？"市面上的机器人要么是语音控制，要么是APP控制，母亲两样都没法用。

"你提前设置好程序，不就行了？"组长拍了拍我的肩膀，"一日三餐，打扫卫生，全都提前设置好，定时定点做。你找个保姆，不也是干这些活儿吗？"

"也对。"我想了想,听了组长的建议,带回了那款机器人。

小九外形和人相似,全身布满仿真皮肤。如果不是胸前有个硕大的显示屏,几乎也就像一个人了。它内置家务程序,打扫做饭全都会,支持远程监控,提供开源接口,视频通话功能更不在话下。母亲只要点一下它屏幕上的通话键,就可以和老家的朋友见上面。对我来说,它除了贵,没别的缺点。但考虑到以后再也不用因为照顾母亲的事而烦恼,贵就贵吧。

小九到我家的前半个月,母亲很是抵触。

她不会说话,也不认字,几乎没法操控小九。小九的一应行为都是我预先设定好的程序,这让母亲只能被动地接受它的服务,即使不愿意,也没法拒绝。起初小九做的饭,她都不肯吃。但等母亲逐渐习惯、接受它后,就再没我什么事了。

毕竟相对于我,相对于过去请的那几个保姆,小九太靠谱了。设定好了每天做三顿饭,它就一顿不会少。到点打扫房间、倒垃圾,不会撒谎,更不会像先前的保姆一样欺负母亲是个聋哑人。我远程抽查过几次,见它对母亲照顾得尽责,也就彻底放下心,投入了工作中。

我所在的游戏公司要赶在七夕前推出一款恋爱主题的角色扮演游戏《LOVE 99%》。前期两次测评的反响都不错,只是有些 bug,要赶在节日前改完。为此我干脆住在了公司,白天黑夜地工作。

虽然做的是恋爱游戏,但说来好笑,我们组除了组长,其他人全是单身。不忙的时候,组长还会以身作则劝我们,"你们有空就去谈个恋爱。谈恋爱好啊,有人关心。不然等年纪到了,家里时不时就打电话过来,催你们找对象,到时候可痛苦了。你们趁年轻,现在去找,怎么都要容易些。"

每到这时,我都只能尬笑,没法接话。父亲不在了,母亲又不会说话,我的手机恐怕一辈子都不会接到父母的催婚电话。

想归这么想,七夕前的三天,项目最忙的时候,母亲却打来了电话。只是电话那头,说话的不是她。

"你好,是林玉真的家属吗?我是市交警大队的。"

"林玉真?"以为母亲整天待在家的我愣了一会儿才反应过来,"对,我是她儿子。她怎么了?"

"她出了交通事故,在市三医院急诊科。伤基本处理好了,但我们这边没人能和她交流……"

"知道了,我马上过来。"

我和组长说了一声,匆匆背上电脑就往外跑。本以为交警是怕我激动才在电话里轻描淡写,其实母亲伤得很厉害。但等到了后才发现,母亲身上确实只有些擦伤。倒是她身旁的小九伤得很是惨烈,仿真皮肤划开了好几个大口子,露出了内部的线材,胸口的显示屏碎得稀烂。想来是因为这个,母亲才没能联系上林姨,再让林姨找我。

我无心探究母亲和小九为什么会在外面,直接打开电脑,连上小九身上的接口,看起了事故发生时的录像。看完之后我才发现,事情和我想的不太一样。

我本以为单纯是母亲和小九受了欺负,却没想到母亲竟也学会了反击。当时，马路上一辆处于自动行驶状态的车出了故障，司机没法转动方向盘，只能眼睁睁地看着汽车撞向人群。路过的小九为保护母亲，推开她后，自己冲上去把车刹住了，浑身上下撞得不成人形。一旁的母亲醒过神来，见小九被撞了，就把司机拉住狠狠打了一顿。

"我车出了问题，真不是想撞人，也和交警说了我认罚，但你妈不能不管不顾直接上手打人啊。"司机有些委屈，"我也不是不赔钱。"

"没事，只要你按规矩赔钱就好了。我会和我妈解释清楚的。"听完前因后果的我，忍不住笑了，看来母亲总算把我说的话记在了心里。

小九救了人，很是被记者围观了一阵。这年头，虽然家用机器人也不少了，但大多都不算聪明，能像小九这样，主人已经处于安全状态，没收到命令就自主去救人的很少见。记者很是说了些人工智能有希望突破的话，才依依不舍地放我们走。华美的售后服务很好，得知这件事后，也打电话过来表示愿意帮我们换一台全新的。考虑到母亲的想法，我婉言谢绝了，"无功不受禄，这台修好了一样用。"

处理完这起交通事故，回家已近傍晚。霞光肆意铺满天际，给来往的行人都加上了一道金边。

我看着陪在母亲身旁被撞得破破烂烂却仍然勉力扶着她的小九，突发奇想，"妈，你说你这么喜欢小九，我帮你改装下吧？让你能直接和它说话。如果下次再有这种事，不会和别人生出什么误会了。"

母亲听不到,自然不会说好,也不会说不好。但见我转头看她,就冲我笑了下。那笑容似乎是在默许,也似乎是在应允,一如多年前,她去学校为我送饭时的模样。

3

项目结束,市场反馈不错。组长一高兴,不仅没怪我临时请假,反而说要带组里的人去旅游团建。我对旅游没什么兴趣,就找了照顾母亲的借口拒绝了。

上次交通事故后,司机赔付了一笔维修费。我拿那笔钱买了些配件,打算抽空把它修好,顺便写个程序,给母亲一个惊喜。

当初组长推荐我买这款家用机器人的主要原因是它支持开源,接口多。程序员嘛,都爱折腾,多点儿功能总不是坏事。事实上,华美机器人公司的官方论坛上经常有用户分享一些自己编写的程序。我听人说,现在很受欢迎的架子鼓程序就是一个玩乐队的人自己编写上传的,这样就算乐队少一个打架子鼓的,他们也还是能够正常演奏。

我没那种音乐细胞,也不想出名。我只想编写一套简单的程序,一方面能让小九识别母亲的手语,并将它转换成文字;另一方面能将听到的语音转换成手语,比画给母亲看。至于文字和语音之间的转换,世上早有现成的代码,我就不劳心编写了,到时直接借用。

我本以为将手语转换成文字的程序早就存在且发展成熟了，没想到居然没有。这个思路很简单，不少前人都提过，甚至有人做出过初步的模型，只可惜程序都不够完善，数据库也不丰富，没法实际运用。

"从头开始吧！"我给自己鼓气。

老实说编一个这样的程序，最大的难点不在思路，而在数据库的收集整理上。文字的语库好办，但手语的语库就不那么好办了。母亲用的并不是标准手语，好些手势，翻书都没法找到对应的翻译，除非挨个去问人。其次的难点在手势的识别上，小九内置的视觉识别系统对于人体的追踪并不能精确到手势的动作上。只是这个难点相较前者好解决得多，找到合适的摄像头，升级下分析芯片就可以了。

我开始一面收集手语资料，一面给小九找寻合适的硬件。

后者异常顺利，我只是在华美的论坛发了个帖，简单描述了需求，很快就有人给我推荐了一套方案。

【紧急】机器人视觉识别系统求推荐！能识别手势动作者为佳。

发帖人：CJM1213（1级）2055/7/16 21:43:27

我想升级下小九的视觉识别系统，让它能够识别人的手势，请问各位有什么推荐吗？

回帖人：CJM1213（1级）2055/7/16 21:43:29 #1

(个_个) 防抽楼

回帖人：白桃K（63级）2055/7/16 21:47:56 #2
试下MWK7549+耀明S36吧！
CJM1213回复白桃K：好，我去搜一下。
CJM1213回复白桃K：这一套好贵啊，有没有便宜点的
推荐？
白桃K回复CJM1213：那没了，我觉得最好就这个组合。

回帖人：黄总工，十代目还出不出了？（29级）2055/7/16
21:50:17 #3
顶帖看评论

回帖人：一零（75级）2055/7/16 21:53:39 #4
手势？什么样的手势？不同动作、不同频率，精度要求可不
同。如果你要求不高的话，摄像头不变，只升级视觉分析部分的
芯片就可以了。
CJM1213回复一零：是手语，我妈是聋哑人，想编个能翻译
手语的程序给她，这样以后方便沟通。
一零回复CJM1213：这样的话，你要不试试昆泰D276？
五千多就能拿到。摄像头还是用原生的。我之前这样搭配着
拍过视频，能追踪到厨师炒菜的每个动作，手语识别应该也没
问题。
CJM1213回复一零：多谢，我去搜一下。

CJM1213回复一零：这款芯片已经停产了……

一零回复CJM1213：那，你要不换MWK7328看看？比276差点儿，但也比7549便宜。

CJM1213回复一零：这款断货了，兄弟还有其他推荐吗？

一零回复CJM1213：hhhh不好意思，那真没了。不过我这有个旧的7549，你不介意的话，我给你吧，不影响使用。

CJM1213回复一零：多谢！我发私信给你了。

联系上一零后，我才发现我俩在同一个园区，只隔一条街。只是他在华美，全球最大的机器人公司，我则在一家二流游戏公司，天差地别。约好第二天午休时在华美楼下当面验货，我就下线了。

本以为一零那么懂芯片，十有八九和我一样，是个资深宅男，没想到见了面才发现是个年轻姑娘，一看就才参加工作没多久。

"黄依瓴，"看着一零工牌上的名字，我有些想笑，"谐音梗是要扣钱的。你这真名和网名一个音啊！"

"你也好不了多少。"一零看着我的工牌，针锋相对，"CJM，陈嘉明，连生日都给暴露了。"

"一直用这个，懒得改了。"我笑笑，接过一零给的芯片，"多少钱？"

"不用。"一零摇头，很遗憾的样子，"我用不上了，送你。"

"那……"我很不好意思，"你吃饭没？我请你吃个饭吧。"

"真不用。"一零看起来更遗憾了，"我反正也用不上了，你需要就拿着吧。不过，要是你的程序做好了，能给我看下吗？"

"肯定。"我点头答应。做完了给她看一下，也算不上什么大事。

硬件备齐，我开始收集手语资料。本以为很简单，真正做起来才知道难。越做，我越能理解过去那些半途而废的项目了。我只是想整理出三千个常用手语词汇，并没想一网打尽，可还是觉得很痛苦，更不用说那些野心勃勃想一网打尽所有手语用语的项目了。

本来工作就忙，现在为了收集整理手语资料，我下班后的时间几乎全花在和手语翻译林姨的视频沟通上了，得一个词一个词地拍，录下她的每个手势，知晓要点，再转换成程序里需要捕捉的点位，登记到语料库里。这一套流程下来，平均一天我也就只能整理出五个词。

想起曾经看日本电影《编舟记》，男主和同事为了编写一本日语辞典，从早到晚辛勤工作，足足花了十五年才完成。当时我还对前女友嘲讽男主能力不行，每天只能编那么少的词，"要是让我来做，用技术收集资料，怎么可能要那么久？"前女友举出例子反驳，我也不大信。直到现在我亲自为母亲整理手语资料，才发现事实和电影里差不多，速度快不到哪里。以前的我，真是太过自以为是了。只是后悔无用，唯一能做的就是过好现在的日子。

就这么一个词一个词地整理，不知不觉间，已经过去了一个月。在这期间，我天天加班，也只整理出一百多个词。考虑到以后或许没有这么多时间，要达成三千个词的目标，恐怕得花上好几年，我有些想打退堂鼓了。反正母亲并没听到我当时说的话，即使放弃了，她也不知道吧。

可就在我想放弃时，一零忽然通过论坛给我发了条私信，询问项目的进展，并说可以介绍个人给我，帮忙完善视觉识别方案。"就是之前论坛里的白桃K！他可是视觉识别方面的专家，经验很多。"

这引得我既感激又愧疚。我真没想到她还记着这件事。在这种情况下，我自然不好意思说自己打算半途而废，就先将目前的一百多个词导入数据库里，勉强把程序完成了。

我对这次见面不抱什么期望。之所以带上母亲和小九，只是想向一零和白桃K表明自己确实努力了，没有浪费他们的帮助。

可我没想到见面之后，母亲竟然仅凭小九内置的那一百多个手语词汇，就与大家谈天说地，聊得火热。我到那时才意识到，母亲并不喜欢沉默。恰恰相反，她很喜欢和人"说话"。

现场看过他们之间的互动，任谁也能明白这件事的意义。语料库里每多一个词，每多一个手势，母亲的声音就会大一分，能表达的意思就会多一些。

"像你妈妈这种情况，不会写字，只会地方手语，整理起资料来就和整理一门新的语言差不多。技术上不难，只是花时间、花精力，也难为你这么用心。我看过你的程序，逻辑上没什么问题，只是数据还不够……"

"确实。"我苦笑了一下。白桃K指出的问题，其实我都知道。

很多东西没能做出来并不纯是技术上的原因，而是工作量的原因。很多时候，我们会期望生活像小说一样，灵感闪现，完美的成品就立刻冒出来。但事实上从灵感到成品，中间隔着漫长的距离。我和母亲能用的手语翻译程序间，隔的就是这样漫长的距离。在我之前，好些人因为看不到希望而放弃了，只是我还不想放弃。

或许在母亲和小九对话前，或许在一零询问我项目进展前，也或许在来见白桃K之前，我还没有这么坚决，但见过母亲兴致勃勃与人说话的样子后，我确实不想放弃了。

4

我开始了新一轮的语料收集，先前的痛苦再次袭来。

受限于资金与时间，我的速度快不起来。而受限于母亲这种地方手语的小众，我也很难找到多少人帮我。不说别的，懂这门手语的翻译就很少。据林姨说，家乡那边除了她，最多也就十个人能帮到我。"懂的人不少，可又会说话、又会写字、又懂手语能做翻译的，就没几个了。"

一零仍是时不时会问我项目的进展，需不需要帮助。有时候我也奇怪，她一个刚上班没多久的新人，哪儿来的那些资源？不过想想我就职的公司与华美公司之间的差距，我也大概能明白原因。平台不同，资源确实天差地别。只是到了这个阶段，我需要的已经不是硬件上的提升，而是语料上的增长了。而这，只能靠自己。

每天下班回家后，我都像个机器人一样，重复着同样的流程：和林姨通视频电话，录下她的手势，整理编辑好新的语料，导入小九的语料库中。母亲睡得早，很少会撞见我在家做这件烦琐枯燥的事。她只是每天醒来会发现小九懂得比前一天又多一点，她能"说"的话也比前一天更多一点了。

就这样慢慢地，母亲的"声音"越来越多地出现在了我的身旁。

她开始会在我加班时，敲开书房的门，问我要不要吃个消夜；也会偶尔在我和一零视频聊天时，伸手过来打招呼；甚至她还带着小九去社区报名，做起了志愿者。能够与更多的人交流使得母亲活泼了起来。也或许她本就是这样的人，只是过去她知道对方"听"不到、"听"不懂她的话，所以选择了不"说"，而今明白对方"听"得懂，就"说"得多了起来。

因为母亲的这番变化，我和她也慢慢熟悉起来。我们之间的关系仍然算不上亲近，但能够沟通，就意味着有了互相理解的基础。说来，因为收集这些手语数据，我还意外得知了父亲生前做的一件事。

语料库中的词汇收集到三百个时，母亲有天问起我这个程序的原理：为什么我只是在电脑上打几个字，第二天小九就能多比画出些手势？我简单解释了一番，本以为她不会懂。可没想到，母亲很快就从父亲的遗物中翻出一台旧手机给我，问我能否派上用场。我点开相册，发现里面全是父亲在世时录的各式手语视频。哪个手势代表哪个词，挨个标得很详尽。看视频拍摄时间，断断续续持续了好几年，想来是父亲从前记录母亲不同手势代表的意思时，挨个儿录下的。

"你，爸爸，从前，录。"母亲羞涩地比画着，小九发出的合成音在她身后依次响起，"他，学，我，说话。"

"现在我也学。"我跟着小九的手势比画着，看见母亲眼里的笑意越来越浓。

这天我和母亲聊了很多，从我出生前的事，一直聊到最近的工作、生活。这是我和母亲的第一次长谈，也是我第一次意识到我对她有多不了解。

过去我们虽然也有交流，但那些交流仅限于衣食住行。她会问我吃了吗、喝了吗、什么时候回家，我也会说吃了、喝了、今天忙、晚点儿到家。有时候心血来潮，我还会问问她有没有什么想让我顺路带回来的。这些交流都很浅，浅到我为她订票来广州时，才知道从小到大我在试卷上假冒的签名都写错了，她是叫玉真，不是玉珍；浅到来广州后，我才知道她一直都看不懂电视里的手语新闻；浅到我至今不知道她喜欢什么、讨厌什么，朋友有哪些，又都叫什么名字。对过去的我来说，母亲，连带着她那群说不出话的朋友，是异类，是累赘，是连累我被嘲笑、被欺负的存在。可是这些天相处的感受时刻提醒我，她也是人，是如我一样普普通通的人，只是听不到也说不出罢了。

接下来的几天，我仔仔细细看完了手机中的全部视频。视频内容一多半是各式手语，一小半是父母相处的记录，其中还有小时候的我。视频全部加起来，足足有七百三十二条。从前我只知道父亲和母亲很恩爱,却不知道是这样恩爱。

我将旧手机中的视频导出来,重新整理、提取,收进了小九的语料库中。这些资料使得语料库一下子扩充到了九百多条。我那三千个手语词汇的目标忽然就变得可行起来。这次更新后,普通的日常用语,甚至简单的新闻书报,母亲都可以应付了。

我如约告诉了一零项目的进展,她激动得立马就赶了过来。一见到小九,她就拉着它去找母亲聊天。

"你不会觉得无聊吗?"一零的热情让我有些诧异。她似乎比我更在意这个手语项目,"我很少看到有人愿意和聋哑人聊天,哪怕是在沟通便利的情况下。"

"不会。"扑哧一声,一零笑了出来,"我觉得很有意思。你知道吗?我先前在公司申报过一个这样的手语项目,不过被打了回来。那个项目叫'心语者',至今想起来,我都好郁闷。白桃K他们也是我做'心语者'时认识的。后来在论坛看到你发的帖子,我真的超高兴!一直以来,我都想知道这样的项目做成了会是怎样。"

"为什么会被打回来?"我有些好奇,"华美做不了这方面的产品吗?你们可是市面上最大的机器人公司,技术上应该没问题吧?"

"技术当然没问题。不过商务组评估后,觉得这个项目没什么前景,嗯,换句话说,赚不到什么钱,没啥商业价值。"一零叹了口气,"而且这项目还是我妈不让批的,连翻身的机会都没有。可郁闷死我了。"

"你妈?"我愣了下,"她也在华美?"

"啊，对，她也在。"一零有些局促，"反正就没批下来。"

华美是家大公司，有将近五十年历史了，母女都在同一家公司上班倒也没什么稀奇。"话说你当初怎么想到提交这样一个方案的？我是因为我妈不会说话，你是？"

"说来话长。"一零陷入回忆中，"我读书的时候，常去福利院。那里面没人认养的孤儿或多或少都有些残疾，好些是聋哑人。我记得有一次我们送了台新款机器人过去，本以为人家会很感激，结果有个小姑娘比画着问我：'姐姐，我该怎么用它呢？'她和你妈一样，不会说话，也不认字。我当时就觉得很不好意思。我送了个人家根本没法用的东西过去，还自以为是，觉得自己做了多大的好事。后来进了公司，我想着这件事，就做了'心语者'的提案。这是我在公司提的第一个项目。老实说，当时还是挺多人支持的，不过最后还是被打回来了。"

一零这么说，我就懂了。她帮我，或许也是想帮她自己。工作这么多年，谁没有想做却没能做成的项目？光我一个人手上，这样的项目都有一堆。

"以后还会有更多更厉害的项目……"我努力找话安慰，一零却没回答。看着与母亲闲聊的小九，过了好一会儿，她才忽然问我，"嘉明哥，你知道中国有多少聋哑人吗？"

"接近三千万？"我大体查过资料，知道点儿数据。

"是啊！"一零感叹，"三千万人！百分之九十多都不认字。可公司还是觉得没前景，觉得让他们去学写字就好了，或者不学写字，就学自己的手语好了，没什么交流的必要。但真的没必要吗？你不觉得他们好像生活在另一个世界吗？我们和他们互相之间看得到，却理解不了，沟通不了……我有时候觉得我们和聋哑人之间的了解程度，甚至都比不上和外国人之间的了解程度。"

我想说就算亲人之间，了解程度也不一定有多高，可想了想还是咽下了这句话。一切都会变好的。既然我和母亲现在能沟通起来，一零和她母亲以后也未尝不可。

"等这程序做好了，要不就叫它'心语者'吧？"

"哎？"一零吃了一惊，"这怎么能行？这是你的项目。"

"我也拿了你不少资料。你要是不催我，不找白桃K他们过来给我指导，我也做不到现在这地步。"我笑着拍了拍一零的肩膀，"再说，'心语者'这名字确实不错。借我用了，以后我们就算合伙了。只是我不打算用这项目赚钱，你当个合伙人也得不到什么好。别嫌弃就行。"

"能把这件事做成，就是好。"一零大笑，"我怎么会嫌弃？以后要是有什么需要帮忙的，请一定提。"

"当然。"此情此景，我心底忽然升起了股豪气，这是和完成公司任务不同的感觉，"我之前是还不熟悉，所以慢。这些天也学了不少手语，辨别起手势来，速度也快了。等我多培训些人，和我一起来——"

"你说你辨别手语的速度变快了？"一零仿佛发现了什么，打断了我。

"是啊。熟能生巧嘛。"我随口答道，"边收录，边学习，当然速度就快了。"

"嘉明哥，你听过华美的第一代机器人吗？"一零若有所思。

"那个会舞龙醒狮的机器人?"我愣了一下。谁能不知道它呢?那可是第一款真正意义上能够深度学习人类动作、自我迭代优化的机器人。没有它,就没有今天的华美。

"对!就是它。华美之后推出的全部机器人,包括现在的小九,都是在它基础上迭代而成的。"

"可这和我们又有什么关系?"我不懂一零为什么突然和我聊起历史。

"当然有关系!这就是说,华美所有机器人的底层程序里都有学习能力!既然能够学习动作,为什么不能学语言?还是这样一门与手的动作息息相关的语言!"

"你是说让小九直接跟人学手语?"我有些明白过来一零的意思,可我能力有限,"但我也写不出来那样的代码……"

"你忘了吗?"一零学着我方才的样子,也重重拍了一下我的肩膀,"我就在华美上班。我去把这段代码找出来,帮你修改程序,把它加进去,这样我们搜集起语料来就会快很多。"

"但这样做,不会影响你的工作吗?"我深知内部代码不能随意分享,更何况是华美的核心机密。

"我们不是朋友吗?"一零的目光里满是信赖,"只要你不把它发出去,谁知道?等我们收集到三千个手语词汇,把语料库整理好,就停止使用。以后对外发布时,再改过来,不就好了吗?"

"这倒也是。不过,我们可不是朋友。"我笑,故意卖了个关子,"我们可是合伙人啊!你放心,我绝不会把那段程序发出去。"

说干就干,当天晚上,我将程序传给了一零。

半个多月后，她送回了个硬盘。打开一看，里面已经是她加了华美内部代码的新程序了。

给小九装好新程序后，为了加快学习速度，我直接将它送回苏州老家跟着林姨生活。毕竟作为手语翻译，林姨不仅知道怎么教手语，还能接触许多聋哑人。

好消息很快传来。一个月后，林姨的反馈已经从"小九会翻译手语"进步到"小九会翻译评弹"了。

"评弹？"我吃了一惊。我都听不懂老家的评弹。

"对啊，它现在能一边听评弹，一边给我们做翻译。旁边屏幕上打的字幕都不用看，比画得可快呢。"

为了证明自己说的话，林姨特意发了段视频过来。视频中，小九一边听着评弹，一边稳稳地将听到的内容翻译成手语转达给了身旁的"听众"。

看到这段视频，我放下心来，显而易见，三千词的目标不仅达成而且超越了。和一零商量后，我们决定让林姨立刻把小九寄回来，收回语料库，更改程序。毕竟夜长梦多，谁知道后面会发生什么？

"寄回去？"林姨有些舍不得，"怎么这么突然？"

"我打算给程序升下级。升完级，再寄给姨。"我没法告诉林姨急着召回小九的实情，只能扯了个谎，"到时候姨找人装好程序，马上就能用。等几天就行了。"

"不用再升级了吧？"不知怎的，林姨有些犹豫，"现在都很好用了。我们过几天有个活动，没它在不方便，你给姨多用几天？"

"还是要升级的。"要是公开参加活动，不可控的因素就更多了，"我一升级完，就给姨，很快的。"

"这程序多少钱啊？"见我执意要回小九，林姨冷不丁问了我一句，"姨找你买，行不？"

"不要钱。"我随口答道，"不仅姨用不要钱，以后大家用，我都不打算要钱。做这个，主要就是为了方便大家用手语。再说，就算以后我扛不住服务器的费用，真收钱了，我也不会收姨的钱啊。姨照顾了我妈这么久。"

"好孩子，好孩子。"林姨连声夸赞，没多久，就把小九寄回来了。

我那时只顾着高兴，也完全没想到林姨会做什么，更没预料到她的举动会造成那么大的影响。假如我知道，我一定给她把利害关系说得更透彻些。

小九是寄回来了，但在没告诉我的前提下，寄回之前，林姨偷偷请人将那段手语程序拷贝了下来，安装到了自己的机器人身上，带着参加了活动。不仅如此，还现场传给了别人。她是好心，也完全不懂这样做会造成什么后果，只是单纯觉得既然我是为了方便大家沟通才做的程序，她早点儿分享出来也没事。更何况我也不打算收钱，经济上也不会受影响。

她这逻辑谈不上有什么大问题，要是这件事不牵扯到一零给我的那段代码的话。

在我得知林姨所做的事时，"心语者"几乎传遍了全国所有的手语交流组织。因为自带学习功能，它很快就掌握了不少其他地区的手语。更要命的是，据说还传到了国外。

局势变化得太快，使得我和一零很被动，被动到很难挽回局面。

虽然我们很快就把更新后的程序发了出去，想要替代先前的版本，可扪心自问，我更新后的版本阉割掉了学习功能，附带的语料库也只适配母亲所用的手语方言。先前那版功能强大，能够不断扩张语料库，各地的人都能用，确实要更好些。两相比较，傻瓜都知道该用哪个版本。

这直接导致华美联系到我时，我还是没能替代掉先前那版"心语者"，被动得很。

更被动的是一零。消息爆出来后，我就联系不上她了。我简直不敢想，华美会对她怎样。

毕竟，证据确凿到我们没法抵赖。

5

老实说，"心语者"受到这么多人的喜爱，我本该高兴。因为这意味着它在市场层面大获成功。

但成功的代价太昂贵了，我承担不起。这一趟，我不仅搭进去了不少钱和时间，还被华美给告了，进而被警察送去了拘留所。

拘留所的日子很枯燥，枯燥到我大多时候只能对着监室的墙壁发呆。那沉默的、笔直的墙壁让我想起《圣经》中的一个故事。

传说人类曾经联合起来，想要修建通往天堂的巴别塔。为了阻止人类，上帝就让大家说起不同的语言，使得彼此不能沟通，最后导致计划失败。

我一直知道这个故事。可直到进了拘留所，在百般无聊中再度回想起来，才真正理解它。

其实阻碍大家建起巴别塔的从来不是语言上的隔阂。只是要建一座高塔罢了，即使无法交流，那还有手可比画，有文字可对照。只要向着同一个方向，不断地往高处建，不就行了吗？建塔又有什么难的呢？向着同一个目标的群体，只要怀着互相交流的心，即使说着不同的语言，又有什么紧要？从古至今，不管在哪个族群里，可都有个职业叫翻译啊！

因此我认为，影响建塔的从来就不是语言，而是那颗想要互相交流的心。

没了它，就算彼此能听得懂，也可以装作听不懂。

就说"心语者"吧，之前一直没有类似的产品出现，难道是因为我格外聪明些吗？不见得吧？我所用的技术，前人都有研究。甚至我和一零"盗用"的那段底层代码，也是华美多年前就写出来的。

难道其他人都看不到如我母亲那般的聋哑人的困境吗？不知道他们想与人交流吗？三千万人啊！怎么可能看不到？怎么可能不知道？只是选择刻意忽视罢了。选择忽视那些与自己的生活没多大关系的弱势者，选择忽视他们的需求，只是简简单单说一句："他们可以学手语呀，不好用吗？"

也不是不好用，只是可以更好。

修建巴别塔需要每一个人，无论他们用着怎样的语言。

我对不起一零，也对不起华美，但我不觉得我做错了。

大公司会因为对经济利益的考量选择忽视某个项目，而我，只想为家人、朋友考量，扛起这个项目。

再见一零，是在拘留所的会客室里。

她和一个西装革履的律师一起，坐在那里等我，满脸都是愧疚。

"我不知道我妈会做这么绝，非要告你。你放心，我和她打官司也要把你保出去！"一见我，一零就握住我的手急忙解释，"严律师很厉害的，你再等几天，几天就好了……"

"你妈？"我看着流泪的一零，又看着她身旁一脸无奈的律师，恍然明白了一切。

其实不需要再问了。我和一零刚认识时，还开过她工牌的玩笑："谐音梗是要扣钱的。你这真名和网名一个音啊！"

那时的我完全没想过搜她的名字，也没意识到她和华美总裁同姓。后来她说起"心语者"项目被自己的母亲否决，我也只是隐约觉得对方或许是个高管，半点儿没想到是华美总裁。不过这有什么紧要的呢？我确实做错了事，被人抓住了把柄。

"打什么官司啊？傻瓜。"我抽出手，擦掉一零脸上的泪水，"我想和你妈合作，和华美合作。"

"合作？"一零愣住了。

"对。"我看向她身旁的律师，"严律师是吧？你能否帮我带个话，我想和华美协商，他们也看得到，现在市场上'心语者'很火，华美完全可以用它开拓聋哑人市场，比如给华美现在所有的机器人预装'心语者'，作为免费功能，肯定有人买。还可以直接卖'心语者'的语料库给学校、图书馆这种公共机构。有了'心语者'，把现有的文艺作品翻译成手语再卖一遍，也不是很难。国内近三千万人，虽然不算多，也抵得上个小国了。现在工具都有了，华美肯定知道怎么开发会更好，对吧？我愿意把'心语者'的源代码无偿提供给华美，只求一个协商的机会。"

"这……"严律师看着我，沉默了一会儿，很快答道，"我帮你去问一下。"

"好，多谢了。"

"可是，嘉明哥……"一零还没想通，还想说些什么。

我拍了拍她的肩膀，笑道："你如果当着你妈的面，能像现在这样帮我哭一场，说不定我们的'心语者'会发展得难以想象的好。"

"哭？"

"对，哭一场，就把你跟我说过的福利院的故事和你妈妈说一遍，把你想帮助那些聋哑人的心结，想做成'心语者'的愿望都说一遍，她肯定能懂的。"

很多年前，因为和父亲置气，我一言不发就去了外地住校。从那以后，我一直没怎么见过他，仅有的交流也不过是通过电话、视频。现在回想起来，很是后悔。一零还年轻，我不希望她将来有一天会后悔。

那天之后没过多久，我签下了和华美的协议。

事情比我预料的要好些。华美虽然收下了"心语者"，却没打算亲自运营。它单独设了个子公司，让一零管理，等于把实际的研发、运营权都给了我们，所要求的不过是每年百分之三十的利润，以及华美旗下所有机器人永久性无偿预装"心语者"的权利。

我们还是没给"心语者"收费，但作为一款很受欢迎的手语翻译程序，我们将它授权给了不少特殊学校、医院，甚至玩具厂商。

除此以外，借着华美的平台，我们利用"心语者"的自学能力打造了"巴别塔"项目。顾名思义，我们想打造一座通往知识天堂的高塔，立志于将市面上的重要科学资料、主流文艺作品翻译成手语，让聋哑人也能轻松接触到这些信息，进行学习。

不仅如此，我和一零还盘算着利用"心语者"收集来的庞大的手语语料库，创建一门全新的手语。这种手语将适用于全世界的手语使用者，从此之后，手语使用者彼此之间就不会存在隔阂了。

我始终相信，只要怀有一颗想要交流的心，没有什么事是做不成的。如果还没做成，那一定是时间不够。好在"心语者"的时间是无限的，作为一款能够不断学习的程序，它能比我存得更久，久到终有一天，我和一零设想的那座"巴别塔"会建成，那个所有聋哑人能与其他人交流的时代会来临。

和华美协商好，开公司运营"心语者"后，我接受过不少采访。有记者问过我，为什么要退让这么多，把"心语者"的所有权交给华美。怎么说呢？或许我和一般人不大一样，我没那么在意所有权。

当然不是说在意这些不好。只是在这件事上，我不想在意。

对我来说，"心语者"做成了，才是最紧要的。

母亲从此不再沉默，才是最最紧要的。

那些如母亲一般沉默的人，从此能够发出属于自己的声音，才是最最最紧要的。

在这么多紧要的事面前，一个所有权的归属，又有什么紧要？而且我能够做出"心语者"的前提，不也是用了华美的代码吗？巴别塔有通天之高，我、一零、华美，都不过是修建这座高塔时的石块罢了，并没那么紧要。石块与石块之间，真正该做的是团结一致，紧密合作。

对于我的这些想法，有些人会说我大度。他们错了，我不大度，我只是懂得在想要达成的目标面前，略微退一步，好向目标更能进一步。

人到暮年，回首往事。事实也证明，当初我与华美各退一步，决定协商而非对簿公堂，是多么正确的决定。

凭借华美的财力与宣传力度，"心语者"被广泛安装于各式各样的设备，小到玩具、手机，大到火车、轮船、飞机与航空飞船。只有你想不到，没有它出现不了的地方。在我还小的时候，谁能想到聋哑人有一天能开上飞船前往太空呢？

过去许多职业，因为他们听不到、说不出，就对他们关闭了大门，而今这些大门已经逐渐开启。诚然，身为聋哑人，他们能去的地方还是比健全人要少一些。可至少，因为"心语者"的出现，也比过去宽广了许多。

我和一零设想的那门世界性手语早已被广泛运用，现在再也不存在北京的手语使用者看不懂巴黎的手语使用者说什么的情况了。这一方面方便了聋哑人之间的沟通，另一方面也改善了他们的处境。中国有近三千万聋哑人，但是全世界呢？当那些沉默的人群集合起来，使用同一门语言的时候，他们的声音就会大到足够被所有人听见。即便，他们用的是一门无声的语言。

"巴别塔"项目虽然还没完工，但我相信总有一天，它终会完工。虽然有生之年，我是看不到了，但总有人会看得到。等到它完工的那天，聋了或者哑了，都不再是个问题。聋哑人也能学习到最新的知识，看到最好的文艺作品。而不是像我母亲曾经那样，只能在无止境的寂静中，一针一线地等待时间消逝，看着误解发生，却没法解释。

等到那一天，我想，我就敢同过去的母亲和故去的父亲道上一声歉了。

井

蒋竺廷

《科幻世界》2023年06期

蒋竺廷

青年科幻作家，曾发表有科幻作品《上浮》。

孙思远上尉从昏迷中惊醒过来，隔着头盔他也能听到尖锐的金属摩擦声。时速三千千米，这是仪表盘显示的速度上限，却绝没有反映出此刻的"小夸克号"穿越车的真实情况。

上尉感觉有一只手拽着自己，他扭头看车的后座，那里的人穿着和他身上一样臃肿的防护服。

手的主人没有看他，而是高抬手臂指向左侧。孙思远知道对方慌了神，连搭在自己肩上的那只手也抖得厉害，于是立刻朝手指的方向看去。

"老天爷……"

就在穿越车左侧不远处，一条奔涌而下的河正与他们并驾齐驱。那水流快得惊人，与其说是一条河，倒不如说是一挂瀑布。

"我们要死了吗?!"冯星惊呼道，面罩上弹出心率异常的警告，但丝毫没有引起她的注意。她比孙思远早醒来不到一分钟，现在这位姑娘惊慌失措，只寄希望于驾驶位上的向导能跟她保证安全，或者告诉她这是一场噩梦。

冯星怎么也想不到，她抵达陌生行星的第二天竟然会这样度过。

比邻星b，一天前。

永夜空港停进了一艘庞然大物，这是"宁静号"亚光速飞船，它从太阳系起飞，用了三十年的时间，今天终于抵达了目的地。它带来了这里紧缺的建筑材料、最新款的微型有机物合成工作站以及很多这里没有的东西。除此以外，"宁静号"此行还有第二个任务，那就是送来科学考察团。

孙思远接过入境人员的行李箱，还未及说话，对方便迫不及待地抢先开口了："你好，天哪！我了解过比邻星b，但当我看见它的时候还是吓了一大跳，以为在做梦呢！"

头盔的双层面罩分别向左右收起，露出了孙思远的脸。他的面色很白，就像长期未接受过阳光。虽说同样是东方人的面孔，但他的表情有些阴郁，这让来访者很害怕，没感受到半点儿亲切感。

"你是著名天文学家赵琳？可你只是一个小姑娘。"

姑娘察觉到了自己的失态，赶忙低头道歉。麻花辫上的头饰也跟着左右摇摆起来，就像一只跃动的蝴蝶，孙思远产生了这样的联想。他见过蝴蝶的影像资料，那是一种充满生命感的昆虫。

"对不起，我太兴奋了。赵琳女士是我的生母，我叫冯星。"

"我叫孙思远，上尉，负责北极社区的二期工程。本应接待你们的琳达中尉来不了了，由我代替她。赵琳女士和其他客人在哪儿？"

"专家从冬眠中复苏需要时间。你先跟我讲吧。"

"好，在前面的房间换装，我带你去北极社区。"

冯星走进一个白色隔间，她觉得自己轻飘飘的，刚迈开步就几乎脱离了地面。这里的重力加速度在0.4g左右,而"宁静号"飞船上,重力系统提供的加速度为1g,所以她的体重突然减轻了一半还多,真是难以适应。

她用手扶着墙壁,好歹稳住了身形。面前横陈着一台储物舱,型号比"宁静号"飞船上的那些要老旧很多。橱窗的弧形面缓缓张开,露出了立在其中的通行服。它的外观跟宇航服别无二致,只是通体呈红色。橱窗彻底打开后,上方的黑色屏幕显示着:"访客已授权,氢燃料100%,氧气100%。"

"感觉怎么样?"冯星出来的时间早于孙思远的预期。

"暖和,而且走路也正常了。"仿佛是为了验证自己的话,冯星原地蹦了一下,体验到熟悉的坠落感,她很满意。

"没错,通行服的电磁系统可以自动调节重力。你要关注面罩右下角的生命维持指标,包括体温、气压和电量。一旦有异常就马上告诉我。"

冯星点了点头,就跟着孙思远通过气密门,来到一辆车旁。她觉得这车看起来不怎么可靠,底盘的四个角竖着四根金属支柱,这就构成了整辆车的框架。框架外包裹着白色半透明的椭球形罩子,他们从侧面的开口钻了进去,就像小鸡钻回它的蛋壳儿。

孙思远说,这辆车的名字叫"小夸克号",平时一直由他驾驶和保养。这车继承了"夸克号"亚光速飞船的零件和名字,那是第一艘成功抵达比邻星b的人类飞船。

冯星听得连连称是,在地球和"宁静号"上,"夸克号"那传奇般的经历早已声名远播。

　　作为传奇的精神继承者，"小夸克号"一直是北极社区唯一的一辆地面交通工具。而今天，"宁静号"为这里带来了十辆新车，尽管不舍，孙思远也不得不承认，服役数十年的"小夸克号"是时候退役了。

　　冯星看着孙思远把车发动，他肩上的红色数字"053"引起了她的注意。孙思远的通行服是黑灰色的，跟她的红色形成了鲜明对比，而且她自己的服装上光秃秃的，并没有这样的数字。她想，她身上这件应该是外来访客的专属服装。

　　搭载核聚变电池的"小夸克号"深藏不露，在北极社区郊外狂奔，说是风驰电掣也不为过。冯星回头看去，后方的入境站建筑迅速缩小，没一会儿就消失在夜幕里。

　　"正如你着陆前所见，比邻星b的形状超出了人类对宇宙天体的一般认知。它不是球状，而是管道状。事实上，它是一个外径一万八千零六十五千米，内径一万四千八百六十五千米，长度超过六万千米的巨大管状天体。你肯定能算出来，这根主要由金属构成的管道有一千六百千米厚。管道方向垂直于黄道面，而我们的社区建在它北端的管口截面上，所以北极社区接收不到自然光照，只有人造光源。"

　　"老师跟我说过，任何人只要一看到它就可以立刻确定一件事情：外星人是存在的。一根管子！宇宙根本就不可能自然形成这样的天体。"

　　"但坏消息是，人类来得太晚了。"孙思远说，"在北极社区存在的六十四年里，除了居民，我们没有发现任何生命迹象。"

　　"就算如此也够惊人了！你知道这管子里能塞下多少个地球

吗？至少四个！我难以想象要多高的强度才能支撑起这样规模的空腔……我猜你已经知道我们来比邻星b是想做什么了吧？"

"我们把比邻星b叫作'井'，我希望你也可以这样叫它。"孙思远突然很严肃地说。

"'井'？是因为它的形状吗？这我还是头回听说。"冯星心想，既然要起外号，这种两面通透的管子，叫"井"似乎不够贴切。

"那只是其中一个理由……我听说你们是来弄清它的成因的，对吧？"

电机飞速旋转着，由于零件有些老旧，车辆不断发出低沉的摩擦声，像野兽的咆哮，又像催眠的咒语。这声音传进冯星的耳朵，使她昏昏然。

冯星甩了甩脑袋，她看向四周，发现窗外只有单调的黑色地面，尽管她能感觉到轻微的震动，却产生了一种车子停留在原地的错觉。她的脑海中又浮现出先前在飞船上看到的，几乎引起了她巨物恐惧症的比邻星b。她告诉自己，她、上尉和这辆车，就在那根体积夸张的管子上，沿着管口截面一路向前。从这样的尺度看，巡航速度超过一千千米每小时的穿越车就像在缓缓蠕动似的。

一颗明亮的圆球毫无征兆地出现在前方，将失神的冯星拉了回来。那圆球发着耀眼的红光，飞快掠过头顶，冯星自然不能放过这么好的观测机会，视线紧锁在光球上。可只一瞬，那光球就暗淡下来，并很快跟周围的黑暗融为一体了。

"别怕。"孙思远介绍说，那只是一颗近距离飞掠的小行星。

就像月亮会把太阳光分享给夜晚的地球一样，这颗小行星也会在短暂交汇时用躯体反射恒星的光芒,但那只维持了不到十秒,便没入了"井"的巨大阴影里。

冯星定了定神,说道:"对比邻星b,我们没有办法研究它的'成因',因为它是由智慧生命建造的。哦,抱歉,我应该改口叫它'井'——我们研究的其实是它的作用。具体来讲,就是说它的建造者是出于什么目的建造了它。毕竟它是绕比邻星公转的大型天体,研究结果关系到将来的大规模移民问题。"

北极社区到了,一进大门,半球体或长方体的建筑就如同工业流水线上的产品一般整齐地排列开来。孙思远把车调到低速模式,又行驶了一阵,停在一处白色建筑门口。

"这是安排给你们的房间,进门就能看见控制面板。面板左边是通行服保养舱,你刚才已经见过了,也知道怎么使用。那么今天就到这里吧。"

冯星下了车,发现社区没有她想象的那么大,一眼就能望到尽头。此刻应是当地人的夜晚,因为整个社区除了孙思远一个人也看不见。冯星的面罩上出现一串文字: $6.55\,\mathrm{kPa}$。这是外界的气压值,它表明这里的室外并非真空,只是空气十分稀薄,稀薄到致命的程度。

她向上尉道了谢,走到门前,又转过身说:"等一下,我想问你一个问题。"

"请问。"

"关于我们要研究的事——'井'是做什么用的,你有想法吗?"

"我没有想过这个问题。"

"那么换一种问法，请问你怎么看待它？"

"如何看待……它是我的家。"

"家？你认为'井'是你的家吗？可这里什么都没有啊！"冯星指向周围，从社区边缘向外一直到地平线的末端，都是光秃秃的金属地面。

"没错，'井'是我的家，我出生在这里。之后我会带你认识社区居民，他们都是很好的人。但现在我必须走了，明天见。"

"再见。"目送孙思远驱车离开，冯星开始打量自己的房间。北极社区建立于六十四年前，社区的前身是最早的两艘亚光速飞船——"夸克号"与"恒心号"。船员们依照计划将飞船拆卸、组装，这才有了人类在太阳系外的第一个殖民地。房间里的设备型号虽然老旧，却保养得很好，她相信这些殖民者很爱惜自己的社区。

尽管如此，初来乍到的冯星也睡得极不踏实，脱掉通行服以后那种轻飘飘的感觉又来了。她取出一副眼镜戴在鼻梁上，按下镜架上的开关，在镜框前方的三十厘米处出现了个人电脑的桌面图像。她手指选中最新的文件——那是通过"宁静号"的透明舷窗拍下来的一组照片，将它放大，再轻轻转动，合成了"井"的三维模型，也包括没有拍到的那一面。

她端详着这奇特的天体，不由得再次惊叹。究竟是什么样的文明，会选择建造这样一个巨型奇观呢？

往事浮上冯星的脑海，那是在"宁静号"，十六岁的她在上物理课，老师为她讲解着"井"的数据模型——

"井"的3D影像在冯星的课桌正中央缓缓旋转着。老师手执教鞭轻敲桌面，提醒她的学生打起精神。

"……比邻星 b 的独特形状决定了，人站在它的外表面时，所受重力的情况跟在地球时截然不同。那么现在，我需要你分析，当一个人位于这个点时，他会发生什么事？"教鞭放在了那无聊的管道上，它的北端平面跟柱侧弧面相交的位置。

他会发生什么事？冯星努力回忆着刚才所讲的内容，但她羞愧地发现自己整堂课都在打瞌睡，"他……会掉下去？"

"你要用心听，孩子，必须用心！"老师失望地叹口气，"处在外表面时，人受到的重力方向指向天体的重心，而比邻星 b 的重心，就在它内部的正中央处。"

教鞭轻轻滑过，一条线段出现在"人"和"比邻星 b 的重心"之间。

"哦，力是斜着的！所以人会沿着侧壁一直向下掉，一直掉到正中间，跟两端的距离都相同的地方。"

"没错，我们不妨把你说的这个'正中间'称为赤道，就像地球的赤道一样。随着人向赤道移动，他受到的重力方向与地面的夹角不断变大，当他抵达赤道时，这个夹角达到了最大值——九十度。"

冯星怔怔地看着那表示人的小红点向赤道滑去，连接着小红点和天体重心的那条绿色线段也在这个过程中慢慢旋转，并且越来越短。

"需要我讲得更直白一点儿吗？其实……"

"所以说，"冯星对这景象产生了兴趣，"比邻星 b 的赤道就像两座山之间的峡谷，而它的北端和南端就是这两座山的最高处。

人从北端向赤道移动,就像是在下一座陡峭的山峰,但这坡度会慢慢变小,从绝壁变成陡坡、变成高岭,再变成丘陵?"

"没错,孩子,你很聪明。"

"可我想不明白。它的侧壁由北向南是一条直线,这些山峰、峡谷,以及过程中不同坡度的变化,是如何存在于一条直线上的?"

"这就是反常识的地方,也是这个天体的奇妙之处。"老师满意地看着冯星。她为了让孩子集中注意力,苦思冥想出了这样一个场景,看来效果不错。

"但有一点你说得不对,落到赤道的人并不能放松。因为惯性,他不会停止,而是继续向南端前进。在这个过程中,他所受的重力会改变,方向趋向于北端,跟他前半段的旅程正好相反。等他抵达南端的最高点,而速度降为零时,就又开始向北掉落了。他会重复整个过程,无休止地掉落和上升,直到他的动能被摩擦力消耗殆尽,最终沉寂于谷底,也就是停留在赤道上。"

"这真是太有趣了!"

从回忆中跳出,冯星又调出另一个文件,这是比邻星所在行星系的模拟程序。除了"井"以外,比邻星周围还存在两个小行星带,这也是为什么"井"的官方名字是比邻星b。

冯星的目光停在了小行星带上,它们都在"井"的公转轨道以外,形成一大一小两个圆环。在那些地方,小行星分布十分均匀,甚至有人工开凿过的痕迹,从远处看就像一对被细细打磨过的银镯子。

这位异星来客第一次抓住了真实的感觉:以前她只能通过

媒体资料和人们的谈话了解这里，但现在不同了，她不光身在"井"中，还抓住了"井"的秘密。她知道明天要去哪儿了。

"你说什么？"冯星几乎要跑起来才能跟上快步走动的孙思远。

人造光源闪耀在半空中，距地面约一百二十米。虽然被称作"热光气球"，但它不靠空气浮力，而依赖强磁场固定位置。北极社区的热光气球一共有三个，它们把冯星的影子斜斜地投在地面上，又分出两个浅浅的、跑动姿态的人影——北极社区的白昼，像这样的三重影子是人人都习以为常的东西。

"等等我！你是说人类来到这里六十多年，却从没有到'井里'去过，就因为区区信号干扰？"冯星所指的"井里"，自然是天体内部那个长达六万千米，直径超过一万四千千米的空腔。

"不是信号干扰，我已经解释了两遍，是电子系统完全失灵。"

"可你们只派出过无人机，对吗？为什么不让人驾驶飞行器，或者绳降……"

孙思远将两个箱子放在"小夸克号"的后备厢里，然后打开车门。就在这时，地表发生了强烈的震动，冯星毫无防备地摔倒了，孙思远则靠着车门勉强站稳。

震动持续了五分钟之久，在这期间，冯星看见孙思远的面罩上不断闪现一团团模糊的光晕。那是他们的内部频道正在交流信息和照片。

"怎么了？出什么事了？"震动终于停了，冯星忍不住发问。

"没什么，'井'的南部遭受了彗星撞击。挺罕见，但也不是没有发生过。这次的撞击强度是有史以来最大的，我们的飞行员会去调查。现在你跟我上车吧。"

"去哪儿？"

孙思远抬头看了看反光镜，冯星的脸挡在面罩下，那兴奋劲儿却已经冲了出来。如果不早些解决问题，这个姑娘一定会添很多乱子。

"我先带你去'井'边看看。"

"真的?! 那太好了！"

就在早些时候，冯星还在暗暗埋怨本地土著的不近人情，这一秒又发自内心地感恩东道主的通情达理。她早盼着去"井边"看看，自从见到它的第一眼就这么想。最好是能趴在"井沿"上，亲眼观察一下里面有什么，当然，她知道自己很可能什么也看不到。

"小夸克号"朝着内圈跑了一个多小时。到达目的地之前，冯星就隐隐约约地看见了奇怪的现象。她觉得"井口"并不平整，好像突起着什么东西。等到车辆又抵近了许多，她才看清那些东西是什么。

在"井口"的边缘，竟然耸立着无数的巨大冰山。冰山有高有矮，参差不齐，山势却大同小异：它们的山脊沿着"井口"延伸，向上、向外扩张，到达最高点后，再以一个自然的弧度下垂，就像顺着楼梯铺下来的地毯。

如果你朝上空飞去，只要飞得足够高，就能看见这成千上万的冰晶地毯重叠在一起，围绕"井口"形成了一片绵延不绝的环形冰川。冰川透着晶莹的蓝色光芒，就像一朵直径达一万四千千米的雪莲花，而花蕊是冯星想要深入的"井"的内部，那不能想象的无尽深渊。

"这到底是……"冯星被眼前的景象惊呆了。

"在首批移民到达之前，这些冰山就在这里了，而且很可能已经存在了数十万年。"孙思远走下了穿越车，面对这样壮伟的奇观，他也很难保持平静，"你听过'大迫降'的故事吗？"

"我听过！由于引擎故障，'夸克号'飞船在抵达比邻星系时无法获得足够的减速。所以他们向前方航线发射了大量介质舱，介质舱爆炸后使减速介质形成了几张大网，最终他们成功地靠介质阻力实现了软着陆。"

孙思远补充道："当时他们把一切能用的介质都用上了，包括生活用水。虽然'夸克号'因为碰撞变得千疮百孔，还抛弃了绝大部分舰体，但他们的确成功地将飞船停在了星系内。"

"生活用水？"冯星恍然大悟道，"所以他们之后能活下来，靠的是这些冰山？"

"没错，还记得昨天我告诉你它叫'井'吗？"

"形状只是其中一个原因，那另一个原因是……"

"它为我们提供了水，很不可思议吧？"

车子离最近的冰区还有十几米，孙思远向前走去，停在了一条冰带的末端。他缓缓跪在地上，双手抚摸着那条冰带，同时将头埋了下来，仿佛在祈祷。

难道北极社区的居民形成了某种信仰？那该是怎样的形态呢，冰川神吗？抑或是对"井"的图腾崇拜？

　　星光很明亮，由冰川无数的镜面反射之后打在了孙思远的身上，就像神祇伸出的眷顾之手环绕着他的信徒。这场面让冯星看得呆滞了，她觉得此刻的孙思远仿佛成了别的生命，这生命与冰川、与"井"结合在一起，成了某种不朽的东西。她不由自主地走上前去，学着她的向导那样抚摸冰层。那是一种很奇妙的感受，但研究者的思维终究占据了上风，"你们的经历很可能反映它原主人的生活状态，甚至文明形态！这些冰山是如何形成的？它的规模远超常理。"

　　"不知道，研究员没有得出任何结论，也没有观察到可供参考的现象。现在得出发了，我收到任务要去外边缘巡查，先送你回社区吧。"

　　"我能去外边缘吗？"冯星说，"这对研究很重要。"

　　"你不想跟妈妈一起吗？赵琳女士和其他专家有共同的行程安排，你们可以乘飞行器。而且，她才刚从冬眠中苏醒，你们应该很多年没见了吧？"

　　"没关系，其实……"冯星习惯性地抬起头，但她惊得愣在了原地。片刻后，她紧迫万分的声音充斥着无线电频道："现在马上带我去外边缘！要快！"

　　"小夸克号"再次启动，这回孙思远直接用了最高挡位，从"井"的内边缘到外边缘一千六百千米的距离，只需要四十五分钟即可到达。可这样的高速并不能带来任何感官上的刺激，前方就像一条走廊，黑暗如同涌向身后的云雾，除此之外再无其他，在这儿的人很难确定自己是在前行还是上升。孙思远注意到，每隔几分钟冯星都会抬头看天，同时手里鼓捣着什么东西，问她话也不回答。

直到接近外边缘的时候，冯星的声音才断断续续地传到孙思远的耳朵里："不对，肯定不对。完全变了……现在的时间是多久？"

孙思远看了看面罩上的时间，刚想告之读数，又觉得这很愚蠢，因为对方的面罩也有同样的功能，于是决定置之不理。很快，他发现"小夸克号"忽然间失控了，不知碾到了什么障碍物，车子竟整个腾空而起，飞跃了几十米，又重新落在地上，经过一段颠簸之后再次腾空。

哪来的那么多障碍物？孙思远控制大灯照亮了下方，可那里什么都没有，只有漆黑而平坦的地面。片刻的思索之后，他根据车辆传感器的数据得知，车子腾空不是因为障碍物，而是因为地震。这地震比今天早些时候那次强烈了十倍以上，"小夸克号"的速度接近三千千米每小时，车子自重很轻，又关闭了电磁重力系统，所以在地震的颠簸中飞了起来。

大灯又照出了另一个更可怕的事实——他们已经到达了"井"的最外侧，而车子还在颠簸和腾空的状态之间反复，根本无法制动！

混乱的眩晕感充斥着两人的大脑，他们无计可施，只能眼看着"小夸克号"冲出边缘，而下方是悬崖。

"井"是一个管状天体，冯星和孙思远这一整天的活动范围，都在这根管子北端的环形截面上，也就是"井口"。可现在，他们离开了"井口"，进入了"井壁"的范围。对于任何地面交通工具来说，这里都是绝对的禁区。

　　"我们要死了吗?!"冯星怎么也没想到,才刚到"井"的第二天,就遭遇了这样的意外。"小夸克号"和一旁的瀑布都在加速,像进行着某种比赛,这跟十六岁时她的老师所预测的情形完全一致。自然光充满了驾驶舱,那是比邻星的光芒,它的照射使水流不至于冷冻结冰,也提高了车内的温度。

　　"不要直视恒星,即使有防护,它对眼睛的伤害也非常严重。"孙思远恢复了冷静。他检查了"小夸克号"的状态,没有气体泄漏,引擎也保持完好,这简直就是奇迹。

　　"求求你,你能停住它吗?"

　　"不可能,'井'的外壁由合金构成,很光滑。如果打开强磁场,用磁力刹车的话,加速度会把我们压成肉饼的。"

　　"那就没有别的办法?!"

　　"要靠自然减速。过了赤道线,我们就会从下坡变成上坡,等速度降低到安全阈值就能启动强磁场停车了。你的氢燃料和氧气指数怎么样?"

　　孙思远的声音让冯星冷静了下来,她一五一十地报告了自己的读数:"氢燃料百分之九十二,氧气百分之八十五。"

　　"很好。"

　　由激动转为平静,冯星立刻感到无法抑制的疲惫,长时间的加速运动给她的身体带来了极大的负担。也许是因为脑震荡,也许还有别的原因。在引擎声中,她沉沉地睡去了,但抓着孙思远肩膀的手始终没有放开。

"井"的南半部，距南端九千二百千米的某处，"小夸克号"停在了这从未有人踏足过的地方。

"其实你可以继续睡的，睡眠状态会减少氧气消耗。"孙思远告诉冯星，"你看，除此以外我们也没什么能做的了，不是吗？"

"可他们不来怎么办？如果他们没有发现我们不见了呢？"

军人沉默了，他不愿意告诉冯星这个残酷的事实：即使社区立刻出动，动用一切搜索力量，也几乎不可能发现他们。这里是南半球，离北极社区超过五万千米，"井"太大了，而他们太小。

如果没有那挂不知从何而来的瀑布，他们完全可以启动"小夸克号"，冲回北半球。只要距离够近，就能跟社区取得联系。

但现在不可能了。"小夸克号"探测到，瀑布带来的水停在了"山谷"里，这再次证实了冯星老师当年的说法。

在"井"的白昼里，也就是被比邻星照射的区域，水仍然保持着液态，并继续朝着无水的山谷奔涌而去，可不被照射的夜晚区域，水就无法流动了，它们很快冻结，在赤道位置形成了一道冰墙。数个星期之后，它竟最终绕了"井"一整周。

后来，社区的人们把它称为"赤道冰川"。可对今天的孙思远和冯星二人来说，它只是一道面目可憎的隔离墙，他们并不知道这道墙延伸了多远，如果鲁莽地发起冲锋，只会落得车毁人亡的下场。

现实远比冯星最坏的猜想还要更加糟糕，但孙思远暂时不想让眼前的姑娘了解实情。他为了转移话题思忖良久，最后说道："你现在后悔吗？"

"后悔什么？"

"没有跟家人在一起。"

冯星摇了摇头，反问道："你之前就把'井'称为家。你好像很重视家人？"

"当然了，这有什么奇怪的？"

"我不能理解。"

孙思远瞪大了眼睛，在共同经历了生死之后，他竟觉得自己在跟一个陌生人说话。

"哪里不能理解？"

"全都不能，家和家人……我不知道，我是在'宁静号'上出生的，从有记忆开始，生父和生母就在冬眠舱里。我和他们没有说过一句话。"

"未成年人冬眠会损伤大脑，所以说，'宁静号'飞到这里花了三十年，你从出生开始就一直没有冬眠过？"

"对，他们也没有醒过。"

"即使如此，"孙思远说，"你也应该有家人的，'宁静号'上有人执勤，是他们抚养你长大的吧？"

问完这话，孙思远看见冯星把头偏向了一边。她缩成一团，挤在自己的座位上，频道中只有浅浅的呼吸声。很久之后，她才终于开口："每隔一百八十天，他们就会轮换。我熟悉的人会回到冬眠舱，取而代之的是刚苏醒的陌生人。一开始，我尝试和他们都搞好关系，可有些人很冷漠，有些人很自私，还有些很残忍……后来除非必要，我不再和他们说话，信不信由你，来的这两天我说的话，比前二十二年加起来还多。"

她又补充道："我从来没有真正意义上的家人，也不觉得他们哪里重要。"

"我跟你正好相反，我觉得家人是唯一重要的东西。你不是说这儿什么都没有吗？但其实什么都有，因为他们在。"

不管前方是救援还是死亡，等待都很难挨。"小夸克号"的驾驶舱里迎来了片刻的安静。"井"的自转周期是二十五个小时，这一夜，这样的安静发生了许多次。

"你见过水母吗？"冯星打破了安静。

"见过，社区有一个媒体库。"

这回答显然不令人满意，冯星正色道："我是说活着的水母。"

见对方没有回答，冯星继续说："我有过两只灯塔水母，在'宁静号'上。它们待在生态箱里，我就在生态箱外看它们。你知道吗？拿不同的灯照射，它们会一边改变颜色，一边在里面跳舞。"

"是什么样的舞啊？"

"就是……我不好形容，反正跟你在这里看到的一切都很不一样。它们又轻又透明，我猜到了晚上，它们会趁我睡着时，穿过玻璃罩飞到床边来……总之，那是很神奇的东西！所以你看，你这里也不是什么都有吧？"

"真好，等回去了，你带我看看它们吧。"

"可它们已经死了，在我八岁那一年死掉了。"

孙思远的声音带着明显的失落，还透着一股虚弱，"那真是遗憾。"

"你是不是在担心什么？"冯星问道。

"不，没有。我对咱们能获救很有信心。"

"不对，我是说从今天一早开始，你就在担心什么，我能看得出来。你搬东西的时候很急，还有在冰川那里时的样子。说起来，从昨晚见面开始，你的情绪就不对，你一定在担心什么事。"

"是的，我在担心一个家人。她叫琳达，你知道我是北极社区移民的第二代，她也是第二代，是道尔叔叔的女儿，比我晚两年出生。前天，琳达在巡逻的时候被一块陨石碎片击中了，昨晚我们把她送到了'宁静号'上，希望新的医疗技术能救她。"

"井"的天上没有云层，无数星星在各自的位置闪耀着。冯星并不是第一次见这里的夜空，"宁静号"的研究室有一张星图，所绘制的正是站在"井"上能看到的星空全貌，她将那张星图记得滚瓜烂熟。

车子在瀑布旁行驶的时候沾上了很多水，现在整个外壳几乎都被冰封住了，只剩下车尾一块很小的透明区域，那里是北方。

在地平线靠上一点的地方，能看见一颗很亮的星星。她指着那颗星星说："你看，那里就是太阳，离'井'第二近的恒星。地球就在那里，'宁静号'也是从那边飞过来的，它带来了地球上最新的技术，琳达一定会好的。"

"我……"孙思远的声音变得更小了，"地球就在那里？那里现在仍有很多灯塔水母，对吗？"

"不是那里，是那里，下面一点儿。"冯星靠近前排座椅，调整着孙思远手指的位置，同时发现了异常。她仔细看孙思远的面罩，上面有两条警告，一条是氢燃料电池损坏，另一条是体温过低。

孙思远跟她强调过这种警告意味着什么。"井"的夜间温度最低可达零下四十摄氏度，在恒温系统失效时如果不能立即返回温暖的室内，他只可能有一种结局。而温暖的室内并不包含"小夸克号"，这是一辆改装车，没有完备的维生机制。

在先前的谈话中，冯星就隐隐有这种预感：他们可能会被困死在这里，再也无法返回。但看到奄奄一息的孙思远，冯星的眼泪还是忍不住夺眶而出。她将通行服脱开了一个缺口，想让系统加热整个驾驶舱，但系统禁止了这一行为，贴身恒温装置不允许对外输送热量。她只好再将通行服密封严实，然后抱住孙思远越来越冷的身体，并尝试帮他重启通行服，但她立刻意识到这种尝试是徒劳的——孙思远早已重启过很多次。

"我指给你看，看见了吗？就在那里。你知不知道，地球已经有四十六亿年的历史了，很长吧？太阳光到达地球需要八分钟的时间，比邻星的光到达地球需要四年。有位老师教过我一首来自地球的诗，我背给你听，你不要睡着。"

冯星的身体在颤抖，她无法想象孙思远死去以后，留给自己的是多么残忍和孤独的终结。但更重要的是，她其实已经体会到了家和家人的含义。孙思远是她的家人，她不希望他死去，就像那两只灯塔水母。

那首诗叫《看见》：

我看见一百三十八亿年前永恒的寰宇，
看见四十六亿年前苍老的大地。
我看见四年前的比邻星，

八分钟前的太阳，

和此刻的你。

"你看见了吗？就在地平线上，那是很亮的星星啊，你当然
能看见。"

"我在看……"

"那里有很多灯塔水母，还有更多更多精彩的东西，你绝对
想象不到的精彩，就算看完了你的媒体库也想象不到。你不想
去吗？"

冯星没听见孙思远的回应，就继续问着，一遍又一遍，嗓子
因为哭泣而嘶哑。

"你不想去吗？"问到最后一次时，干裂的嘴唇之间已经没
有传出任何声音了，但就在下一秒，她看见眼前有细碎的光芒
闪过。

那是清晨的阳光融化了驾驶舱东侧的冰壳。水滴沿着裂开
的缝隙滑落，越来越多，就像冯星的眼泪一样。她不停揉搓孙思
远僵硬的手臂，接着按压他的胸口，再把耳朵贴上去，搜寻最细
微的一丝心跳。

冰壳融化得越来越多，舱内在变暖，一大块冰顺着外罩的弧
面滑下，砸在轮胎上，引起了不小的震动。仿佛是响应着外面的
变化，孙思远的躯干轻轻地一颤，他醒过来了。

"你怎么样?!"冯星惊呼道。

孙思远感受到自己体温在回升，他想看看冯星，但更多的冰
块碎裂了，阳光让他睁不开眼睛。他只好放弃这个念头，让知觉

流向四肢，一点一点夺回身体的控制权。直到舱内有些发热，他终于能够坐起身来。

"我们必须采取行动。"冯星说道。真是万幸，如果孙思远没有活过来，她很可能会走出舱外去寻死。"你熬不过下一个夜晚的，我也不行。"

"你愿意赌吗？"孙思远难得地发出爽朗的笑声，"就在刚才，我有了一个计划。"

"什么计划？我愿意！"

"这只是猜测。从瀑布的流量来看，腰部，用你的话说应该是赤道，赤道的冰墙不会太厚。既然阳光能融化我们车顶的冰，也就可能融化赤道的冰。"

冯星恍然大悟，"对，只要冰墙融化，我们可以涉水冲回北半球，到那时就能求救了，我要是早能想到，昨晚也不用那么……"

"就算早能想到，也得挨过昨晚才可能实施这个计划。多亏了你，冯星。"

"时间不等人，我们马上行动吧！"

孙思远仍然十分冷静，"不行，还要再等一会儿，给太阳留足时间。早晨刚到，冰墙没那么容易化。"

"那我们可以往东北方向走，晨昏线是从东边向西推，所以东方的冰墙已经吸收了很多的日照。"

孙思远否决了这一方案，"得朝正北方冲下去，否则……我担心动能不足，如果达不到足够的高度，无法求救就完蛋了。我们的通信范围很有限，又遭到了'井'本体的遮挡。保险起见，我们三小时后出发。全速冲刺的话，估计抵达赤道时正午刚过，那个时间段我们的机会比较大。"

"好,听你的。"

"井"默不作声,搭载着其上的微小生灵忠实地运转着。它的自转周期是二十五小时,跟地球的自转周期非常接近,就像一场巧合。

时间到了,孙思远将电磁力调到最低,又将引擎输出调到了上限。他拨动方向盘,让"小夸克号"掉了头,直奔赤道而去。

"你回去后想做什么?"出发几个小时后,冯星才适应了这种高加速度的压迫感。

"去看琳达,不知道她怎么样了。你呢?"

"我想跟父母聊聊,但又不懂聊什么。"

"也许你可以讲讲这次的经历。"

"我要不要保密?"冯星有些犹豫,"如果他们知道我因为不愿见他们,差点儿死在这边,会怎么想?"

"会为你担心,也会为你骄傲。所有父母都这样。"

"他们也会吗?"

"当然,我保证你可以放心地讲。快看前面!"

冯星应声望去,地平线果然不一样了,她首先看到了那段冰墙,说不上有多高,可能十米,也可能有二十米。她旋即又注意到,冰墙中间有段不一样的部分,那里曲线明显柔和,再靠近一些,就能看见它泛着水花和汩汩流动的波浪。

"是水!真的融化了!"冯星开心地喊道。

"做好准备,入水的时候震动会很厉害!"

其实不用孙思远提醒,冯星早早地启动了安全设备,因为紧张,她还死命地抱着座位上的缓冲囊。但那水墙到了眼前时,奇特的景象反而让她忘记了紧张。

灯塔水母死后,生态箱被清空了。冯星曾观察过那些遗落在箱底的水珠。由于表面张力,水珠拱起了一个很柔和的弧度,它的形状跟水母的伞盖很像,就像水母留下来的魂。

但那是一滴水,而眼前的是一条十多米深的河。这河由西向东延伸着,河面还漂着些浮冰。奇怪的是,它的表面竟然也像那滴水一样拱起了细微的弧度,中间高,南北两侧低。水墙像一座雕塑,高高地矗立在地面上,却不向他们流淌过来。

冯星又想起了那个3D模型和老师说过的话,她的脑海中出现了一个峡谷,峡谷里有条河流。接着她把两座山和峡谷拉平成了一个平面,峡谷中的河就跟着这个平面自然而然地拉成一道拱形水墙。

模型早就预言了这种景象,但她没有意识到。

"小夸克号"终于跟水墙接触了,接近流线型的外罩化解了大部分震动,但余下的能量还是震得二人头晕眼花。好在震动只持续了一刹那,他们便通过了水墙的另一面,终于回到了北半球。

穿越车继续往前冲,孙思远不要命似的提升输出功率,就这样维持了几个小时。但"小夸克号"毕竟不是为越野或者爬坡而设计的,它过去几十年的工作场景都是平地,在潜能被压榨到极限之后,耗尽一切动能的它终于还是停下了。

"北极社区,这里是'小夸克号',请立即确认我们的位置,派出救援!"

"北极社区,听到请回答!"

对讲机中没有人声,只能听到嘈杂的电波声。

冯星又试了试通行服自带的通信设备,频道里连杂音都没有。这不奇怪,"井"外壁没有基站和卫星,通信本就是件奢侈的事。对讲机连接着"小夸克号"上的增幅器,才勉强达到万千米级别的通信范围。

沮丧和悲伤还未来得及笼罩驾驶舱,冯星便向孙思远伸出手来。

"把对讲机给我!"

"你想做什么?我们……虽然我很不愿意这样说……"

"给我,相信我吧!既然有电波声,也许就差一点儿了!"冯星坚持道。

"你是想靠步行走完这一点儿?你疯了吗?从重力方向来看,外面的坡度有七十度,人根本不可能在这种坡度上行走。"

"但通行服有强磁场模式,对吗?你的通行服没有电能,但我的还有。"

"强磁场模式不是为了行走而设计的,相反是为了固定。"

"我总得试试!"说这句话时,冯星已经打开了车门。她一走出"小夸克号",便立即关上了门,避免车内热量流失。强磁场模式感应到重力变化后,自动调节了磁力方向。现在,冯星正承受着三倍于自重的压力,别说迈步,就连呼吸都很困难,但听着对讲机里的杂音,几个深呼吸之后她还是踏出了左脚。

放下左脚后,紧跟着又是几个深呼吸,脚掌疼痛难忍,左膝盖如针扎一般。她不敢停下,必须走起来。

冯星给自己定了三个目标，五米、十米和十五米。如果到了十五米还是不能联系上，她就将下三个目标放在二十米、二十五米和三十米。如果还是不行，那就继续走。她相信离成功求援只差一点点了，这种信念并没有减轻她的疼痛，但能让她忘记疼痛。

她最终走了一百一十米，这是孙思远告诉她的。后者已经看不到她的身影了，只是记得她每五米用对讲机联系一次，一共联系了二十二次。

直到电波里传来模糊而美妙的回应："我是北极社区。"

"我是'小夸克号'，请定位我们，派来救援。"

"收到……你们的位置我已确认，救援队将在三小时内抵达，请保护好自己。"

"明白。孙思远，你听到了吗？我们得救了！我说过你可以相信我。"

"冯星，你听我说，"短距频道里，孙思远的声音格外沉重，"你不用回来，太艰难了。通行服会保护好你的，原地等待救援就好。"

冯星的意识有些不清，她刚要回答"好的"，突然一个激灵，想起了一件至关重要的事。她说："不，不，我一定要回来，我必须回来。你等着我。"

讲完这话，她又拿起对讲机说："北极社区，我是'小夸克号'。救援计划有变。请来定位的西南方找我们。"

"我是北极社区，救援队已出动，不建议你们转移。重复一遍，不建议你们转移。"

"不，北极社区，我们必须转移。离日落只有一个小时，请来西南方找我们。我们要追逐太阳。"

回到"小夸克号"的行程，只比离开时略微轻松。冯星关上车门，又关掉强磁场模式的时候，已经遍体鳞伤。她的脚踝肿大了一圈，每个脚趾都在流血，连手臂和膝盖都不能伸直了。她不知道自己是如何完成这二百二十米的，在昨天以前，她绝不可能拥有这样的力量。

"你不必这么做，这会降低你被找到的概率的。"

"但会增加你活下去的概率。"冯星笑了，"没我你会冻死的。而且我还没带你看水母呢。"

"谢谢……"

"我想睡会儿，该你了。带着我去追逐太阳吧，你听见了我刚才跟他们说的话。"

北极社区举行了建立六十四年以来的第一个葬礼，琳达去世了。孙思远推着轮椅上的冯星参加了这个悲伤的聚会。

"北极社区共有五十八位家人，我们的预期寿命是一百五十六岁，而亲爱的琳达只度过了二十三年短暂却同样精彩的人生。"

琳达的父亲道尔先生亲自主持了女儿的下葬仪式。他回忆着往事点滴，语气中饱含辛酸。

"琳达全心全意爱着社区，爱着我们所有人。我们从地球而来，在此之前，我们一直是外乡人，琳达他们则是这里真正的主人和未来。

"我想，故乡的确立，不取决于你在一个地方生活了多久，而取决于你是否在那里留下了亲人的灵魂。现在，'井'是我们的故乡了。"

一个月后，冯星已经能自己行动了，只是还需要母亲辅助用餐，行动范围也仅限于室内。孙思远每天都来看她，并给她带来了很多外面发生的故事。比如在他们流落南半球的时候，北边"井口"发生了一次"井喷"，大量水以蒸汽的形式出现，又迅速冷凝成结晶，这给北极社区带来了深达一米的降雪；再比如"井喷"发生之前，探测仪观测到"井口"内部出现了高热能反应。

这两件事既解释了北极圈冰山的来历，又解释了当初在车上看到那条瀑布，以及赤道冰川的形成原因："井"的内部有大量的冰。这些冰可能是它的建造者留下的，也可能是彗星、陨石带来的。当"井"内因为某种机制触发，而产生高热反应的时候，里面的冰迅速变成水蒸气向外膨胀，直到离开"井口"。

在"井口"处，这些水蒸气因为外界的低温而急速冷凝，就形成了北极圈的冰山。同理，南极圈一定也有形状相似的冰山。

至于瀑布和赤道冰川，也是由于这次"井喷"的热量融化了大量冰层，这些水有的流回了"井"内，有的则因为高度差而流向了外壁，最终汇集到地势最低处，也就是赤道的位置。

想明白这两件事之后，困扰在冯星心中的谜题就已经揭开了大部分。但她对揭开谜底兴味索然，也没有参与研究讨论会议的冲动，连她自己都奇怪这是为什么。

由于身体条件还不能穿通行服，北极社区专门为冯星搭建了室外通道。今天是她第一次参加会议，会议主持人是父亲冯宇和母亲赵琳。

"今天的会议，主要是做一个阶段性的总结，专门请到了有特殊经历的冯星和孙思远上尉。希望本次可以听听他们对这件事的看法，算是做补充。根据目前掌握的资料和我们近期的研究成果，建设'井'的最初目的，极大概率是用作防御。"赵琳说。

另一位专家补充道："这片星域的环境很复杂，且极度危险。彗星、小行星行进路线多而杂乱，难以预测。因为安全的需要建造大型防御工事是完全合理的。"

"从材料学上来说，建造'井'采用的合金强度极其惊人，很可能是专为应对大量冲击而设计的，这也为防御工事说提供了侧面支撑。"

"但是，现在还有两个非常困扰我们的问题。"父亲冯宇说道，"第一，为什么要建这么长？作为一个防御工事，这种远超常理的长度是不必要的。第二，也是最重要的一个问题，它究竟要保护什么？经过我们的考察，这个天体内部除了冰、少量岩石和金属以外，什么也没有。而且综合之前的观察，工事在启动时内壁温度可达一千两百摄氏度，显然它的建造者在内壁上居住的可能性并不存在。"

"它保护的东西已经不在这里了。"冯星这话让众多专家感到不解，"关于它的用途，我已经有了结论。"

"什么意思？"

"不在这里了？"

冯星看了看孙思远，后者朝她点了下头。

"对。首先我想提及的是一个月前接连发生的两次大地震。

妈妈,我掌握了一些你没有注意到的细节。"

虽然是母女,但由于一直在冬眠,赵琳的生理年龄只比女儿大八岁,在冯星叫她妈妈时还觉得有些不习惯。

"是什么样的细节?"

"第一次,由于彗星的碰撞,'井'在黄道面上的朝向偏移了两度左右,这是我乘车从内圈去外壁的过程中,通过记录星空位置而得出的结论。第二次地震过后,这种偏移消失了,它的角度恢复如初,这是我在南半球的那个夜晚发现的。联系到'井喷'和高热反应的时间,我猜想,这第二次地震是由'井'主动发起。"

"'井'让自己回到了原来的朝向?"

"如果我的猜想没错的话,那么高热反应的触发机制,就是纠偏。"

"可纠偏又是为了什么呢? 保证它的自转和公转周期吗?"

"不。这个问题我也疑惑了很久。花费这么巨大的成本,只是调整一个朝向? 以他们的技术能力,完全可以用少得多的成本来保证自转和公转周期。还是孙思远提醒了我,他说,必须要对准化成水的地方冲过去,我们才能回到北半球,而不是粉身碎骨。我的意思是,'井'的纠偏机制,不为别的,是为了瞄准!"

冯星停了一会儿,她环视周围,从父母眼中接收到了期许的目光,这目光让她很舒服,于是继续说道:"'井'不是用来防御的,或者说,它可能曾经是用来防御,但后来改变了用途。它现在是一门大炮,瞄准的目标自然是炮口所对的方向,也就是正北或正南。"

"嘶——"众人倒吸了一口凉气。大家都是天文领域的专家,也对这里的星空非常了解。正南方没有足够近的有价值目标，而"井"的北方，正是太阳系！

好几名专家都站了起来。

"你的意思是他们要进攻太阳，要进攻我们?！"

"我女儿的意思是说，他们的进攻早就完成了。对吧?"冯宇挥了挥手，示意他们不要太过激动。

"是的，而这也解释了你的两个疑问，爸爸。'井'之所以这么长，是因为需要足够多的空间进行加速;'井'所保护的东西不在这里了，是因为它……它已经作为炮弹，发往了它的目标。"

"我们在来这里的途中可没有探测到那样的东西。"一名老专家连连摇头。

"因为是很久以前发生的事了呀。或许已经过了几百年、几千年，甚至五亿年?"

"五亿年前是寒武纪大爆发。你在暗示那颗炮弹跟地球有关吗?"老专家反问道，"这想法很荒唐。他们为什么要这么做，把一颗行星发射到四光年以外?"

"我没说一定跟地球有关，也许是火星，或者月球。"

"我能说两句吗?"孙思远道。

"当然可以，请畅所欲言。"赵琳对这个年轻人报以微笑。

"我不愿意说故乡的坏话，但这个地方除了家人以外真的没有更多的东西。看看那些小行星吧，它们显然被过度开采了。再看看脚下的'井'，试想一下，如果'井'里藏着一颗星球，虽然安全、稳定，却被困在牢笼里，就像你们地球有一首诗，叫作《笼中鸟》……"

说到这里，孙思远朝冯星眨了眨眼睛，"我想，当时的他们挣断了羽毛，甚至搭上了性命，就是因为不想再当笼中鸟吧？所以才做出了这样的决定，选择'背井离乡'。"

鲸海浮舟

格陵兰

《科幻世界》2023年01期

格陵兰

青年科幻作家，《鲸海浮舟》是他的第一篇科幻小说。

春季第二旬的第五或者第六日，是一年中潮水涨得最高的日子。神庙的阿爷曾跟我们讲，每年的雨节就在这一日。第三轮也就是最大的那一轮月亮刚行过轨迹的顶点时，第一轮月亮正好在南方接近高处，它们神圣又美丽的身体吸引海水，海水就涨了起来。在这一天，它们的吸引力加起来最强，所以潮水涨得最高。

　　和潮水一起来的，还有游鲸。

　　游鲸不是游在海里、黑乎乎的笨重生物，它们要庞大得多，有着半透明的浅蓝色躯体，高高地飘浮在天空里。每年的雨节之后，有时就是在雨节当日，成群的游鲸从西边大海的上空游过来，在附近的上空盘桓、游闹，像冬季的云彩一样，遮蔽整个天空。在合适的时候，一些游鲸向天空的上方游去，另一些则掉头回到大海的上方，第二年再回来。

　　这时，镇上的人们就要忙着完成最后的播种了。因为游鲸走后，春雨就要到来。

　　春雨和其他时候的雨水不太一样。它丰沛但不泛滥，格外有效力。雨水普降大地，播种下去的种子会飞快地发芽。不出两旬，这些种子就会长出半人高的苗，再过四旬，就可以收获香甜的藜米。若谁家的懒汉错过了这一时节，就不得不靠申领神庙的救济挨过这一年。勤劳的人家只要播种完成，再在冬季前按时收获，就可以悠闲地度过炎热的夏日和漫长的冬季。

那时候的雨节就是美好一年的开端。

十二岁那年，我在神庙上学。那年的春假，因为家里的人手够多，不需要我帮忙，于是我每天跑到校舍里看书、做雕工或者去活动室做模型。

阿爷是神庙派给我们的老师。他的胡须很长，早已变白，一条银色的项链——那是祭司的标志——挂在他脖颈的棕毛上。平常他给我们上课，并留守在学校里照看校舍。我念书有不懂的地方，或者碰到不会雕的细节，就去找他。

那天我正试图雕一个游鲸群的图案，阿爷过来找我。

"米米，不要这么用功。今天是雨节，码头有集市。阿爷走不动了，你去帮我买点儿糖米回来。"阿爷笑眯眯地给我塞了几个铜板，"不用着急回来，今天的表演会很好看。"

"好嘞！"我知道阿爷只是怕我孤寂，想让我出去玩一会儿。我的确雕得倦了，要休息一下。

跟每年的雨节一样，码头上挤满了人。我看了一圈实物和表演，都不怎么感觉新奇。我买了一袋糖米，又买了肉干当作午饭，在码头平台的栏杆边坐下，看着大海发呆。我坐在这里，倒不是为了躲避人群的喧躁——虽然我确实很不喜欢人群——只是为了等待海面上的表演。

码头总共有三层。最下面一层的高度和雨节这天的海平面持平，此时已经搭上了浮板，作为表演的舞台。神庙领舞人婆婆带领表演者等在一边，我看到几个高年级的伙伴也在其中。

雨节的庆典有非常盛大的演出。再晚些时候，这里就要人满为患了，而此时还有视野最好的位置。

太阳轨迹行至地平线上方后五分之三段起点的时候，庆典就开始了。

庆典以一声呐喊引领的歌声开始。当歌声淡下去，微弱而低沉的鼓声笼罩了安静的码头。开始的几个舞蹈描述的，据说是宇宙的生成、天空的出现和大地的诞生。绀色、绛色和墨绿色的长袍披在舞者的身上，细密的节奏自他们的足下踏出。这些舞蹈抽象且精致，需要许多年的练习才能掌握。接下来的舞蹈更为复杂，无法用语言描述它们，至今我都不理解它们的全部含义。

当舞蹈告一段落，一个铁制的圆环从海水里升起来，周身燃起火焰。海里又翻出了一艘载着人的舢板，表演者逐个跃过铁环，跳到码头上。轻快的乐声响起，围观的人们也发出大声的欢呼——新一轮的舞蹈开始了。阿爷曾告诉我，铁环象征着玛神的手镯。玛神游过星星做成的大海来到大陆上，他将手镯扔在地上，人类的祖先就从中跃出来，繁衍生息。

那一年的第一群游鲸就是这时候到来的。

当象征手镯的铁环落回海里，人群的欢呼声还没有平息时，便听到有人欢叫起来。

"看，游鲸！"

我们抬起头，望向西南边的天际。是的，那片蓝白色闪着太阳光芒、好似倒置大海般的集群，就是鲸群。人们再次欢呼起来，连演出者都抬头仰望。人们议论纷纷，鲸群准时到达是天大的吉兆。欢乐的气氛里又多了几分狂欢的意味。

鲸群游得更近了一些，尽管它们的身体是半透明的，但现在可以用肉眼逐个分辨。游鲸大体上是水滴形的，侧面有翼鳍，还有一条长长的尾鳍。它们的身体里能看到许多椭圆形的空腔，一些是浅蓝色的，更多是透明的。透明的球腔会随着游鲸的游动和沉浮，周期性地收缩，节律舒缓而安宁。阿爷讲过，浅蓝色的是游鲸身体里的水，透明的是一种轻捷的气，水供它生存，气供它飘浮。它们离不开水，正如人离不开血液；它们离不开空气，正如人离不开大地。这一年的鲸群，为首的是一只头上有一道黑纹的游鲸。我听到有人说，去年它也在第一批到来的游鲸里。

我一直呆呆地望着鲸群，没有注意到几乎演变成狂欢的庆典是如何结束的。鲸群越过镇子，最后停留在东北方向巍峨群山之上的天空中。那时天已经擦黑，我背起糖米袋，转身走向神庙。

春天的晚风吹拂在街上。进入学校的洞口之前，我揉了揉酸涩的眼睛向东望去，忽然注意到那里有个闪亮的圆环。这是最小的月亮希尔曼支吗？不，它看起来比希尔曼支在这个季节通常的大小还要小上一半，换作眼力不好的人甚至看不清楚。而且，我努力地回忆自己贫乏的星相学知识——且不论这奇怪的月相，希尔曼支此时应该还没升起来。

这是什么星星呢，或许只是一只落单的游鲸在夕阳的余光中显出的轮廓？我还没有来得及想得更多，校舍的大门打开了，阿爷正在迎接我。我立刻将这事儿抛诸脑后，直到两旬以后。

不出几日，天空就被鲸群占领，不再留下一丝空隙。就算是在中午日光最盛且云朵稀疏的时候，阳光也只能透过游鲸的身体落在地上，蓝色的波光在地面不停地浮动。鲸群停留了一旬有余，天空聚集起一些云彩，一些游鲸朝着西方慢慢地游回大海，余下的便向上游去，融进云里。许多年以后，我才有机会更近距离地观察这壮观的场景。但当时，别说我们，就连阿爷也不知道这些鲸去了哪里。那时我想，天空之上也许有别的地方。大地上有天空，天空上不也应当有更高的空间吗？蓝色的天穹看起来不太像有固体约束，那里大概有什么比空气更轻捷柔软的东西，说不定正是游鲸身体里的气呢！或许它们要去那里补充这些必要的气体？阿爷总是笑眯眯的，对我这些小小的哲学思考不置可否。

游鲸离开后，雨又下了接近一旬。直到雨节过后整整两旬，天空才终于放晴。

这时，我才想起来雨节那个晚上我的发现。事后大家比对起来，我似乎是第一个见到那颗星辰的人。但无论如何，现在几乎每个人都能看到那个闪光的圆环了。

它的出现，起先引起了不小的惊慌。

谁也没有见过这样的星星：它不像月亮有相位的变化和明暗的纹路，几乎总是一个圆环，没人看得到圆环中间是什么。这不仅仅是因为它小——阿爷私下告诉我，即使是神庙的祭司们用祖传的远望镜，也看不清圆环中间有什么东西。不过，这颗遥远的星星似乎并未影响镇上的生活。古老的星相学法则，亦没有提及这样的凶兆。既然人们与它相安无事，便也慢慢地淡忘了它的存在。只有偶尔在天文课上，我们会吵着让阿爷在远望镜里寻找它的踪迹。

人总是容易遗忘的。

平静的生活持续到我十七岁那年。我从神庙毕业了。我没有像哥哥那样回家管理庄园，也没有进入殿堂继续学习神学或者去某个工场工作。我向祭司们提出，想进入神庙的工坊研习。我想做一架飞行器。

大部分祭司对此没有兴趣。在那天的议事会上，他们焦虑地谈论着别的问题，几乎不愿讨论我的想法。好在阿爷一直支持着我。在他的帮助下，我在工坊找到了一个职位。

这想法不仅源于对游鲸的痴迷。那一年我在神庙的图书馆里找到了一本书，上面记载着一种名叫热气球的飞行器的制法。它的原理非常简单，取防水的鱼皮布做一个足够大的口袋，口袋下连一个载人的篮子，篮上架一个火盆。由火盆加热口袋内的空气，使它变得又热又轻，飘浮在空中，正如游鲸之飘浮于天空，也如船之漂浮于大海。我们说，天空和大海别无二致。

不仅如此，书里还记录了许多细节，使这一切看起来能够实现。例如，制作什么样的口袋形状可使热气球不容易倾覆，用什么样的火盆能控制气球的上升和下降，怎样在不同的高度寻找风来改变行驶方向。不过，作者写道："虽然我们于古老的经典中录下这些方法，但据我们鄙陋的见识，还没有人成功地制作出这样的装置，使人成为游鲸的同列。"

既然还没有人制出这样的装置，那么是谁、又如何书写了那些"古老的经典"呢？这种深奥的历史和神学问题，长久地困扰着人们。而那时，我更关心它如何实现。

我想成为游鲸的同列。

这项工作，花费了我两年的时间。

两年里的每个酷暑、严寒或者暴雨的日子，我要么在神庙的图书馆翻阅典籍，要么埋首于工坊制作装备。每个适于出行的日子，我不是在寻访材料和工具的路上，便是在东边的山坡上试验飞行。飞行是一件危险的事情，我唯一一次被迫暂停工作，便是因为从热气球上掉下来摔断了尾骨。我慢慢地学会了修改吊篮和设备的尺寸，以更适合我们使用。我隐约地觉得，它们原本的设计者有着更高大的身材。

在制成了第十一个热气球之后，我觉得终于做出了安全、可靠又灵活的飞行器。我在议事会上向神庙的祭司们展示了我的成果，以表明神庙对我的资助并非白费。他们大为惊奇，并且纷纷表达了赞赏。然而，他们正被更加重大的问题困扰，无法分给我的作品更多关注。

即便是忙于制作，在过去的两年里我也听说了日渐严峻的情况。回想起来，麻烦的征兆早在我毕业之前便显现出来——那一年的雨节，便有传言说游鲸的数量减少了。第二年和第三年，鲸群都没有准时到来，它们聚集在天空的时候，也时常会露出斑斑空隙。现在，它们甚至无法铺满整个天空。

与游鲸的减少相伴的,是城镇粮食的缺乏。谁也说不清这里面的关联是什么,但是很难让人不把这明显的趋势联系在一起。母亲来信说,庄园里的藜米一年比一年矮了。收下的米粒,空壳的比例一年比一年高了。神庙开始削减救济穷人的粮食,否则就连在神庙学习的孩子也可能要挨饿。

阿爷跟我讲,议事会决议启用前些年富余下来的储粮。另外,庄园主大会也同意增加垦殖的面积,将镇子周边能开垦的土地都利用起来。

"那我呢?"我抖动胡须表示愧疚。我想不到有什么我能帮上忙的地方。

"不要愧疚。你研究游鲸,或许能帮助到人们。"阿爷的笑容更苍老了,"事情与事情,有时会以意想不到的方式联系起来。"

那一年的冬季过去了。春天里,我和工坊的学徒一起,又试验了几次飞行。我们飞得足够高,能够望见东边贫瘠的山谷。即使是风很大的时候,我们也可以稳住热气球。总之,一切都令人满意。我制订了一个计划:在雨节之前出发,往西边去迎接鲸群。

为此,我们制作了一个更大的热气球。气球的宽度足有二十个人那么长,高度有三十个人那么高,所有的设备都相应地做了加固和改造。我们准备了防寒的衣物,因为在游鲸飞行的高度,恐怕会非常寒冷。

第十二个气球试飞的那天,半个镇子的人都来观看,大部分人都很开心。不过,也不是所有人都理解,他们觉得我们应当帮助他们开垦土地，喂饱人们的肚子。每当遇到这种声音，我就拿阿爷的话宽慰自己。虽然那天阿爷并没有来——他的腿脚不太方便，无法走到郊外。

不过，当我们的热气球飞越小镇时，我看到他在神庙的屋顶上向我们挥手。

正式的飞行定在雨节前两日。我和两个学徒备了口粮，带着神庙祭司送来的远望镜和指南针，从码头登上了热气球。我们很顺利地找到了正确的风向，在晴朗的天空下向大海驶去。

这不是我第一次在大海上空飞行。不过，这与飞行到看不见大陆的地方是两回事儿。在海的中央待得太久，会连海水与天空的分界线都辨认不清。当天上的层云都散去时，明亮的阳光普照在波光粼粼的青蓝色大海上，像是海面以下还装着一个太阳。白昼的阳光非常刺眼，不过总归令人喜欢，因为它是温暖的。

我们度过的第一个黑夜有云，鱼皮袋透出的橘黄色光芒就是唯一的光源，吊篮外则是伸手不见五指的漆黑。后面几日晴朗，还可以看见几轮明亮的月亮。我们每个人都知道，第三轮月亮叫陀伦西，它是浅黄色的。朱兀和蒙日泛着浅浅的红色，而希尔曼支则是泛白的。但是，映照在漆黑大海上的时候，它们的色彩好像比往日更加鲜明了。除了隐约可见的繁星，还有那颗神秘的环星在散发着光辉，它的光芒略有一些浅淡的铁蓝色。

寒冷的风变幻不定。我们在吊篮里裹着厚厚的外套，围着火盆取暖。饮水也要放置在靠近火盆的地方，以防冻结。失去了大陆作为参照,我们无法知道自己飞行了多远,甚至不能确定自己是不是还飞行在正确的方向上。现在想来,那真是一次过于冒险的尝试。

好在,我们的确遇见了游鲸。

那是在大海之上的第三天。我被守夜的伙伴唤醒的时候,东方才刚刚露出晨曦。我在篮边冲着黑暗张望,看见不远处——大概四百个人那么长的距离上——比我们的位置低一个风向层里有些圆润的轮廓若隐若现。

等到太阳露出大半时,我们降下了高度,距离游鲸更近了。那些梦幻般的生物就这样出现在我们眼前。

它们半透的皮肤上有细密的纹路,正如人腹部上的那样。它们的身体里能看见极淡的、浅绿色的血管。那些蓝色球腔里的水泛着青色荧光,在半黑的天幕间若隐若现。记得神庙的书籍里记载过,许多年以前,曾有死去的游鲸从天空坠落,掉在城镇附近的山坡上。但这样近地观察活着的游鲸,或许自我们的种族存在以来,还是第一次。

等天完全亮起来,我们微微升高以捕捉合适的风速。西边,更远处几朵高高耸起的云,如庄严的山峰反射着日光。在数万个身长的范围内,晶莹剔透的游鲸群高低起伏地飘浮在其中。我们的热气球就好似一叶孤舟,在和缓起伏的游鲸海上飘荡。

我当即明白,我一生都不可能忘记这个场景了。

就这样,我们跟着鲸群缓慢地向海岸进发,又花了两日回到城镇。此时雨节已经过了三天。在不安之中,我们像英雄般受到了欢迎——我们是随着这一年的第一批游鲸回来的。

换言之，今年的鲸群晚了三天。

在这年春雨季，以及后来的几年里，我们又飞行了许多次。我们慢慢地验证了许多书籍中记载着、却不知道其来源的事情：它们看起来庞大，却性格温顺；它们不吃不喝，张开嘴巴呼吸空气；它们依靠皮肤上一处突起的振动相互交流——正如人用声带振动发出的声音交流，只是人的耳朵无法听到它们的声音。

尽管飞行在天空中，许多大地上的疑惑仍在我心头萦绕。

虽然人们耕作的土地增多了，可是在那些扩展的新田地上，丰厚的收成只能维持一到两年。随着开垦的土地面积越来越广，人们不得不增加劳作的时间，不得不走到离城镇更远的地方劳作。生活方式的改变无时无刻不成为话题。人们议论纷纷：粮食为什么日益减少？鲸群——这种在潮水和雨水之间到来的生灵——为什么减少？它们的减少又如何与粮食的衰减联系起来？

到了这时，人们又想起那颗天空上的环星。有人说，或许那就是玛神的手镯。玛神曾赋予我们生，如今他也带来凋敝。或许，我们犯下了什么罪孽惹怒了玛神。当然，这和神庙一贯的教诲抵触。祭司们一向教导我们，神不做道德的审判。万事自有其因，神的喜怒并非根源。神只创造我们，不左右我们的命运。尽管如此，广场上悖逆的言论还是一天比一天多了起来。面对人们对教诲的质疑，祭司们除了苍白的否认，也没有什么话可以回应。

某一次我去见阿爷时，向他吐露过我的疑虑。那时，他正在花园里施肥——阿爷的花园原来种了许多花草，如今只留下了一种做药的藤花。阿爷问了我的想法。

我确有一些来源于观察的想法，但我没有作声。

"我也不知道答案是什么。诸神在经典里告诫我们，不要做无端的论断。"阿爷说着，放下铲子。他已经很苍老了，甚至搬动施肥的工具都有些勉强。过了一会儿，他喃喃地补充道："但是，正如人们在做的那样，一点儿猜测无伤大雅。或许我们不过是需要施肥的花朵。"

我点了点头。

阿爷死在一年之后的冬季。

那是个特别困难的冬季。由于镇子北边的粮仓在秋末失了火，整个镇子在冬季都吃不饱。饥饿带来疾病，疾病带走生命。镇上死了三百二十七个人，阿爷也在其中。按照传统，我们将死难者们火化了。白色的雪地上，黑色的烟从红色的火焰里升起来，直升上乌云密布的天空。那一幕我至今记得。

春天到来的时候，我做了一些试验，又花了一年的时间翻阅古籍，向有经验的工坊师傅定制工具，筹备下一年的飞行。

那之后的游鲸更少了一些。天空非常宽敞，我可以很容易地进入鲸群中。我们在天空盘桓了许久，等到归来时，再无人迎接我。

最后，我回到了神庙，在议事会上向祭司们讲述了我的发现。

"我们知道，无论是书籍上的记载还是我们自己的经验，都告诉我们春雨季的雨水和藜米的生长息息相关。我们有理由相信，正是春雨滋润了我们的田地。可是，它为什么有这样的功效呢？这个问题困扰各位多年，也困扰着我。

"我们可以做一些合理的猜测。当西方的风吹来，鲸群逆风离开大陆的时候，那些留下的游鲸就要向上方的云彩飞去。大概正是这些游鲸带来了这样的功效。但这是如何实现的呢？它们又去向了何处？我们的云层之上还有什么呢？我们始终无法论证，而神教诲我们，不做无凭据的断言。如今，我们拥有了热气球，我借此找到了一些办法，去验证某些想法。

"我给没有离开的、温顺的游鲸绑上了巨大的布匹。这些布匹不仅是彩色的，还缀了许多反光的鱼鳞片。鲸群向上飞入云朵之后，我和我的伙伴们便密切地观察着天空。我们航行了很远的距离去寻找布匹。无论游鲸落在哪里，这些闪光的彩色布匹都很容易找到。我们仔细清点了数量，所有的布匹都从游鲸的翼鳍上掉落了下来。绳索没有断裂的痕迹，它们不是因为我们的疏忽，或者风的撕扯掉落的。

"另外，我在古籍中翻阅到了一种测定高度的办法。将一段水银放置在一个开口的细长瓶颈里，我们飞行的高度变高时，水银就会向上浮起。我对这个设计做了一点儿改造，即使我们已经下落，它依然能够标注出我们经历过的最高点。我请工坊的工匠制作了这个坚固的设备——请看。我们将三个这样的设备分别系在三只游鲸的尾鳍上，连着彩色的布匹和缓冲的气囊。最后，当我们找回它们时，除了一个装置因为落在岩石上受到损毁，另外两个装置都标识出了大致相同的高度。根据经验的外推和计算，这应该有七万多个标准身长那么高，也就是要比第一层云彩的高度高上许多倍。

"不仅如此，我们还在高度计与尾鳍接触的地方看到了留下来的游鲸皮肤。可惜它们柔软易腐，还没来得及带回镇上就变为了液体。这一特性也和古老书籍中的记载相同。诸位或许还记得，神庙的记事簿上记载过，在我们祖辈的时代，曾有一只死去的游鲸掉落在城外的山坡上，还不到半天的工夫，它就化为一摊液体融进大地了。

"总之，我相信那些游进云层的游鲸并没有离我们太远。"我停顿了一下，才敢说出那个我酝酿了许久的结论，"假如我的结论太过唐突，希望神能原谅我的大胆。我想，那片天空就是它们生命的终点。也许是因为高空中的稀薄空气，或者猛烈的阳光，它们在那里分解成碎片和水分。它们的尸体最终化作雨水，降落在我们的土地上。"

"我们都是花园中的花朵，需要腐殖质的养分。"

我再次想起阿爷的喃喃自语。或许，他早已猜到这些事实。

事实上，我花了更长的时间，才使所有的祭司都理解了我的观点。至于他们是否都相信，则无关紧要。

因为，从那一年往后，游鲸再也没有来过。

又过了一年，领舞人婆婆也过世了。在阿爷过世之后，她曾在议事会里给了我许多支持。自那之后，雨节庆典再也没有举行过。尽管春雨季依然年年按时到来，但失去了游鲸用它们的身体带来的滋养，土地迅速地贫瘠下去。即使庄园主们将开垦的土地扩得再大，也不能喂饱所有的人。

我们尝试了一切的办法。我们用草皮做成食物，甚至食用渔民从海里捕捞出来的鱼类——原本它们只提供皮料，但由于它们的浮肿和毒性，最后只得放弃。

我们终于意识到，或许唯一的解决方法，是前往更远的地方，种植那些还没有开垦过的土地，那里还残留着游鲸的养分。

就这样，我们被迫踏上了远离家乡、时刻寻找新耕地的路途。临走的那天，雨水拍打着我们的皮毛，大海和码头、神庙和学校、工坊和热气球，这一切都被抛在了身后。

我所叙述的已是三十多年前的往事了。后来，我们还去寻找了其他的城镇，它们或已成为空城，或有它们的居民加入了我们的队伍。尽管有这些补充，如今我们的人数也不及我童年时镇上人口的十分之一。我已经是最后的三个祭司之一，我的年龄也到了阿爷担任我们老师时的年纪。我的几根长须成了和阿爷一样的白色，尾巴骨上的旧伤开始在夜间隐隐作痛。衰老已然找上了我，死亡想必亦离我不远。

我时常会抬起头来仰望星空中的奇异星辰。它真的是玛神的手镯吗？为什么玛神将我们抛在这片贫瘠的土地上呢？作为这片大陆上为数不多的几种生灵之一，我们依赖着为数不多的几种植物作为口粮，而这口粮又靠着游鲸生命的恩赐而存在。为什么我们竟生活在这等孤独而脆弱的境地中呢？

说到那颗星星，回忆起一切书籍中的记载，其实我对上面的那些问题并非没有模糊的猜想。但是，没有能被神认可的证据，我将缄口不言。

如今居住在狭小的洞穴居所里时，我不免会想起我的热气球，想起大海的阵阵涛声和那曾经飘浮高天的鲸群。

"我们说，天空和大海别无二致。"

那么天空之上的星辰呢？

尾　声

……这论点的另一论据是北松星云 H12–F456 第四颗行星上的尼尔丹人，这个名字来自该恒星所处的尼尔丹星团。

我们首先要说明他们身处的独特生态环境。

这颗行星公转周期为 0.68 个标准地球年，自转周期大约为 19 个标准时，赤道直径大约是古代地球的 1.6 倍，有 8 颗主要卫星。它有着浓厚的分层大气，地表大气压高达 12.4 bar（大约 12 倍标准气压），圈层结构与古地球或新开普勒等典型类地行星较为相似，但尺度更大……行星上唯一一块大陆被海洋环绕，这块大陆实际上非常贫瘠，仅有种类不多的植被，以原始的草本植物为主[52]。但它的海洋里生活着许多以矿物和辐射为生的生物[53]……

……特别引人注目的是，这颗星球上曾生活着一种巨大的飞行生物，按照 H. M. Saggs[71] 的提议，我们称之为游鲸……粗略地说，它们与一种能够进行光合作用的真菌共生，以此获得生存所需的能量。这种真菌的代谢物，据推测，能够在游鲸体内参与一系列物理化学反应，最终生成一种催化剂，帮助游鲸从大气中富集氦气以维持浮力。尽管这颗星球的大气较标准大气有更多的稀有气体(其中氦占总气体成分的千分之二[73], 这一高比例与该行星的地质史有关), 这一生存方式也要求极高的代谢速度, 因为极小的氦分子会从它们轻薄的皮肤中逃逸, 从而需要源源不断地富集新的氦……根据有限的观察记录推测, 游鲸的生殖方式类似于植物的传粉[76]: 每年西方的温暖季风来到大陆的海岸前, 它们正好洄游到海岸边, 通过身体的接触和摩擦交配。待季风到来后, 年轻力壮的游鲸逆风离开海岸, 年老或衰弱的则蒸发身体里的水分, 向上方浮去, 直到内部氦气的压力将它们变为细小的碎片。此时, 交配后的孢子被释放出去, 随平流层的风开始新的旅程。另一方面, 温暖的季风由于遇到山脉的阻挡而上升, 再加上大陆上方的冷气团形成丰沛的降雨, 死去游鲸余下的躯体碎片在下落过程中大部分降解完毕(考虑到该处平流层高度接近40千米, 这一过程可能持续一小时以上)并随着降雨落入海岸边, 由此形成了一片富有养分的、反常丰饶的土地。这种生态环境是一种广义上的"鲸落"现象, 它在有生命的液态海洋中较为常见。早在旧纪元的20世纪, 这种现象即已经被发现和命名, 当时用来指代地球海洋里的鲸鱼死去沉落后, 其尸体周围形成的小型生态系统[77]……这里, 我们请读者不要忘记, 我们对于这一大气中罕见的"鲸落"系统的了解, 乃是在战后的重新审视之下方才明确的。这一后知后觉, 造成了沉痛的后果……

正是在这个"鲸落"之中, 诞生了尼尔丹人文明。可靠的基因学证据指出, 尼尔丹人与地球上的啮齿目——特别是其中的鼠形亚目——动物有密切的亲属关系[80]。有猜测认为, 它们或许是由旧纪元时代，经过此地的早期地球殖民者带来的。B.N. Basham 提出，它们甚至可能是被刻意培育出来的[81]。一些草纸和建筑上的图案，亦显示出了尼尔丹人与地球文明于文化上的可能关联……尽管如此，由于旧纪元末期资料的灭失，目前还没有直接的文献史料可以证明曾有殖民者经过此地……

……营养良好的个体，平均身长在0.6米[88]；前肢发达，但依然参与行走过程……

尼尔丹人有着相对发达的文明……建筑以半地穴式为主……形成了以城镇为中心的农业社会，但农业形态较为粗放……有纸上的书写文字，但至今没有破译……有发达的艺术，例如可能是以牙齿雕刻出来的木制装饰品……显然存在宗教，但其具体的形态还有争议[98]……

…………

他们的命运和游鲸的消亡密切相关。

新纪987年，也就是大战前三年，北方矿业附属第四公司在这颗星球附近的空域架设了大型跃迁星门作为勘探的基地……该公司的勘探部门从一开始就注意到了游鲸的存在和地面上的智慧生命社群。特别是，他们注意到了游鲸富集氦（同时连带有其他稀有气体）的能力，以及这种能力——确切地说，产生这种能力的独特催化剂（它至今仍不能被人工合成，其成分也被第57号战时法令列为机密，至今有效）——在军事工业上的广阔前景[108]……据1132年特别追诉法庭上的证词，当他们发现游鲸的数量受到猎捕的影响后，选择了最错误的干涉方式——他们希望圈养游鲸。但是受到惊扰的游鲸部分停止了洄游，而余下的不能有效形成足量的孢子，游鲸的数量陷入了恶性循环……十二年内，游鲸，这种独特的生物，便从这颗星球上彻底消失……而"鲸落"这一脆弱的生态系统亦随之消失。

……正如我们所说，不曾有人事先预见这一系统如此脆弱。然而仅仅将这一悲剧归结为当代生态学的彻底失败，是不公正的。根据不干预政策，北方矿业方面原本并无计划与尼尔丹人发生接触。第一份关于尼尔丹人生活处境变化的记录来自993年一份作者未具名的内部报告。次年，观察结果表明情况的恶化业已达到了触发《地球和地外文明保护法》第十条的程度。但是该年年末，第57号战时法令将北方矿业的全部资产收为军用，正式将其改为一个军工集团，上述情况的信息被限制在了北矿内部。可能的干涉措施不仅未付诸实施，并且随着猎捕游鲸的活动在军事需求的刺激下变本加厉，这一生态系统的崩溃反而加速[112]，直至战争结束……

战后……对尼尔丹人的救助来得太晚。救助队员在深山里发现了它们仅存的聚落，距离其最后一名成员的死亡估计仅有不到一个星期的时间[114]。

那是我们离它们的文明最近的时刻。

……于是，在这遥远星区的文明孤舟上，一个或许同样来自地球的脆弱文明，没有见到新世界的地平线。

——节选自薇尔·钱德拉《比较人类学研究》（公共出版，普伦珀斯，新纪1145年）。引文的注释和引用略。

致谢

本文的题材（关键词）来自南京大学科幻奇幻协会组织的一次三题写作活动。估算本文结尾中的数据时，作者参考了一些关于行星科学的标准教材，例如陈新跃、戴德求主编的《地球与行星科学概论》。关于下落速度，参考了雨水下落速度的数据（姚文艺、陈国祥于1993年发表的论文《雨滴降落速度及终速公式》）并做了合理的延长。结尾中出现的两个人名借自两名杰出的英国学者：亚述学家 Henry William Frederick Saggs（1920—2005）和印度文化史家 Arthur Llewellyn Basham（1914—1986）。主角的物种选择上，部分受到迟卉的作品启发；她是本文作者最喜欢的科幻作家之一。

夜行环线

任 青

《科幻世界》2023年05期

任 青

科幻作家，连续获得第32届、第33届、第34届银河奖，小说《还魂》获雨果奖最佳短篇小说提名，多次获得百花文学奖科幻文学奖、冷湖奖等奖项。代表作有《还魂》《弃日无痕》《消失的马戏团》等，出版有个人作品集《夜行环线：任青中短篇科幻小说集》。

1

我出生在新内罗毕的街头，也死在那里。杀死我的是托尼·H.格拉内罗。

我倒在尘埃里，看不见他，只能仰面看着天上的东西。天花板、灯，余光映出格拉内罗的影子。一只虫子落在我的眼球上，我却感觉不到痒。我知道格拉内罗在干什么，他在寻找，从物联网中把我和爱丽丝的使用痕迹调取出来，寻找身份口令，而我只能看到他淡淡的影子在天花板上不停地变幻。

我曾问过雨水大爷，人死后会怎样，他回答说一片漆黑，不，连漆黑都感觉不到。雨水大爷养育了我，对我有一定的教育义务，所以他耐心向我解释心肺功能怎样停止、肌肉中的物质怎样分解、内脏如何开始腐烂。"人和物品不一样，"他说，"不能从物联网中直接创造出来，但人的毁灭却非常简单。"雨水大爷两年前因酗酒死在了夜行环线上，从那以后，他不再参与这个世界的运行。所以，我死的时候，他不会知道，更不会伤心，这使我感到一点儿欣慰。

我想要闭眼了，可眼皮却不听使唤，还是茫然地半睁着。格拉内罗没有找到身份数据，发出刺耳的咒骂声。他当然找不到了，因为我根本没有那玩意儿。如果拥有合法身份，我乘坐环线时就不必趴在窗户上，望着环内霓虹闪烁的高层建筑干巴巴地发呆，而是可以在交互站换乘二类车辆，进入次级核心区，享受正常人类的生活。格拉内罗来回转圈，模模糊糊的身影倾轧过来，覆盖了我的视野。

他失败了吧，我却笑不出声。这场游戏没有赢家。我搞了他的女人，是我的错，但是他搞掉了我的命，也不太对。我作为无身份的犯罪者，是老大的私有财产，老大会立刻找到他，向他讨债，要二十万信用点，或切下他的整个左手。格拉内罗围着我的尸体团团转，似乎在想着怎么捞回成本。老兄，我卖过十二次干细胞，当过三回试验品，全身都是病，没剩什么有益的器官，要不然切一块肉尝尝呢？

这时，他蹲下，从我的脑袋上方看着我。他的卷毛越来越模糊了，他应该去整容，把那道伤疤遮一下。说实话，我已经看不太清楚那道疤痕了。我只觉得疼痛，但不知道哪里在疼。我的一生，行将结束。

"还有两分钟，"格拉内罗自言自语道，"还有两分钟。"

他算的应该是我的最终死亡时间。在这不到两分钟的时间里，他还想从我这儿攫取些什么呢？

这时，他突然扶住我的左右太阳穴，把我的脑袋摆正，然后呼出了自己的物联网程序。我听到了尖厉的嘀嘀声，他正在犯罪，正在超越权限下载模板。随后，定型装置开始制作物品，一个又尖又扁、像比目鱼般奇怪的物体形成了。我听见屋里警铃尖啸。真是讽刺，一个活人被杀，警报毫无作为；半吊子黑客违法制作未开源物品，却引得铃声大作。可是，这个东西是什么？我像在最后一个夏日余晖中即将坠落的晚蝉一般，奋起最后的意识，认出了这个奇怪玩意儿。

我从老大那里见过它，是插进脑袋里用的。

"十秒。"格拉内罗说。他满头大汗，奋力把这个比目鱼的尖端刺入我的太阳穴中。

2

我死了，但我却又活着。准确地说，是"大部分"我还"暂时"活着。我想起格拉内罗拿的是什么了，它是个提取意识特征的工具，是特种部队的专用装备。他们通过这玩意儿提取将死之人的意识特征，做成特征库，暂时储存在某种容器里，然后在战场上把容器插进自己的脑外接口。这样，士兵就会通过特征库暂时习得逝者的一些能力，比如医药知识、格斗动作、杀人技法等。但是这种容器有一个缺点——意识特征会很快退潮。如果存储在容器里却不及时使用，珍贵的特征库在几个小时之内就会消泯于无形。

格拉内罗拔下比目鱼，我突然失去了视觉，什么都看不到了，只有一种浸润在云雾中的感觉。我肯定忘记了很多东西，但我不会知道忘记了什么。我在"三兄弟酒吧"看过一档科学节目，他们说人死的时候，因为眼睛构造出现诡秘变化，会看到天上打开一扇门，故去的人在小门里张开手臂迎接你。但对于我而言，什么都没有，一片漆黑。雨水大爷说对了一半，正是一片漆黑。因为与身体脱离，我失去了对时间流逝的实感，也失去了由躯干的主体性构筑的人格。大脑不再为了解释信号输入而编造故事，我也不再知道自己以前是怎样的人，信仰什么，爱过谁，只牢牢记住了死前这一段时间思考过的事情。我记住了雨水大爷、爱丽丝、杀人犯格拉内罗，还有这提取意识特征的恐怖容器。原始的本能诉求占据了上风。活下去，我只剩这一个念头——活下去。

不知道过了几分几秒，意识忽然明晰起来。我感觉思考得到了反馈，现实似乎在一片虚无中铺展开来。

这是晚上，我想，这是个晚上。我口中有股酸涩的感觉。

"怎么样？"一个声音问我。我睁开眼睛，慢慢看到了眼前的人。是个大胖子，穿一身黑衣服，脑袋顶上有个皱巴巴的头套。

"怎么样？"他继续问，"这花五万买来的特征库，你从中学到了什么？"

"学了什么？"我说。我不认识自己的声音，有些尖，不太好听。

"嗨，老兄，这真是个黑客的特征库吗？"胖子说，"你试试打开这个数据锁？"

我迷茫地看着他，这是哪里？我该问他吗？我到了……谁的脑子里？

"你傻了吗！"他似乎有点儿生气了，"我们被骗了，快拔下来！"

我向四周看了看。应该是条半开放式的通风管道，也就是说，我们正在什么地方的天花板上。我能看到下边积存的货物，全都是些大箱子，印有"CBC"字符，代表着"不可创造"。

我明白了，仓库中都是受管控的物资：真实的香烟、酿造的烈酒、不可再生的动物毛皮，以及其他满足人类口腹之欲和高级享受的奢侈品。一道看不见的透明屏障把我们挡在了天花板上。看来，我的特征库是被小偷使用了。那胖蟊贼咒骂着，伸出手，拔出了我脑外接口上的比目鱼容器。但是已经晚了，我的意识特征早已进入主体的大脑。我踹了他一脚，他失去重心，艰难地抓住旁边的管道，险些跌坐在警戒屏障上。我趁此机会，转身向仓库后面的通风口爬去。

"手套！帮帮我……"胖子喊道，"我抓不住了！"

我没有理他，快速遁走，爬过了障碍，从通风口钻出去。这身体的体能素质还可以。我从棚顶溜下来，胳膊不慎被划破一道口子。我想赶快制造一块止血胶，但发现自己不知道此人的加密口令。好吧，我只好脱下外套，简单地遮盖了一下。我拐到仓库外侧，小路边有一辆破旧的、全白的怪车，看到我下来，车的顶灯自己忽闪忽闪亮了起来。我猜，这是来接我的。

门自动开了，有个扎短马尾的单眼皮女人坐在车里。她扭头看着我。

"你怎么自己回来了？"她问我，"肥杰呢？"

此时，警铃大作。我赶快钻进车里。

"快走！"我说，"他完了。"

她启动车辆，改装车像摩擦玻璃一般发出两声震响，快速蹿了出去,几乎要把我甩到后盖上。

"手套,你们失败了!"女人冲我大喊,"你受伤了吗?"

"皮外伤。"我说。看来,我的名字叫手套,真是个蠢货般的诨号。

"快点儿造些愈合药。"

"没必要。"我说,"一会儿就好了。"

她狐疑地看着我,"你脑子摔傻了吗,宝贝?"

这女人是手套的女朋友吗?至少是关系不错的女人。

"没事。"我强装镇定,仰过头,拿夹克表面盖住脸,"快回去吧。"

"好。"她说,"那我们就去个最安全的地方。"

3

十几分钟后,我们来到了市立港区停尸房。港区——我想——我被卖得不算远,只跨了两个区域而已。格拉内罗一定急于出手,他害怕我的特征库在容器里退潮,变成一堆没用的数据碎片。

这时,女人把车停在停尸房建筑物外侧,隐藏在废弃救护车的阵列里。我们下了车,我向旁边的大路跑去。

"外头有追兵!"她叫住我,指了指停尸房的方向,"我们走后门,进去躲一躲。"

我想了想,转身回来,跟随她进入停尸房,来到了二层。那里一片漆黑，她没有开灯，而是轻轻把我摁在墙壁上。

"夜班巡警来了，别出声。"她说，"脱掉你的衣服。"

"什么？"

"嘘。"她说，"不想死的话，就全部脱光。"

我不知道她是否拿着武器，只好把衣服脱掉。她拉着我，把我拽到一个洞口边缘。

"说清楚！"我说，"你想干什么？"

"你的这具身体练过潜水。"她说，"所以你暂时死不了，一定要憋住气，不能动弹。"

她突然把我推了下去，我感觉自己掉到了一个没过头顶的大水缸里。我大喊大叫，扑腾了几下，耳朵内传来女人的声音。

"别动！憋住气，我是为你好！人马上就来了。"

是内置耳机。我屏住呼吸，发现也没那么难受，这具身体可能接受过双侧肺叶提升术。我透过有些发绿的水，隐约看到了外面。我正身处一个透明的容器里，就像一台浸泡尸体的圆柱形立柜。

耳机里发出吱呀一声，门开了。我看到两名穿黑衣服的人走了进来，于是便睁着眼睛再也不敢动弹。我在水里直立漂浮，强作镇定。他们注视着我，我只好茫然地看着虚空，耳机里传来他们对话的声音。

"没问题，头儿。"高个子使用通信汇报，"明星的尸体还在。"

"这个歌星，他长得这么丑吗？"矮个子问。

"当然了，新人。"高个子说，"人死了还能多好看，我猜你没见过真人的尸体。"

"我只见过照片。"

"那就学着点儿。"他的前辈说,"去,仔细看看,那就是真正的尸体。"

"还是算了。"矮个子后退一步,转身往门外走,"不就是一堆硬肉嘛。"

"胆小鬼。"高个子嘟哝一声,也转身向门外走去。我松了一口气。

"等等!"矮个子突然回头,"师兄,那死人好像动了!"

我马上把手臂别成了僵硬的姿势,小腿要抽筋了,我想,千万不要抽筋。

"乱弹琴!"前辈猛地用手扇了一下他的脑勺,"你的胆子都被吓破了。今天我请客,把你疑神疑鬼的木头脑袋用酒精填满!"

说完,他踢了矮个子一脚,两个人推开门,有说有笑地离开了。我又等了十秒左右,感觉肺马上就要炸裂,才猛然跃起,手脚并用地从池子里爬了上去。我趴在地上,把吸进去的水全都咳出来,哀号着大口喘气,鼻子和喉咙酸痛不已。

"你感觉怎么样?"女人问我。

"你们偷了这里的尸体?"我艰难地抬起头。

她咂咂嘴。"只是个小歌星而已。"她说,"不过,有粉丝出大价钱买他的遗体。"

"恶心。"我低下头,继续把鼻腔里的水往外弄。

"我如果把盖子盖上,会如何?"她说。

"什……什么?"

"刚才,把盖子盖上,"她笑了笑,"不让你出来。"

"别开玩笑了，美女。"

"手套可从来不敢这么叫我。"女人露出揶揄的笑容，"来吧，我们要好好谈谈。"

"好吧，好吧。"我说，"让我先把那套廉价衣服穿上，这阴曹地府快把人冻僵了。"

4

于是，在充斥着防腐剂和消毒水味道的停尸房里，我把事情的来龙去脉讲给这个女人听。我是东区锈寂会的无身份犯罪者，搞上了格拉内罗的女朋友，格拉内罗杀了我。在濒死之时，我的意识特征被提取出来，然后被出售给了他们这帮蠹贼，在仓库的天棚上插进了手套的大脑。

"明白了，你只是一个特征库。"女人沉吟道，"只是一组意识特征。"

"是啊。"

"但是，特征库无法保留死者原有的意识，只会让使用者习得能力。可你为什么能保持意识，在手套的大脑里取得控制权呢？"

"这我怎么知道！"我说，"我也想出去，从这个干枯的、鼠头鼠脑的……"

刚才换衣服的时候，我在停尸房照了一下镜子。手套的长相的确有些抱歉。

"你的愿望会实现的。"女人说,"人们通过特征库学习的技能,会在几个小时内退潮。到时候,你就不存在了,我的手套就回来了。"

"那我就真的死了?"我的心情慢慢低沉下去。是啊,我现在不是人了,我作为"人"的身体已经死亡,姓名已被抹去。说到底,我只是个游魂而已。

"不过,我觉得有点儿可惜。"她说,"我认识的手套是个寡言少语的打手。现在,我还挺喜欢你这种话痨的。"

"那有没有……"我谨慎地说,"有没有什么办法,让我继续活下去?"

"你刚才说,自己是锈寂会的人?"

"是的,我没有合法身份,只能干这一行。我和你们不一样,你们虽然无法在中央区居留,却能进入城市的次级核心区,能使用身份口令制造物品,而我,什么都做不了。"

"如果是锈寂会,还有的一谈。"她微笑着说,"经理陈先生正在来这儿的路上,他会告诉你应该怎么做。"

话音刚落,一个两米高的壮汉破门而入。天知道他在门外偷听了多长时间。我想要逃跑,女人拦住了我。一个瘦瘦的男人从壮汉身后绕出来,四十岁出头,短发,戴眼镜,鼻子以下蒙着一个起伏不定、闪耀黑暗金属光泽的半脸面罩。

"陈先生?"

"是我。"戴面罩的男人说,"你就是薛歌妮发现的怪人?"

我看了看旁边的女人,原来她叫薛歌妮。女人冲我点点头。

"我是一组意识特征,正活在一个蠹贼的脑子里。"我直截了当地说,"我不想退潮。您能帮助我吗?"

"我不敢打包票。"面罩男说,"但我认识新内罗毕最好的地下研究者,一个叫椎名博士的老头。他会对你非常非常感兴趣。"

"他会救我?"

"可以。不过,这是收费服务。"陈先生咧嘴笑了。实际上,他的嘴未必张开,但黑色面罩上似乎有颗粒物在涌动,泛起一堆类似笑容的涟漪。我感觉有点儿恶心。

"要多少信用点?"

"不要钱。"他说,"要你杀掉你们的老大,锈寂会的领导者圣约翰斯通。能办得到吗?"

我愣了一下,然后咬咬牙。

"能。"我说,"你先救我不死,我就能办到。"

"一言为定。"陈先生伸出右手,攥紧拳头,握在自己的面前,"你跟我走。不过你要牢记,落在执法队手里,就说是椎名博士要救你,与我无关。"

5

据说椎名博士年轻的时候,曾搅得整座城市不得安宁。他放飞机器信鸽,让大脑产生幻觉,所有开车的人都得把脸贴在前挡风玻璃上才能看见前面的路,而在路上的行人看来,驾车的都是脸拉到刹车器那么长的怪物。于是,他们互相射击,死伤者数以千计。最后,博士与一名义警同归于尽。如今,椎名博士只是一个褪色的都市传说，但他的名号又的确存在，一些帮派会在犯罪现场留下他的记号。兴许，椎名博士制造的幻觉一直存在，我们正生活在名为新内罗毕的持久幻境里，在不辨真相的罪恶土壤上苟活。

驶离东六区，进入以旧城为主的西六区之后，我便被蒙上了头套。七拐八绕之后，终于到达目的地。我没能计算出椎名博士家的位置。随着灯光亮起，他真真切切地出现了。最后，其他人都退了出去，只留下我和他。

这位椎名博士，像干枯的草棍一样瘦弱。他是个光头，脑袋顶上皱皱巴巴的，肤色褐黑，胸部以下紧紧裹着一个布满名人签字的破披风。我看不见披风之下藏了什么东西，但我猜他的腰腹部位大概出过什么问题。总之，他的样子和我想的不一样，不像出现在漫画里的恶棍。他可能只是个赝品而已。

"啊，怪人来了。"博士发出锯木头一样别扭的话音。我想捂住耳朵，但这样做似乎不太礼貌。

"博士，你能救我吗？"我试探性地问了一句。

他陷入长久的沉默，似乎在这个难题面前睡着了。过了一会儿，他微一额首。"我知道你的事。"博士慢慢地说，"我猜到了。"

"什么叫……猜到了？"

"戴上这个头盔。"他说，"我要证实一下自己的猜想。"

这时，一只诡异又细长的仿生臂从墙边伸了过来，将一个发出深蓝色暗光的头盔放在我面前。我拿起它，很轻。我有点儿犹豫。

"只是用来记录意识波形。"他说，"放心吧，我不会损害珍贵的资源。"

我别无他法，只好戴上这顶奇怪的头盔。它开始运行了，我觉得脑袋有点儿酸胀和刺痛。不适感很快消失了，几分钟后，头盔发出低低的蜂鸣声，停止了运转，仿生臂把它从我头上摘掉。创造物品的机器开始工作，一卷报告从天花板上掉下来，落在椎名博士怀里。

真复古啊，我想，像场怪胎秀。

博士拿起报告单，认真看了几秒钟，然后像孩子一样把纸团成一团，塞进胸前的披风里，笑了。

"怎么样？"我心虚地问。

"没什么问题。"他柔声说，"我知道该怎么做了。"

"怎么做？"

"来一针专用制剂，"博士说，"把大脑原本的意识抑制住，不让它反噬外来的意识特征。"

奇怪？不，简直毫无说服力。我对这一观点深表怀疑，感觉自己正像个傻子一样被人愚弄。他在敷衍我，但是，没时间了。除了相信传说中的椎名博士，我还有更好的选择吗？

我点点头，"这办法最好有效。"

"无效退款。"博士说，"你进入这具躯体多久了？"

"大概……四个钟头了吧。"

"那么，如果打针后过了一个小时，你的意识还没有退潮，就证明药物是有效的。"

"我想知道，您是否提前做过实验？"

他摇摇头。细脖子上面的光脑袋来回乱晃，似乎要掉下来。

"那我就是小白鼠啰。"

"爱打不打。"椎名博士说,"我大可以留给垃圾桶里的大鼠,至少它长得比你可爱。"

"好吧。"我说,"我相信你,博士。"

他笑了,"你——别——无——选——择。"

是啊,我别无选择,只能把生命交到这位都市传说的手里。今后坊间流传的故事中,兴许会有我的一席之地。仿生臂伸了过来,挥舞着银色的针头,发出满意的咔咔声。我把上臂暴露给它。这针剂一点儿都不疼,就像被天竺鼠亲了一下,雨滴砸到脸上都要比这疼。

"下面,你休息一下吧。"博士说,"体验人生的最后一个小时。"

他发出了一声尖锐的呼哨,门开了。薛歌妮走进来,狐疑地看看我,然后拉起我的左臂,和另一个沉默寡言的助手一起使劲把我架了起来,用力拖到门外的第二个小门。我能自己行走,我想,但我尝试迈了一下脚步,却感觉双腿绵软无力。完了,我只能任人摆布。他们气喘吁吁地踢了我几脚,把我从小门塞进去。我脸朝下摔倒在地上,却感觉地面是软的。一股甜瓜发霉的臭气袭来。

"副作用有点大,"一个声音说,"你在客房休息一会儿。"

趴在客房里,我从疯狂和匆忙中慢慢平静下来。我咂咂嘴,口中是鲜血的味道,不,更接近栗子味。我发现自己能够思考,这是我唯一能做的事。在这一小时里,我想了很多东西,就像记忆纷纷买了送葬的站台票,排着队和我告别。

　　我首先想起了雨水大爷。我想起他死的那天并不是独自乘坐夜行环线，也不是乘坐环线的最后一班车——因为环线二十四小时运行，没有起点和终点，只有下一站、下一站，在时间和空间上，它都永恒流转、无始无终。雨水大爷在车上，两个锈寂会的人陪着他。他一口口灌着手中的烈酒。锈寂会把他当作一次绑架事件的替罪羊，让他声名扫地。实际上，那件案子是老大做的，我应该知道，只是假装把它忘掉。

　　他吐了。两个人从地上把呕吐物收起来，灌进他的鼻腔，塞进他的嘴里。他把这些秽物吸入肺中，窒息而死。

　　我还想到了爱丽丝。其实她并不吸引我，或者说，只是为了帮她，我才和她厮混在一起。她需要一个男人和她伪装成夫妇去申请避难救济。格拉内罗每天都在打她，每天、每夜、每小时，就像夜行环线一样，无止无尽，无始无终……但是，我不应该真的染指她的躯体，我也是个乘人之危的人。我的罪恶感在膨胀，掩饰罪恶的唯一方法是杀掉格拉内罗。我要杀了他，我一定要救爱丽丝。但我不会永远和她在一起。不过，如果是薛歌妮，换作薛歌妮的话……

　　一盏灯突然亮了。

　　有个声音在叫我。

　　"手套！出来！"

　　我抬起头，我要确认自己是在现实中，并非在做一个荒诞的长梦。但我无从分辨。

　　"快滚出来，"是薛歌妮的声音，"已经一个小时了。"

6

就这样，我活了下来，我的意识没有退潮，依然是手套身体的主人。现在，到我履行诺言的时候了。我被蒙上头，带回港区。陈先生把手套的口令告诉我，并传送给我几件武器的模板。我一个人前往锈寂会所在的区域，帮会小弟没能认出我，他们把我当成了总部派来的、通晓暗语的成员。

我找到自己丧命的旅馆，那儿已经恢复往日的平静——墙上的弹孔被涂料掩盖，染血的地板有些发白，门廊上铺了新的地毯，全是用口令制造的劣质品。我的尸体呢？被砌在了地板下？被扔进了酸水？被抛进了垃圾道？或者，它已经化为灰烬，不复存在……我不去想它，直接来到格拉内罗的住所。我和爱丽丝在这儿幽会过三次，知道傍晚五点是用人开门扔垃圾的时间。因为格拉内罗经常处理一些他人的DNA，他害怕信息传至警方，所以在扔垃圾的时候，会把报警屏障关闭半分钟。我决定白天藏在街对面的"蒲烧星鳗"餐吧，等黄昏时分再开展突袭。这具躯体在本区没有犯罪记录，我可以找个角落坐上一整天，不用担心巡警的打扰。

四点半的时候，打过盹儿的我慵懒地看着格拉内罗宅邸的后门。一个戴墨镜的女人走进来，坐在我旁边的餐椅上。

我仔细看了看，是薛歌妮。她今天化了浓妆。

"劳您大驾。"我说，"不用盯着我，我会履行承诺。"

"这家店提供真正的食物吗？"她问。

"怎么可能！"我说，"这是穷鬼来的地方。"

"正好适合咱们。"她说，"来一个杧果冰激凌。"

"是合成乳胶做的。"我说，"不信试试。"

"我记得，你答应我们的是要杀掉圣约翰斯通，"她把墨镜片冲着我，镜片从深褐色逐渐变红，"而不是报自己的私仇。"

"哦。这是一种……曲线进球的方式。"

"手套要是死在这里，陈先生会把你的意识灌进山羊的脑子。"

"可只有到了格拉内罗家，才能知道老大住在哪儿。"

"别告诉我他无家可归、流离失所。"

"不，老大可时髦了呢。"我说，"他每天的行动是由密钥随机安排的，谁也不知道他在哪里，连他自己都不知道接下来要干什么。"

"听起来，他是个悲哀的、没有自由的人。"

"但不容易死掉。"我说，"对于经营帮派的人来说，谁活到最后，谁活得最好。"

"那他为什么信任这个，嗯……格拉内罗？"

"格拉内罗是他表弟，帮会的创始成员。"我说，"据我所知，老大的密钥，应该就保存在他这里。"

薛歌妮的墨镜往下滑了一点儿。她透过镜片上方，狐疑地看着我。

"骗你的话，我就被灌进山羊的脑子。"我说。

这时，杧果冰激凌端上来了。薛歌妮看了看，撇撇嘴，把它推到一边。

"姑且相信你。"她说,"不要把手套给搞死了。"

"你和手套是什么关系?"我问。

"恋人。"薛歌妮说,"是他把我从苦力营赎出来的。"

"那么,你能容忍我这个外来者侵占他的身体、压抑他的意识,说明你们知道,我的存在只是暂时的啰?"

"博士已经救了你。"

"不,我的意识早晚都会退潮,对吧?"我说,"打的那针根本没什么用,只能延缓这个过程。我可没那么蠢。"

"随你怎么说。"薛歌妮咧了咧嘴,"我和手套在一起,也只是为了报答他。现在,我们两不相欠。"

"那么,我特别想知道,为什么我作为特征库,可以维持完整的意识,而不是被主体学习吸收呢?"

"这个,恐怕博士也不能解答。"薛歌妮说。她啪地把墨镜摘下来,我感觉她有点儿不耐烦了。

"放心吧!"我说,"仇我会报的,是为了我自己,而不是为了你们。"

这时,我突然看见格拉内罗家的后门开了,报警屏障出现了一道缝隙。早了!比预想的早了一刻钟。今天发生了什么事吗?我从椅子上弹起来,从餐吧窗户翻了出去,随手拉起环境伪装服的帽子。保姆正在跟垃圾桶过不去,在它身上使劲摔打着一个高级枕头。随后,她的计时器响了,垃圾桶歪倒,差点儿碰到我的身体。我在屏障开启前的一刹那,钻进了格拉内罗的房子。

好,到此为止还算顺利。但是,我很快就被愤怒和后悔淹没了——进入房屋后，我飞速穿过厨房，跑向卧室，却在豪华餐厅里看到了不想看到的东西。

爱丽丝。

爱丽丝的头颅。

它被水平放置在木制基座上，钉在客厅的墙头，像被狩猎的小熊小鹿那样。

头颅旁边，立着一双纤细的手。看来，她为背叛付出了惨痛代价。这应该是我的错，全是我的错。我的眼眶发紧，感觉喘不过气，只能一把拉下伪装服的帽子，露出脸部，大口呼吸。我听到什么东西摔碎了，是原生的玻璃酒瓶。格拉内罗正在吧台边缘看着我，目瞪口呆，手中的真烟也掉在桌子上。

"伪、伪装服，是从哪里搞来的这个模板？"他问。

不愧是格拉内罗，半吊子黑客，首先关心的就是模板、模板、模板。

"你是谁？"格拉内罗继续问，"怎么进来的？"

我的情绪难以自抑。复仇！这是我唯一想到的事情，我要复仇！我拿起在餐吧制作好的手枪，抬手就向格拉内罗射击，却发现自己没有制作子弹。手枪和子弹，这是两个模板！我没有身份，从来没有使用过物联网制造物品，才会犯下如此低级的错误。

格拉内罗吓得不敢动弹，看着我拿发热的武器指着他。此刻，他也发现了我无法开枪。但他大概是腿软，不能迈步了，所以没有跑去拿自己的武器，而是给了一个口令，也开始制造手枪。他的枪很小，应该很快就能完成。快点儿，我的子弹呢？！

我绝望地看着物联网程序缓慢运转，打磨子弹的雏形。只要一颗就好了！我想，快！

格拉内罗的枪完成了，但有些烫手，掉到了地上。他尝试着把枪捡起来。我的子弹也做好了。我把它塞进弹夹，上膛。格拉内罗捡起枪来，瞄向我，我也双手紧握，冲他开了枪。

我快了一步。他的子弹从我头顶划过，击中了高处的挂钟——那是因为他已经倒下。我的子弹射中了他的脖子，颈动脉开始飙血，像盛放的鲜花。

汩！汩！汩！

我走到他面前，居高临下地看着他，就像他杀人时看着我一样。他张开嘴，似乎想说什么话，嘴巴却冒出血来。我蹲下，看着他的脸。

"你说的密钥在哪里？"耳蜗通信中传来陈先生的声音。

"在他的身体里。"我说。

"哪个部位？"

"鼻腔软骨。"我说。随后，我抽出发热的小刀，插进他鼻翼的缝隙。割开骨头的时候，我想象着爱丽丝，想象着他切割爱丽丝的时候，流出的血一定比现在更多。

抱歉，格拉内罗，我不会提取你的意识了，因为你的特征库里除了臭不可闻的犯罪，什么都没有。

"好，下面按照模板，制作一个扫描器。"陈先生说，"把鼻腔软骨的信息扫描给我。"

"遵命。"我说。

"如果我的手下都像你一样杀伐果断，"耳机中的声音叹了口气，"我早已成了港区真正的老大。"

"你看错我了。"我看着格拉内罗的尸体，把血擦在自己脸上，恶臭扑鼻，"我只是想复仇而已。"

7

"就像月全食留下的暗之光环。"这是雨水大爷形容我的话。

"你就是这样的人，"他说，"虽然被遮住了光芒，但是我知道背后的东西，潜伏、阴郁、血腥、闪耀。"

说这话的时候，他冲着我龇牙咧嘴。他喝多了。

"可是，改变已经晚了。"他最后说道，"你入错了行。"

我猛地从车斗的后端坐起来，防水篷布盖在我的脑袋上，压得头顶疼。我想伸手把它扒拉开，但一只纤细的手攥住了我的手腕。我竟挣脱不得。

"冷静。"薛歌妮说，"你在做噩梦吗？"

我摇摇头，缓了缓发胀的神经，终于想起自己在干什么。我们正在偷袭圣约翰斯通的路上，实际上，这不算偷袭，而是一次"拿命来"的轻松派对。因为，谁也没想到，老大竟然一个人在澡堂里泡澡，只为了在无人叨扰的情况下，欣赏最爱的女明星新出的歌曲。

希望我到那里的时候，他已经完整地听过几遍，不会留下太多的遗憾。

我们伪装成送温泉剂的车辆，车载的不是物联网制作的赝品，而是天然提取的精华。车辆顺利通过了后门，来到库房，百步之外就是为名流服务的洗浴专区。我从车斗里下来，握紧外套中的武器，向第六号独立屋大步走去。我能感觉到，薛歌妮倚靠在车斗旁，为行动放风，眼睛如猫一般闪闪发亮。我也体会到，复仇将至的幸福在深夜敲击门扉的舒适感觉。目标即将达成，雨水大爷在天空注视着我。我呼出的气体消融在令人窒息的黑夜里，如长河静流中的点点波澜。

圣约翰斯通正一个人待在包厢。我进去的时候，他泡在噼啪起泡的水池里，抬头诧异地看着我，就像突然看到魔术师的即兴穿墙表演。池中涌动的气泡让我想起了格拉内罗流出的鲜血。

"你是谁？"他问。

"我是地狱归来的人，死去的小丹尼，"我说，"你的得力手下。"

"怎么回事？"他问，"格拉内罗没有杀死你？"说话的时候，他想要从池子里站起来，但我摆摆枪头，示意他坐下。

"对，格拉内罗杀了我。但他万分财迷，提取了我的意识特征，卖给别人。不幸的是，我的意识没有退潮，现在正在蠹贼身上活着。"

"哦，那么，我很高兴。"他说，"格拉内罗自作主张杀人，我严厉处罚了他，切下了他两根手指。"

"不用为我的苟活而失望啦，老大。"我说，"现在，我要解决你，为雨水大爷复仇，不然，我的内心永远不能平静。"

"难道，你只是出于自己的愧疚感杀人吗？"

"人类的大部分行动都来源于愧疚。"我说。

"我救过你的命。"

"你也害过很多人的命。"

"你也一样啊,圣人小弟。"

"是啊,"我说,"所以我死了一次。"

他瞪大眼睛,左右忽闪着,似乎要找出我强盗逻辑中的不妥之处。我第一次发现,只有一个人的时候,他竟然显得如此无助。

"你为什么叫'圣'约翰斯通呢,老大?"我继续说,"谁给你起的诨名?"

"这不用你管。"他的身体愈加紧缩,泡在池塘里,像一个孩子,"动手吧。"

"现在,我真想把你那个'圣'字摘掉,因为你不配。"我说,"你连一名活在帮派边缘的厨师都不放过。"

"是吗? 这个叫雨水的厨师……"他面露悲伤,略带讽刺地摇摇头,"摘吧,随你高兴。你干脆把约翰也摘掉,只留斯通好了。"

"不,"我说,"你可没有石头①好,石头可不会杀人。"

"嗯哼。"他说,"那,我就告诉你,他们为什么叫我圣约翰斯通。"

"我只给你半分钟。"

"因为我是港区最讲义气的人。"他答道,"刚入行的时候,我替前锈寂会头目蹲过牢房。"

"为什么替他坐牢?"

"因为我看到了他的孩子。他正在抚养那孩子,而那孩子被

_____

① 即斯通(stone),本意为"石头"。

许多人追踪。"他盯着我的眼睛说，"如果我不代替他的话，那个孩子就会死。"

我心中略为松动。

"出狱之后，他把位置让给我，退出组织，隐姓埋名当了厨师。这样，就再也没有人注意那个孩子了。"

"你说的是雨水大爷？"

"是啊，你这蠢蛋。"他说，"你好不容易长大了，竟然主动加入锈寂会，要当一个毫无前途的罪犯，你这蠢蛋。因为挨了他几拳，你就对他不再过问，让他穷困潦倒，你这蠢蛋。他动用暗藏在组织内部的密钥出卖情报，被组织除掉，这全都怪你，你这蠢蛋。"

我慢慢把枪放下。他说得对，雨水大爷死前，我已经五年没有理会他。五年，足以让海棠幼苗长到第一次开花，足以让一个人的命运发生翻天覆地的变化。

"他为什么要保护我？"我说，"当年你们为什么要保护我？"

"因为你，不是这里的人。"他叹了一口气，"你是从城市中央区扔出来的东西。"

"中央区？就因为这个……"

"斥候的垃圾车把你带回来的时候，雨水大爷一眼就相中了你。因为你脑后有一处疙瘩，和他儿子中枪的位置一模一样。他把这当成了他儿子转世的标志。后来我们才知道，这可能只是一次手术留下的创伤。"

"什么手术？"

老大摇摇头。"不清楚！"他说，"这里没人能懂。开始的两年，会有人来追踪你，雨水大爷解决了几个。几年后，就没人来找你了。兴许你日后会找到答案吧,你这个无身份的蠢材,害死自己养父的败类,现在又想杀我。好,我不会追究你的责任!我命令你,快把你愚蠢的武器彻底扔掉,我的水凉了,你立刻扶我起来!"

我如坠悲伤之雾,轻轻松手,微型手枪掉在地上,在浴室氤氲的邪气中无处寻踪。

"不对!不对!"耳机中传来陈先生的声音,"快执行任务,然后逃走!"

"不,"我说,"我失败了。"

"那就快走!"陈先生的声音说,"核心区的执法队来了。"

"来不及了!我把车停在……"这是薛歌妮的声音。随后是枪声,爆裂骤响,连成一片。

"怎么了?"我大喊道。

"你在跟谁说话?"老大问。

我还没回答,他就从浴池中起身,拿起短刀。几枚子弹从木制隔板外射入,射进他的胸腔,浴池的水突然变得玫红,像是花朵染了初霞的颜色。女明星的音乐还在室内回荡。圣约翰斯通大叫一声,从池中跃出。这时我想到,他做过增强手术,没那么容易被杀死。门被人踢开了,我下意识地钻到石头桌下。老大挥舞短刀,刺进了来者的脖颈,推着他撞在墙壁上,把木墙撞出个人形的大洞,两人流出的鲜血融汇在一起,灌入木制房屋的腔隙。又有两个戴头盔的安全员冲了进来,冲圣约翰斯通的后背扫射,现在的他活像个被拔掉所有尖刺的刺猬。这是个机会,我从石桌下面钻出,用高热匕首斩断了两个突袭者的脚踝,又在他们的颈部补了两刀，随后从大门冲了出去。迎接我的是另一次扫射，我肩膀中了一弹，冲击力使我重重地撞在门框上，摔在地上滚了好几圈。幸好穿了防弹内衣，但肩头仍然火辣辣地发烫。外面还有三个人。完了，我想。这时，一辆小卡车飞驰而来，撞倒了两名穿制服的安全员。薛歌妮从驾驶室中开火，把子弹全部倾泻在最后一个安全员的脸上。我一瘸一拐地跑到车旁。

"开车的呢？"我问。

"死了。"她说，"快上车。"

我艰难地钻入副驾驶位置，她挂了倒挡，把两个挣扎着爬起来的人再次撞倒，碾压过去，车子就像压到石头般颠簸。随后，她踩足油门，车辆飞驰着，撞开后院大门，绝尘而去。枪声在身后响着，不绝于耳，直到冲出这个区域，才慢慢消失。

"谢谢你！"我惊魂未定，喘着气说。

"我是为了救手套的身体，"她说，"和你没关系！"

"还好吧？"通信中传来陈先生的声音，"有人活着吗？我这里可他妈的不接待伤员。"

"为什么会出现执法队队员？"我说。

"应该是来杀你的。"陈先生说，"你身上有些乱七八糟的秘密。"

"秘密……"说着，我突然一怔。难道，这和我如今的遭遇有关系？我死了，意识特征进入了别人的脑子，这难道引来了安全员吗？

"怎么了？"薛歌妮问，"高兴点儿，你的任务也算是完成了。"

"恐怕他们还会继续追我。"我说，"把我放下。"

"为什么？"

"因为我不想连累……"

"白痴！"她说，"你现在可用着手套的身体！"

"把他拉到博士那里。"陈先生说，"我们他妈的在那儿会合。"

8

这次，我没有被蒙头套，薛歌妮慌张地加足马力，把车开到了博士的据点。让我意外的是，这里是原内罗毕城废楼林立的一个角落，距环线仅一墙之隔。环线之内就是新城市的次级核心区，是我这样的无身份人员不可企及的地方，而就算是有身份的环外之人，也只有提前申请才可进入。那么，更核心的中央区呢？我们谁都没有去过。雨水大爷曾开玩笑说，那里是个黑洞。今天，我第一次知道，自己是黑洞之子，不，更贴切的说法是，黑洞吐出的废料。

陈先生已经到了，他穿着一套紫色的新西装，脚蹬锃亮的皮鞋，领带上披挂三串银饰，目光阴郁地看着我，脸上的黑色面罩泛起阵阵涟漪。博士坐在椅子上，依旧干瘪瘦弱，紧紧裹在身体上的披风像耶稣的裹尸布。

"啊，宝藏。"博士倒是显得心情很好，"宝藏来了。"

"为什么把我牵扯进他妈的这摊烂事里？"陈先生说，"就因为我欠你几个人情吗？"

"你雇用他为你冒险，"博士说，"就要为涉及他的事端负责。"

"不好意思。"我插了一句,"请先告诉我,我该怎么办? 我感觉自己是你们谈论的一件商品。"

"好,动手的是安全员,所以你的任务不算结束。"博士对我说,"你还要替我们执行最后一项任务。"

"我拒绝。"我说,"我不干了! 把我的意识提取出来,手套的本体还给你们。两不相欠。"

博士摇摇头,"只有杀了本体,才能提取意识。"

"那就求你研究研究,"我说,"你不是都市传说吗? 你能救我,就能有新的办法。"

"我没有救过你。"博士笑了,"我给你注射的,只是安慰剂而已。"

我跳起来,"果然……"

"果然,经过我的测试,你的意识不会退潮。"博士说,"你不是一般人。上次扫描显示,你的意识建构与普通人不同。人类意识的本质是信息模式的涌现,是复杂神经网络中的编码,是无数神经元状态的有效整合。普通人的意识在神经元微柱的级别上涌现,也就是一百个神经元一组,在这个尺度上,人类意识的有效信息达到峰值。但是你的意识存在的层次更深,粗粒化的程度更低,你意识活动的峰值会在每五十个神经元为一组的系统中涌现。所以,你和别人都不一样。这大概就是进入别人的大脑后,你的意识仍会完整存在的原因。而且,你的信息系统更加牢固,不会退潮。"

"那我到底是谁?"

"我真的不知道。"他说,"但是,我认为你进入中央区的话,就有希望弄清自己的真实身份。"

"中央区?"

"我们还有一个仇敌,"陈先生说,"需要你去那里解决掉。"

"我说了,我不干了。"

"整座城市正在沦陷,"博士说,"由内到外。相信我。我的斥候遍布所有区域,只有中央区无法企及。最近从中央区出来的安全员,更加麻木、不近人情,行动却更迅速、更敏捷。我们回收将死的安全员进行研究,发现他们大脑神经网络的架构被重置了。一般来说,普通人基础神经元网络的状态会在稳定、临界和混沌之间切换,以此获得想象力、创造力,而我们所说的自由意志、付出的代价则是系统的不稳定。但这些改造过的人,他们的意识始终保持在高粗粒化的稳定状态,神经系统也被人造物品—— 一种微小的机械侵蚀。这种外来物把他们的神经系统变成了半机械化的传导网络,这使人类整体反应速率提高了五十微秒。这种级别的提升,足够让一只苍蝇变成聪慧的杀人蝇王,但放在人身上看,高速传导却抑制了神经系统的临界反应,降低了有效信息传输的峰值,使他们变成执行命令的机器。最可怕的是,次级核心区的几个区域也正在出现类似的情况。我们在平民的体内,提取到了变异的神经组织。它在扩散,迟早,环线之外也会沦陷。"

"像漫画中的情节。"我说,"看来,有人做了神经系统改造?"

"改造不可能有这么大的覆盖面。我认为改造失控了,诞生了传染性极强的病毒。"博士说,"恐怕,连改造者本身都已被病毒侵蚀,而他们自己还不知道。"

"那么，我这个可怜虫在新版都市传说里，需要干什么？去当斥候、侦察兵？"

"你去散播另一种病毒。"博士说。我诧异地瞪大眼睛。此时，陈先生向前一步，指指自己的口罩。

"病毒，"他说，"我最他妈值钱的宝贝，今天当人情还给了他妈的恐怖博士。"

"口罩储存着一种电子传染源。"博士说，"当它进入普通人的身体时，不会引起神经系统的异常反应，但是被机械改造过的人会瘫痪。"

"我连杀一个黑帮老大都无法胜任，何况拯救整个城市。"我说，"我说过，我不想干了。雨水大爷多年前的选择是对的，退隐，苟活在世上，不掺和这些鸟事。"

"可他最后得到善终了吗？"博士问我。我抬起头，凶狠地瞪向他麻木的双眼。可他毫无反应，就像一个将死之人。不知道提取他的意识特征后，里面会有什么。

"那老头保护你，"陈先生说，"是为了让你把特殊之处用在正道上。"

"放屁！"我说，"你又了解我了？"

"你是中央区的人。"博士说，"我认为，只有你能进入中央区。进去后，兴许还能找回失去的记忆。"

"失去的记忆？"我愈加疑惑。

"你已经不是首次被提取意识特征了。我在意识波形上观察到了上次提取的微小痕迹。"博士说，"我猜，你是被人放进了男孩的大脑，随后扔出了中央区。恐怕那次提取的过程不那么规范,对信息模式造成了损害,导致你的意识还在,记忆却消失了。"

"不,不。"我抱着头蹲下,"我今天受到的打击已经够多,我不想再听你骗我。"

"我没有骗你。"博士说,"去吧,去弄清楚自己到底是谁,顺便拯救一下我们的城市。"

陈先生和两个小弟向前一步,把我围在中间。

我拔出匕首,冲着这几个黑帮成员挥舞。"离我远一点儿!"我喊道。

"那就先离他远一点儿。"椎名博士自信地说,"让他冷静一下,他会改变主意。"

我喘着粗气,真想把匕首插进自己的脖颈,但是,这不是我的身体,我没有权力处置它。我只是一个寄居的旅人,一个附体的鬼魂而已。

"因为,他已经没有别的路可选择了。"博士继续说。

这句话响彻殿堂,如雷贯耳。是啊,我……可是……

"可是,中央区的审核非常严格。"我挣扎着辩驳,"就算我的意识特征能通过,这具身体也没有身份许可啊。"

"那就换一个身体。"陈先生哑声哑气地说,"我有办法弄来一个。"

"那就得杀了手套?薛歌妮怎么办?"

"她已经做好了准备。"椎名博士说,"我们的目标是一致的,人人都有赴死的觉悟。"

"别做梦啦!"这是薛歌妮的声音。我们转头看向入口,薛歌妮正站在门边，手持双枪指向他们两人。

"谁也不能代表手套。我可以赴死，但手套绝对不行。"她说，"我答应过他，要让他活得比我更久。"

"不要学小孩子。"博士苦笑着摇摇头，"咱们不是说好了吗？组织存在的最高目的，就是维护环线之外这片纯正人类的净土。"

"呵，自欺欺人。世界上哪还有什么纯正人类！"薛歌妮说，"当人们登录同一个系统，开始混用全区域物联网模板时，环线以外就已经没有净土了。你太狂妄，总想维持自己地下皇帝的地位。你真的以为咱们能保守秘密吗？他们是开了上帝视角的猫，而我们只是老鼠。你没有能力保护我们所有人！"

"所有人的安全，由所有人守护。"博士说，"纯正人类只有团结一致……"

"已经晚了。"薛歌妮打断了他的发言，"我已把据点的坐标上传，报酬是换手套不死。"

陈先生拔出武器，但来不及了，薛歌妮射出的子弹直扑他的面门而来。

9

陈先生的黑色口罩上突然伸出两根尖刺，在半空中挡住了子弹。但第三发子弹击中了口罩，形成深深的凹陷，然后被黑色波浪弹开。两个小弟都吓傻了。薛歌妮拉起我，向外跑去。可是，薛歌妮的车子不见了，院子里升起了一扇厚重的金属大门。我和薛歌妮扑到门上，大门光溜溜的，没有按钮，没有开关。薛歌妮给了物联网一个命令，开始制造多功能热反应锯。可是，似乎已经来不及了。

"我没想到他有扇大门。"薛歌妮颓丧地说，"他总是用复古的手段对付一切。我们完了。"

此时，门外响起了撞击的声音，大门开始缓慢地凸起、变形。应该是执法队来了。我按住大门的双手感觉到一波一波的震动。他们在射击、破拆、不可阻挡地冲锋。

"这扇门支撑不了多久。"博士的声音突然传来，"请把手套留下，防止玉石俱焚。"他乘坐一个倒扣的盆栽来到我们面前。不，那不是盆栽。他似乎失去了下半身，从腰部伸出的是几十条仿生臂，载着躯体像蜘蛛一样移动。腰部的连接处裹在破旧的披风里，任何人都看不到里边的景象。

"真是讽刺啊，"我说，"你维护着所谓的纯正人类，自己反而是人与机械的结合体。"

"只有保住性命，才能继续斗争。"椎名博士说，"对于纯正，你们理解得过于肤浅。"

"我也是为了保住手套的性命而斗争。"薛歌妮说着，举起手枪，对准我的太阳穴。"你们如果不让我带着他离开，我就打爆他的脑袋，把里面的这个特殊意识毁掉。"

"走？还能去哪里呢？"博士说，"门外已经挤满了中央区的安全员，一切都是你的错，愚不可及。"

薛歌妮被愤怒蒙蔽了头脑，她举起双枪，向博士扣动扳机，可对面的行动比她更快。一束子弹飞来，穿过她的两个膝盖，钉在我身旁的金属门上。是银头子弹。薛歌妮倒在地上，哭着号叫起来。

开枪的是陈先生。"这个坏娘儿们！"他喊着，一只手捂着脸，有黑色的东西从指缝滴落。

这时，我感觉到大门震动得越来越厉害，急忙往一旁跳去。金属大门在我身后崩溃了，从中间折为两段，一大帮安全员拥了出来。他们没有拿枪，手持的全都是冷兵器，似乎收到了带回活口的命令。小弟们慌忙向他们扫射，但在人数上难以匹敌，安全员如砍瓜切菜一般，把他们撕成了碎片。陈先生挡在博士前面，面罩化出大量黑色的颗粒，像河流一般遍布在地上，从中伸出尖刺，不停刺杀敌人。就在前排的安全员专心对抗利刃的时候，后排的安全员突然拿出枪支，冲陈先生开枪了。面罩的防御性能无法切换得如此流畅，陈先生身中数弹，倒地不起。面罩碎成了几块，掉落在地上，化成球状，四处翻滚。我目瞪口呆，枪手则继续清除目标，整齐划一地向博士开火，将他的几条仿生手臂一一打折。但是博士还有更多的手臂，它们从披风之下伸出来，拧断安全员的脖子，孔武有力、不可阻挡。

在炼狱一般的梦境中，我中弹了。子弹穿过我的左侧腋下——那里没有防弹衣——从右肩射了出去。我倒在地上，全身不能自控，抽搐不止。大概半分钟后，我才感觉到疼痛。我趴在那里，觉得身下软绵绵的，血已经积满了地面，像一床拆掉的原生棉花，里面飘浮着细细的金属丝。那些丝线是从安全员身体里流淌出来的，当博士的义肢把他们撕裂的时候，经过半机械化改造的神经网络在血肉深处散发着深蓝色的微光。最终，椎名博士逐渐被安全员的海洋淹没了，沉入深深洋底。

这些与我无关。我无助地趴着，连头颈都不能转动，却看到一个人爬了过来。她白白瘦瘦，头发乱糟糟地散开，眼中噙着泪水——是薛歌妮。

"手套，手套……"她说。

对不起，手套和我一起死了，我想，再见。我翕动着嘴唇，什么声音都发不出来。

"我会为你找个好人家，"她说，"去吧。"她手里紧紧攥着刚才用物联网生产出来的东西。那不是一台多功能热反应锯，而是一条长长的、扁扁的比目鱼。

10

我感觉自己在一个裹尸袋里，被人不停搬动、运送、拖来拖去，然后是漂浮。

最后，我的眼睛睁开了。

眼前是一张透明的薄膜，把我包裹在一团淡淡的液体中。我不知道自己是怎样呼吸的，但我知道我没有死。液体里有什么东西在摩擦着我的伤口。是后背，我背部受了伤。我艰难地抬起一只手，那只手呈现出粉粉的怪颜色。手背的伤疤没有了，这不是手套的身体。

手套已经死了。

　　我慢慢地抬起头。博士呢？陈先生呢？薛歌妮呢？这里谁也不存在，只是一间拥挤的仓库。我看到，在我的前后左右，在透明隔层的上方和下方，在仓库的每一个角落，都躺着像我这样的人，他们被包裹在一张张透明薄膜中。这是执法队的整备库，他们在维修……不，在治疗安全员。头颅中突然传来一阵欲裂的剧痛，我几乎尖叫起来。我的意识在受到什么东西的挑战。我想吐，只好规规矩矩地躺下。我既然能在人类的脑中存活，也一定能驾驭意识粗粒化程度更高的大脑。我怎么会输给怪物！

　　这时，门开了，有人走了进来。绿灯亮起。所有的薄膜一起破掉，水坠落在地面的声音让人毛骨悚然。我开始听到说话的声音和笑声，疗程结束，伤员们在治疗舱里重生了。

　　这过程一点儿都不复古，让我甚至有点儿怀念椎名博士。

　　我们走出治疗舱，回到自己的分队，似乎没有人怀疑我。拿到这具身体的衣服时，我摸了摸，口袋里有一块圆圆的东西。我把它掏出来，是口罩。准确地说，是黑色面罩的一部分。大概是薛歌妮放进去的。她在最后时刻，把我的意识插入受伤安全员的脑中，然后把这东西塞进他的衣服中。

　　"活下去！"她说。随后，她抱起手套的尸体，进入火焰中。我不知道这个场景是我幻想的，还是亲眼所见，但现在，我已经明确地知道自己的任务了。我的任务应该有两个：一个是使用电子感染源攻击半机械化的安全员网络；而另一个，也是更重要的那个，是找到自己真实的身份。我决定，先执行更重要的任务。

　　我穿好衣服，跟随队伍走了出去。展现在我眼前的，是中央区的景色——大概只是一个小小的角落，但我却从中感受到最深切的绝望。我们正站在一处宽敞的天台上，举目四望，皆是摩天大楼，像极了爵士时代的纽约街景。不，比当年的大苹果城还要气魄雄伟，如同数个城市层叠摆放，无数高低错落的楼群挤挨在一起，其间缝隙如临深渊。更奇异的景象是高楼窗户，它们密密麻麻地排列在侧面，像被焊死一般封闭着。偶尔有打开的窗户，里面伸出干枯钝化的植物。植物茎条如残肢低垂，金属的丝线嵌入其中，与木质材料互相包裹，形成一根根扭曲的旋臂。这里没有风，但阴冷异常，仿佛梦中永恒的冬天。仔细看过去，在阴暗的阳光下，楼体却泛动着金属一般的闪光。

我呆立在那里，看着眼前奇景，被震慑得不敢动弹。头又开始发蒙，太阳穴一秒一秒地跳痛。其他人仿佛对此司空见惯，纷纷去仓库旁领武器，然后零零散散地走进平台尽头的直梯，不知降落到了哪里。

我也跟着他们往灰色仓库的方向走过去。路途中有一扇门，我浑浑噩噩地走向那扇透明大门。到了门口的时候，我听到警铃大作，才突然缓过神来。为时已晚，大门顶部的灯亮了起来。

"注意！"一个声音说，"发现意识同步率最低个体。"

我转身向来时的入口跑去，我也不知道自己为什么要往那里跑。四个安全员从不同方向朝我飞奔而来，像橄榄球运动员一样把我擒抱在地。

完了，我想，任务失败，我竟然到死也不知道自己是谁。此时，安全员中最强壮的那位一把将我拎了起来，我几乎能看见他肌肉中包裹的机械筋脉，那里面流淌的是机油还是电信号呢？

安全员拎着我，往电梯的方向走去。同伴们都麻木地看着我。这些可怜的提线木偶，一定不知道在他们内心的小天地之外，环线四周又有多少人在悲惨而真实地生活着。我放弃了一切挣扎，像垂死的兔子一样摆动摇曳。电梯口到了，门自动打开，他把我一把扔了进去。很痛。

电梯开始下行，过了一会儿，缓缓停住。电梯内的灯亮了，门却没有开启。我忽然发现有个人站在电梯里，不知道他在那里隐藏了多久，似乎一直在观察我。

"这是两层楼之间的空白区域，"他说，"现实中不存在，图纸上也没有，所以门不会打开，不会有人发现我们。"

"你是谁？"我说，"为什么带我来这儿？"

这时，我的眼睛适应了轿厢内的灯光，看清楚了这个人的长相。他比我矮一头，戴着顶做旧的棒球帽，看起来很年轻，眼珠是银色的——机器的颜色。

"你是实验失败的产物。"他说，"我们捉到你了。"

"实验失败？"

"我要把你杀了，再把你的意识注射到小孩身上，最后扔出去。"年轻人笑着说。

这是我最不喜欢听到的话，我突然感觉暴怒的情绪在心里膨胀。腰带旁有把便携的小刀，我把它抽出来，按在年轻人的脖子上。

"开不起玩笑。"他说，"你在外面只学会了割脖子吗？"

"你到底是谁？"

"我是中央区目前的二号人物。"年轻人说，"我们现在的目标是一致的，所以我会替你隐瞒行踪。你从电梯的另一个空白层出去，头号坏蛋就不会知道你仍然活着。"

"头号坏蛋？"

他突然把颈部前伸，像长脖狒狒那样，让刀锋从脖子中穿过去，又立刻把脖子缩回。没有出血，只迸发出几个细微的电火花。

"放下吧，这刀子对我没用。"

"你是机器人？"

"不，这只是外观的表现形式，这十几栋楼的资源都归我调配。"他说。

"好吧。"我把小刀扔在地上，"你说我们的目标是一致的，这是什么意思？"

"我原本是人类，头号坏蛋也是。我们是实验搭档，一起对人的神经网络进行半机械化改造。最后，出于对机器的狂热崇拜，我开始讨厌我们创造的半人半机械的怪物，于是完全放弃了人的形态，成为植入机器中的意识。而他生气了，把我封锁在这些无聊的建筑物里。现在我活着的唯一目的，就是毁掉他苦心经营的系统，解放自己。你的电子感染源对机器是没用的，对人类也没用，只对半有机、半机械的神经网络产生作用，阻碍信号在混合神经网络中的传导，最终导致网络瘫痪。所以你要在超级坏蛋的老巢里释放这些东西，抹掉人与机械之间的黑暗地带。"

"那如果我没理解错的话，你的目标确实和我相近。"我说，"但我还有一个更重要的愿望，就是想知道自己究竟是谁。听起来，你好像能够帮我解答这个疑问。"

"是的。"他心不在焉地缩了缩脖子，刚才被切断的地方发出哧哧的声音，"像你这样的人有很多。"

"很多？"

"你是我们研究过程的副产品，"他说，"是前期搭建人工神经网络的时候，在二分之一神经元微柱级别上涌现出来的意识。因为是纯粹从机器中涌现的，遭到了头号坏蛋的厌恶，所以，他把你们全部销毁了。我在销毁过程中救出了一个，那就是你。你知道意识涌现有多困难吗？就像亿分之一的奇迹。我认为有必要留下奇迹发生的痕迹，所以救了你，把你注射进一个男孩的身体，送出了中央区，直达环线之外，他的权力无法企及的地方。"

"我是……那就是说……我，我原本并不存在？"

"你只是从神经网络中涌现出来的东西。"他说，"头号坏蛋倾向于对人类的控制和提升，我倾向于崇拜机械，这就是我们的区别。明白了吗？咱们的身份是一样的。所以我信任你，我们本质上都是机器。"

电梯的门开了，灯灭了。我倚靠在电梯厢壁，慢慢滑落在地，颓然地坐在黑暗中。

"现在出去吧，顺着眼前的管道，一直走到尽头，去完成我们的任务。"说完，他慢慢缩进了墙壁中，只有棒球帽啪嗒一声掉在地上。我坐了一会儿，伸手把它捡起来，迷茫地捧在手里。

"帽子是意识屏蔽装置，这样他就不会监听到你的意识波形。"那个声音说，"最终的坐标，就在夜行环线之下。"

11

管道像巨蟒的腹腔。我麻木地向前走着，在愈来愈深的黑暗中逐渐丧失自己的感官功能。墙壁不时出现敲击的声音，那只是五感混沌后产生的错觉。脑袋偶尔疼几下，我已经不去管它了，兴许躯体的主人能够突然振作起来，吞掉我那本不存在的意识。走着走着，我想起进入手套身体那天，也是在管道上，是一个仓库的天花板，身边的胖子触发了警报。他现在怎么样了，那个叫肥杰的人？恐怕已经死掉了吧。说到底，人们只是这巨大城市中的尘埃，死就死了，被人彻底忘却，也就相当于从未存在。

"已经差不多到了次级核心区。"一个声音总是在低声演说，"马上就是夜行环线所在地。"

夜行环线，雨水大爷死去的地方。它环城一圈，车厢有七十六节，既宽敞又破旧，速度飞快，像子弹在飞驰。很多人几乎住在车厢里面，因为它永远在运行，永远不能到达终点，就像他们自己完全失败的人生。

"听好，线路之下是整座城市意识同步装置的中枢。"那个声音说，"把电子传染源释放进机器里，一周内，半机械人会陆续进行例行维护，所有人都会感染病毒。病毒的潜伏期为一个月，一个月之后，中央区的秩序就将崩溃。我限于机器的道德秩序，没法杀死头号坏蛋，但是失去了半机械的人类大军，他就失去了一切。"

我没有说话，继续向前走，沿着这条没有终点的道路。金属地面传来空洞的回声。

"人类会把我视为叛徒，"他说，"但我会遵从我的内心。"

是啊，我也多想遵从自己的内心。突然，一阵剧烈的头痛袭来，我扶住墙，休息了一会儿。头脑中翻江倒海，我感觉到本不属于自己的记忆慢慢出现了。中央区的零星片段，父母、学校、幼稚园。那是另一个人的童年，大概是个幸福国度的故事。随后，又慢慢消失不见。

我想，我也多么希望遵从自己的内心啊。

我步履不稳，扶着光滑的墙壁继续前进。走了几分钟后，我感觉自己抠到了一个深深的缝隙，于是便停下观察了一下。

那是一扇小门，旁边镶嵌着一块小牌——"柑橘巷71号"。

"啊哈，"声音说，"到了头号坏蛋居住的地方。等我们把感染源灌入中枢，再回来收拾他。"

但是，我却在这里体验到一种熟悉的感觉。这里是哪里呢？为什么会这样熟悉？似乎有眼泪要流出来。"71号"，上面的字符如此刺眼。

"别进去，这是头号坏蛋的住所！"声音似乎提高了音量，在脑中越来越明晰，"他会认出你，他会干涉你。去找中枢。先去感染中枢，最后再收拾他。"

哦，是这样啊。我的记忆逐渐变得澄明起来。我久久站在小门面前，终于想起来，这是我和雨水大爷家的门牌号码。我在这个门牌地址住过许多年，从儿童逐渐成长为一个敏感而又脆弱的成年人，雨水大爷则逐渐老去。没有工作的晚上，他常抚摸我脑后的伤疤，酒气像四月的夜雾般喷在我的脸上。

"离开那里！"

我摘下帽子，声音一下消失了，世界清静下来。我松开手，任凭聒噪的帽子坠落在湿润的地面上。最后，我鼓起勇气，打开了这扇小门。

眼前是熟悉又陌生的场景，我不认得这些家具，但我认识这个人。一个微胖的老头，戴着红色的油腻腻的厨师帽，正躺在床边呼呼大睡，鼾声如雷，像个刚下班的圣诞老人。那就是久违的雨水大爷啊。我的泪水突然流出来，知道自己被干涉了，这不是真的他，这个人就是所谓的"头号坏蛋"。等他醒来，一定会抓住我。但是，我却不打算离开了，我想永远留在这里。墙纸、家具、摆件也一个个鲜活起来，它们全都在记忆中浮现。我看到了雨水大爷常用的老录像机。我想起来了，有一次，我回到家，看到他正津津有味地看录像，便问他："你在看什么？"

"视频，"他说，"世界上最后一只陆龟。"

我陪他一起观看。那陆龟明显已经老了，动作缓慢而绝望，对着摄影者喷出死亡的气息。那是它自身命运的预演，也是对时间的永恒诅咒。它是在提醒围观者，所有生灵都难逃消失的命运。是啊，雨水大爷已经死了，不复存在了，但我真的渴望留在这里。我突然想到了一个疯狂的办法——

既然他——这个头号坏蛋——仍是人类，意识峰值就建立于神经元微柱级别，粗粒化程度比我更高。我进入他的脑子，便可取而代之。我是独一无二的人，意识不会退潮，这是专供给我的捷径。

想到这里，我退回房间门口，捡起地上的破旧棒球帽，戴回头上。

"你去哪儿？"那个声音质问。

"我只是想到了一个好办法。"我答道，"我在头号坏蛋家，你派一个人来，杀掉我，提取我的意识特征，想办法注射进死对头的大脑。我有信心取而代之，然后你便能统治城市。这样，你不用杀他，便可以击败他，也不会损害机器的道德秩序。"

声音没有回答，他沉默了一会儿。

"你现在已经无法控制我了，"我说，"你别无选择。"

"成交。"他说，"不过你要做好承担风险的准备，万一我只是打算杀掉你，不做别的事呢？你可不是人类，只是机器中涌现出来的小小意识。"

"是啊，我也别无选择。"我说，"所以，我不信任人类。一定要派一个最忠诚的东西，最好是机器人。"

"纯正的机器人。半小时后见面。"声音答道，然后就不再说话了。我把帽子转到相反的方向，来到门外，看了看环线底层的地下通路，黑暗那么浓郁，眼睛似乎浸泡在漫无边际的深深海底，四壁围墙鼓胀，好似祖先遗留的魂魄，附着在锈铁之上。有谁在看着我。在地底的深处，我似乎能感受到地球母亲的震动，她就像一个怀孕的妈妈，正在呼唤每一个孩子的名字。我转身回到屋里，看到录像机里正在播放的画面，是陆龟那卷。我坐下来，仔细观看，就像回到了旧时光。夜行环线在头顶运转着，隔着黑褐色的泥土和厚厚的金属隔层，发出微弱的、无休无止的轰鸣。

半小时后，我将成为头号坏蛋。我不害怕食言，也不担心战争。我和他们都不一样，我是从虚无中诞生的东西。所有的秩序对我来说，都是新的秩序，也是真实的存在。即使在这种存在中，悲剧会周而复始，就像夜行环线，奔腾往复，永无尽头。

拳之心

灰 狐

《科幻世界》2023年08、09期连载

灰 狐

科幻作家，曾获银河奖、华语科幻星云奖等多个奖项，作品风格多样，既拥有丰富而细致的技术描写，也饱含对人和生活的热切关注。代表作有《三位一体》《爱因斯坦的诅咒》等，已出版有长篇科幻小说《火星往事》《固体海洋》。

1

早上六点半，我妈就醒了，她在客厅里闹出巨大的响动。我认为她是故意的，她不想让我在家待着。

三个月前，我供职的那家游戏公司倒闭了，我没了工作，在北京耗了一个月，想找个下家。但是打听了一圈，说是行业寒冬来了，一时半会儿还看不到春天。

又过了一个月，物理意义上的寒冬来了。我裹在被子里刷美剧，计划着过了年再到人才市场上试试运气。在一连串房东催租的短信中，夹着一条滕哥发来的信息。

"我回老家了，打算开个火锅店，有空来找我，管吃管住，后会期。唉……"

滕哥比我大两三岁，但在圈里是妥妥的老前辈。我来北京这几年，一直由他罩着。公司倒闭的时候，大家闷闷不乐地吃了散伙饭，之后我和滕哥又在后海边上喝了几扎啤酒。当时滕哥还雄心勃勃地对我说："怕什么，咱身上有技术，早晚有一天能东山再起，到时候我请你来帮忙，你可别不识抬举啊。"

"那就要看你的'诚意'了。"我俩开着玩笑，但实际上，那句醉话大概是我最后的希望了。

我一直盼着滕哥的信息，没想到等来的是他自己都放弃了的消息。看来北京的寒冬比以往要更冷一些。尤其是最后那个"唉"字，像是严寒中的一阵风，直接顺着领子吹进衣服里，让我起了一身鸡皮疙瘩。

我举着手机，想对滕哥说些什么。祝开店顺利，或者不忘初心这样的话。最后，我什么都没说，而是打开12306，订了一张火车票，回了老家。我爸妈看到我回家，还以为是陪他们一起过年，着实高兴了一段时间。后来他们才知道，我是没了工作，以后也不想再去北京了。家里的气氛突然变了，我爸妈看见我没了笑脸，好像我回家的时候，把北京的冷空气也带了回来。

我妈是迂回高手，有话从来不直接说，但我可以从各种迹象看出来，在这个家里，我还不如邻居的狗招待见。客厅里的动静持续了半个多小时，突然停了，外面的脚步声从客厅挪到我的房间门口。

"陈驰，还不起床？"我妈说，"你这么大年纪的人，就算没班上，也不该赖床啊。"

七点整，到时间了。

"起了起了。"我说，其实我还没睡够，只是我早已过了叛逆期，外面的生活把我锻炼出一身逆来顺受的本领，既然我妈叫我起床，那就起呗。

"今天你自己吃饭吧，把袜子穿上。"我妈说，"我和你爸要出去一趟。"

"去哪儿？"我随口问道，又想了想，还是不问了，"没事没事，你们去吧，我……早饭也没有？"

　　小区对面就有一家早点铺，老板跟我家挺熟，看到我就像看到自己家没出息的儿子一样嫌弃。我在早点铺门口转了一圈，没有进去。我记得以前的学校门口还有一家卖油条的店，于是走向那边。

　　我在这里长大，直到上完初中，那时候时间似乎是凝固的，从来没有听说过哪里拆迁，或者哪里建起了高楼。熟悉的那几个铺子里，老板和服务员的年龄似乎都没有什么变化。

　　高中的时候我考到了省城，从那往后，家乡就发生了巨变，每次回来好像都和记忆中有些不同，就连我家都搬了两次。大学的时候有一次暑假回家，我敲开记忆中的家门，连爸妈都变了样子。那家早点铺还在，吃早点的人挺多，我一头扎进去，屋子里的热气立刻让眼镜蒙上一层白雾。

　　"陈驰！"

　　我听到有人叫我，转头向那边看过去，即使隔着朦胧的白雾，依然一眼就凭轮廓辨认出了喊我的人。

　　"张非？"我脱口而出，同时心中纳闷，张非是我初中同学，但我们的关系并没有多亲近，相反还有不少别扭，我是怎么一下子认出来的？我用衣角擦擦眼镜，重新戴上，才发现事情的关键。眼前这个人和我记忆中的张非一模一样。我是说，一模一样。

　　我面前的张非，还保持着十四岁时所有的特点：小平头、脏兮兮的运动服、痞里痞气的姿态，还有一米四左右的身高。我不知道在他身上发生了什么，这十几年的时光好像并没有对他产生什么影响。

看到我一下子就认出了他，张非笑得更灿烂，眼角和腮边聚起了一些皱纹，他确实老了些。"伙计们，陈驰。"他从凳子上跳下来，走到我身边，头顶与我的胸口一样高。他用手扒着我的肩膀，向桌旁的人介绍道："我小时候最好的朋友。"

才怪。

初中时候的张非不是一个适合做朋友的人选，张非和张飞虽然有一个字的差别，但是脾气却差不多。他嗓门粗大，脾气火暴，上学的时候经常打架，同学们都不敢靠近他。他还总是仗着比别人强壮的体格开不合时宜的玩笑，或者用现代点的说法——霸凌。

我其实是被他作弄的受害者之一。

"是啊。"虽然现在张非的体格已经无法对我造成威胁，但我还是不由自主地应和着他的话，"我们是好朋友。"

"老板，再来一碗豆腐脑，三根油条，加两个茶叶蛋！"张非转头喊道，嗓门还是和以前一样大。他拉着我的手肘，"来，坐。"

我不善于拒绝，于是挤到小餐桌上，坐在张非旁边。

"这都多少年没见了，我前两天才听说你回来。"

"回来快一个月了。"我看着张非，感觉很奇怪，他没有印象中那么霸道了，现在和善的样子好像是个亲切的大哥。

"在家过年？"

"嗯。"

"工作不忙啊，能待这么长时间？"

我尴尬地清清嗓子，没说话。

张非若有所悟，"失业了吧。"

早点来了。"吃吧，哥们儿，我请客。"张非拍拍我的肩膀，很用力，"老板，记到账上。"

都已经坐在这儿了，我实在没有理由拒绝，就没再客气，吃了起来。

"我这个哥们儿可了不得！初中的时候学习就特别好，我们班前十名，后来考上大学，被北京的大公司看上……"

我吃饭的时候，张非也不闲着，开始向他的同伴介绍起我来。他说得含糊，但八九不离十，说明对我的情况还是有一些了解的。相比之下，我根本不知道任何关于张非的信息，最后一次见面是在什么时候我都记不清楚了。

我嘴里塞着油条，尴尬之中又浮起一丝愧疚。

张非和同伴们吹了几句我小时候的事，就开始谈业务，说是到了一批垃圾，一会儿去看看成色，然后让工程师尝试几种新构架，下午还有一场和邻县的决斗。我本来想试着了解一下张非现在的情况，没想到越听越糊涂，这都是哪儿跟哪儿。

"驰哥。"我正吃着，张非的一个同伴向我说话，"那个，你是大城市回来的，有件事能不能麻烦你一下。"

"啊？"我擦擦嘴，"什么事？"

"我是说，"小宋不确定地看看张非，"非哥带着兄弟几个在搞……那叫什么？嗯，创业，对，创业。"小宋认真地说，"但是我们也不知道以后该怎么继续干下去。你是高才生，在北京待过，见多识广，能不能帮我们出出主意。"

"什么创业？"我问张非。

"没什么，我们几个瞎搞。"张非说。

张非不满地看了小宋一眼，看上去有些不好意思。毕竟在我的记忆里，只有他展现强势的时候，从来不会开口求人。

我想了想，饭都吃了，现在再吐出来不太合适，反正欠张非一个人情，当场还了也可以。虽然他以前经常欺负我，但我要是因为那些陈年往事还记恨张非，那也太小心眼了。

"没有没有，我就是个打工的，在北京成天挤地铁了，什么都没见过。"我说，"你们需要什么，咱们都可以商量。"

一拍即合，我吃完最后一个茶叶蛋，跟着他们出了早点铺。

几个人上了一辆皮卡车，小宋开车，张非坐在副驾驶，车子向县城外面开去。一坐上车，张非就沉默下来，神情凝重地看着前方。反倒是小宋和我热络起来，一边开车一边聊些有的没的。

我偷眼看向张非，不知道在他身上发生了什么。他虽然矮小，但是身材比例不像是电视里见过的那种侏儒症患者，就是普通中学生的样子。我有好几次想要问问，最后还是没有找到机会开口。

出了县城又走了十几分钟，车子拐进一个大院，院子里停满了破旧的汽车，是一个报废车场。在我小的时候，这里还是一片农田，我们曾经偷挖别人家的红薯烤来吃。

皮卡车停在废车场深处的一座彩钢瓦搭建的厂房门前，有金属撞击的声音透过车窗传过来。经过距离的消减，声音并不大，但有力的铿锵之声仍让我感到心中震动。我分辨不出这声音是来自厂房内部，还是废车场里的其他地方。

下了车，跟着张非走进厂房。这间厂房从外面看着不大，里面却十分宽敞，大概和一个足球场差不多。厂房里停着十几辆各式各样的车，比院子里那些要新不少，好像只是放在停车场里，等车主下班了就回来开。

"这一批是昨天晚上运来的。"

"你们做的是什么生意啊？"我问道，突然想到一种可能，"那个……"

张非嘿嘿一笑，"怎么？你以为我们是偷车的？"

"那倒不是，我只是没搞清楚。"

"这些都是到了年限，或者出了事故的报废车，从各地运到这边来拆解。"小宋解释道。

"我们是有证的。"张非说。

"别急，你马上就知道我们是干什么的了。"小宋说，"你以为我们叫你加入犯罪团伙吗？"

我想了想，确实像。

一些工人已经开始着手拆车，用切割锯将一辆辆汽车大卸八块，再将各处的零件拆解下来。在这批报废车中，还有几辆我仰慕已久的豪华轿车。如果平常在路上见到，我都会放慢脚步端详一段时间。可眼前的这几辆豪车，车身因为剧烈的撞击严重扭曲，透过车窗可以看到里面高档的皮质座椅上还留着团团污渍，不知道车里的人发生了什么。

"这可是好东西，"小宋拍拍豪车的车身，"发动机还好着，马力强劲，响应极快。"他向身后招招手，"先拆这几个，把能用的零件送到后面去。"

立刻有几个工人过来，带着工具忙活起来。小宋说的"后面"

就在厂房的里面，一堵简易的钢板墙把厂房分成了前后两部分。

2

穿过钢板墙上的门，视野一下子暗了下来。两团高大的阴影堵在门口，我抬头向上看，是两堆由齿轮、传动轴和各种管路组成的结构复杂的机械雕塑。

我又向前走了几步，打算离远点再看两座雕塑。张非他们那一帮人都五大三粗的，看起来和这种概念艺术毫无关系。

再次回头我才发现，那两座雕塑，是两个由汽车零件搭建起来的机器人。机器人身高接近十米，几乎碰到了厂房的屋顶，一左一右像是两个门神。除了原色的机械构件，外壳还有红蓝或黄色的涂装，很明显是模仿《变形金刚》里擎天柱和大黄蜂的造型。

每个男人都对这种机械的东西无法抗拒，《变形金刚》这个系列已经火了快一个世纪，成了男人们共同的梦想。我在网上就看到过十几个机械爱好者在自己家的库房里用废铁搭建大型的机器人，还有各种游乐场或者小区楼盘里，摆放着简陋的模仿品，用来吸引小朋友。

原来张非他们想把这个当成产业，这个想法不错，别说，他们做的这两个机器人还挺有气势的。虽然距离电影原版差了不少，不过摆在三四线城市的人造景区里，人气应该不错。

"这个是你们做的？"我问张非。

"拿边角料做着玩的。"张非说道。

"边角料？"

"是啊，这些零件都是用不上的东西。"小宋有些骄傲地说，"真正的硬货在这前面呢。"

他的话音未落，就有人适时地打开了厂房里的大灯，原来后半部分厂房是机器人的组装车间。从前面报废汽车上拆下来的零件，都运到这里进行组装。

车间里摆着七八个正在组装的机器人，完成度各不一样，有的只组装了骨架，有的装好了身体和四肢。在厂房的中间，有两台机器人已经组装完成，正安静地躺在特制的机架上。

我在游戏公司干了几年，恰巧还参与过一个机甲游戏的制作，以我浅薄的经验，从这几台半成品就可以看出，新型的机器人和门口摆着的那两尊雕塑，在构造的理念上是完全不同的。

新型机器人的骨架更加粗壮，身高也只有六米左右。半成品敞开的胸腔中，我看到一台大众的V6发动机，有完整的油路、进出气道，还有一些传动机构将动力送到骨架的四肢，胸腔用拉力赛防滚架一样的装置保护起来。这里是机器人的核心，他们做得有模有样。

新型机器人的外部也没有雕塑那样富有机械美感的复杂装置，而是用切割好的车壳包裹，不同部分的颜色还不一样，看起来不是从同一辆车上切割下来的。

如果只看外表的话，机器人粗糙笨重，而且毫无修饰，没有丝毫美感，连身体比例都不对劲。比起最初的雕塑，水平退化得不是一丁半点儿。

"就是这样了吗？"我问小宋，"太简陋了吧。"

"那怕什么，反正下午就坏了。"小宋说。

"坏了？什么意思？"

我还打算继续问，就听到一声巨响，把我吓了一跳。我身子一缩，转头看向发出巨响的方向，厂房的后墙上被开了一个洞，一只机械手出现在洞里。

那只手向下一挥，彩钢瓦构成的后墙就像瓦楞纸箱一样被撕下来一大片，形成了一扇门。

门外，站着一个造型粗犷的机器人。

张非眉头紧锁，看了看机器人，又转头看向小宋。

"他说十点多才到的。"小宋说道，"谁知道来这么早。"

"怎么了？徐六根，早上吃多了撑的，有劲没处使，来拆我厂房了？"张非对着那边大声说道，脸上带着一种似笑非笑的表情。

我突然打个寒战，一些小时候的记忆涌了上来。上学的时候，张非脸上就总是带着这样的表情。

想找碴儿打架的表情。

在上学的时候，张非就是全学校出了名的刺头，平时根本就不学习，到处惹是生非。不但欺负自己班里的人，其他班级也经常受到他的骚扰，连比我们大一级的学生，都挨过他的打。

从那时候起，我们就有了一个习惯：当看到张非皮笑肉不笑的时候，要避免和他对视，以免惹麻烦上身。

"哈哈哈哈，非哥，别生气啊。我听他们说你来了，就赶过来见你呢。那个词怎么说的？"一个人出现在墙壁破洞里，"对，慌不择路，是吧。"

"是个屁。"张非说,我听出他声音中的怒气越来越盛,不由得后退几步,站在了小宋身后。

被张非称为徐六根的人是个瘦高个儿,留着长发,还挑染成粉色。他走进厂房,我看到他的脖子上挂着一个操纵台,就像是玩格斗游戏的摇杆,但是要复杂得多。只见他推动一个手柄,身后的机器人就迈开沉重的步子,跟着徐六根走了进来。

这机器人是遥控的?

墙壁被撕开的洞并没有那么大,机器人直接撞了进来,将那个破洞又扩大了一倍。

"徐六根!"张非的音量也提高了一倍。

"没事没事。"徐六根笑着说。他经过张非的身边,用手在张非的头顶呼噜一把,好像在逗一个十四岁的孩子,"开个玩笑,回头我找人把这墙帮你修了。"

直到两人站在一起,我才意识到张非和徐六根之间体型悬殊。张非的嗓门再大,也不会对徐六根产生威胁。

徐六根皮笑肉不笑地看着张非,张非仰着头瞪着他,更像是一个幼稚的孩子在闹别扭。

"六哥,是我招呼不周。"小宋上前,隔在徐六根和张非之间,"不知道你这么早来,没给你准备休息的地方。"

小宋招呼着徐六根往旁边走,厂房外面还有专门的休息室,"你先歇着,我给你泡点茶。对了,你的机器人就别跟来了。"

看到小宋笑脸相迎,徐六根也没有做出什么过分的举动,遥控机器人退出墙上的破洞,跟着小宋去了休息室。

张非一直沉着脸,直到徐六根消失在视野中,才哼了一声,

"好了，别愣着了，开始准备。把机器准备好，看我下午怎么收拾他。"

说完，张非也快步离开了组装车间。

一晃神的工夫，带我来这里的那几个人就不见了。车间里面在小小的喧嚣之后进入正常，人们忙碌起来，很快，完成度最高的两台机器人在工人的遥控下站了起来，走出车间，到后面的空场进行测试。

有人塞给我头盔和护目镜，之后便没有人再理我了。

我穿行在金属骨架和满身机油的工人之间，东看看，西看看。这里的设备和环境看上去相当原始，就连生产出来的产品都带着陈旧的气息，但是工人们却相当认真，一丝不苟地将汽车零件拼装成巨大的机器人。我数了数，组装车间里至少有三四十名工人，加上外面负责拆车的，还有其他我没有看到的后勤，少说也得有一百多人在这里工作。

我大概了解这里的运作情况了：他们在这里拆卸旧车，然后用废铁和零件组装机器人，再用组装机器人进行格斗——徐六根是张非的对手。就像是古罗马的角斗士，机器人格斗显然更为震撼。

他们通过卖门票赚钱……这里面的利润一定不小，不然怎么养得起一百多号人。

也有可能是赌博？

打小我就听说，县城周边的几个村子里的男人们有赌博的恶习，斗鸡、斗狗、斗蟋蟀、斗地主……手里有点钱就想在场子里玩把大的，最后输得精光。别的村子修了路，上了网，发了财，那几个村子还是一穷二白。我打定主意，如果张非所谓的"创业项目"和赌博沾边，那是绝对不能和他们掺和在一起的。

小宋来找我的时候，我正在看工人们把汽车零件组成的腿装到机器人的躯干上测试关节的灵活度。

"哥，真是抱歉，那边一忙，就把你给忘了。"小宋抱歉地说。

"没事没事……"我看了看手机上的时间，已经到中午了。金属、机械和机油的味道对男人真是有致命的吸引力，不知不觉我竟然在这里看了两个多小时。

"非哥训练得差不多了，找你过去。"小宋说，"还有你的一个熟人，听说你来了，想要见你呢。"

"我的熟人？"

应该也是我的同学吧，我想了想，在初中的时候好像没有谁和张非能合得来。不过，这都十几年过去了，人都是会变的，张非也没有印象中那么讨厌，谁跟他一起创业，都有可能。

我跟着小宋出了厂房，绕到废车场后面。后面有一道由叠放的废旧汽车组成的金属墙，来的时候我就看到了，以为这就是废车场的尽头。可是现在，那道金属墙上开了一个缺口，一辆叉车移开了一组旧汽车，露出了一条通道，原来废车场的面积远比我想象的要大得多。

还有密道？

张非果然是在干一些上不了台面的勾当。

看到这里，我已经完全没有了和张非合作的想法。站在金属墙的缺口处，可以看到里面有一座同样是废旧汽车搭起来的半圆形建筑，就像是古罗马格斗场一样。

"那是我们的格斗场。"小宋看我站在原地，便向我介绍起来，"下午的时候，非哥要和徐六根在这里打一场。你大概已经看出来了，我们做的机器人，打起来可刺激了。"

"会有观众吗？"我问道。

"有，不过不多，县里的人对这个不感兴趣。"小宋回答。

那他们怎么赚钱？

"有那么十来个人爱来现场看。"小宋说，"不过网络上看的人就多了。"

"网上？"

"是啊，我们的比赛有直播，非哥已经有三万多个粉丝了，徐六根也有一万多。"

小宋掏出手机，点开一个粉绿色的APP，叫"边缘"，我从来没有听说过。小宋打开一个视频，金属撞击的声音立刻响起。我探头去看，一个简陋的机器人在殴打一辆旧皮卡。

"这是最早的视频，我拍的。那时候只有我和非哥两个人搞这个。"小宋一边说，一边漫步向前走。

"还有这个，"机器人将一辆别克轿车举过头顶，手臂突然断了，车子将机器人整个压在身下，"这个视频让我们有了第一百个粉丝。"

我跟着小宋向前走，就像是被面前悬挂的胡萝卜引诱着前行的驴，不知不觉地就走到了金属搭建的格斗场中。

"抱歉啊，陈驰！今天事比较多，我还一直没有机会和你好好聊聊呢。"张非从一旁走过来，现在是腊月，室外的气温得有零下四五摄氏度，可他只穿着一件运动背心，身上热气腾腾地冒着白气，显然刚进行过高强度的体能运动。他裸露在外的胳膊和肩膀上肌肉线条丝丝分明，像是雕塑一样精致，我在健身房里锻炼五年也没办法拥有这样的体形。

"没事没事。"这句话已经成了我的口头禅，不管是在北京工作，还是回到家里，我已习惯了被人忽视。

没事没事，不过是说给自己听的。

"你这里搞得有声有色啊。"我岔开话题，"小宋刚才跟我说，你的粉丝还不少呢。"

"嘿嘿。"张非咧开嘴，嘿嘿一笑，"要不是他们支持，我也不能做到这个程度。"

"这个就是陈驰吧？"

又有人叫我，应该就是小宋所说的熟人，我的同学了。我立刻转过去，露出一个笑脸，随即就愣住了。

叫我的人有五十多岁，两鬓的头发都白了，看上去比我爸的年纪还大。但是这个人却比我爸精神得多，他站在那里，身材匀称，腰板挺直，声如洪钟，除了脸上的皱纹和花白的头发，他比我见过的大多数三十多岁的人还要健康。

"顾老师？"

"可以啊小子，你还记得我。"顾老师伸出手，在我肩膀上拍了两下。

顾老师是我们初中体育老师，也是我所有老师中身体最差的一个，三天两头请病假，于是我们的体育课就变成了英语或者数学课。初中三年，可能只上过十几节完整的体育课。

"当然记得你了，顾老师。"我开玩笑地说，"你经常请病假，同学们可关注你的身体健康呢。"

"哈哈哈哈。"顾老师大笑,"现在我的身体好多啦,咱们进屋说吧,外面冷。"

"顾老师,你也在这儿帮着张非?"我问。

"是啊,这孩子是个好苗子,我在教他散打和拳击。"顾老师说。

好苗子?散打?拳击?我看向张非,又谨慎地将目光移开。张非身高只有一米四左右,就算训练效果不错,他的臂长和体重也不适合任何比赛,难道让他到少儿组去打小朋友?

张非的训练室在格斗场侧面,从外面看是和厂房一样的彩钢房,里面沙袋、拳靶、杠铃一应俱全。顾老师所说的教张非散打和拳击是认真的,张非身上的肌肉也能够证明顾老师对他要求严格,不是应付差事。

有人从县城买回了盒饭,到废车场的时候盒饭基本都凉了。大家毫不在乎,我自然也不好发表意见。徐六根和他的同伴也聚拢过来,每人拿一份饭,蹲在训练场的墙角狼吞虎咽。吃饭期间,两边的人还相互聊天开玩笑,气氛融洽。

"他们两个不是有矛盾吗?"我偷偷地问小宋。

"都是逗着玩。"小宋说,"徐六根就爱拿非哥的身高开玩笑,非哥都习惯了。"

我见过张非脸上的表情,那是憋着火呢。我没多说什么,大概张非欺负别人的时候,也以为对方习惯了开玩笑吧。

吃过饭,大家就开始为下午的比赛做准备,有人调试格斗机器人,有人架设直播设备。格斗场里陆陆续续来了几个观众,裹着厚实的羽绒服,坐在冰凉的金属台阶上瑟瑟发抖。

张非和小宋都去忙活了,只剩下顾老师陪着我。

"顾老师,你训练张非多长时间了?"我问。

顾老师想了想,"十六年吧。"

"十六年?"

那就是说,差不多从初中毕业到现在,顾老师一直在训练张非。

顾老师点点头,"是的,差不多从初中就开始了。"

"他……"后面的话我没有继续问下去,虽然是同学,但我对张非的了解不深,更不可能知道他为什么成了现在这个样子?又为什么一边学习散打,一边在搞机器人?

顾老师看出了我的疑惑,站起来走到训练场中间,将一副扔在地上的拳击手套捡起来放好。

"张非和你们不一样。"顾老师说,"他不是一个通常意义上的好孩子,你应该可以感受到。作为一个学生,相比于学习,他更喜欢打架。"

我看着顾老师,不知道该如何定义张非。

"那孩子心里总是有一团火,想要找机会发泄,你可以说他是一个暴力爱好者。"顾老师叹了口气,"我不是心理学老师,说不清导致他暴力的是基因问题还是家庭因素,反正他就是爱打架。那个时候,他连做梦都是在揍自己的同学,有时候还有老师,包括我。

"他当然知道那是不对的,但一个十来岁的孩子,根本控制不住自己的冲动。在同学中,张非没有朋友,只有我这个体育老师欣赏他的身体素质，于是他只能到我这里来寻求帮助。我没有办法将他的想法抹除，那需要专业的心理辅导和钱。"

外面嘈杂起来，张非和徐六根的机器人都完成了比赛前的准备，开始走进场地了。

"我们去看看吧。"顾老师带着我走上格斗场的台阶，在最顶端有一间 VIP 观看室，那里有三面墙和一个屋顶，向着格斗场的那一面完全敞开。相比于完全暴露在寒风中，这里相当舒适。

"我也没有太好的办法，就试着教他散打，想让他的暴力情绪有一个发泄口。"顾老师接着说，"张非很配合，还显示出一些天分。我找体院的同学看了看，都说这小子有些潜质，值得培养。你还记得他在初三的时候发生了什么变化吗？"

我想了想，摇了摇头，除了爱欺负人，我对张非的印象并不深。

"我劝张非试着考体校，在那里可以继续学习散打和拳击。如果他能练成职业选手，最起码压制住了暴力情绪，还能解决工作问题。也许青春期过了之后，他就没有这么暴力了呢。"顾老师俯视着格斗场中的格斗机器人，"他不坏，真的，他只是无法控制自己的愤怒。他非常信任我，只要能变得好起来，什么都愿意做。那时候我让他练什么，他就练什么。我说上体校也要考文化课，他就真的拿起书想要学习……"

我想起来了，初三的时候张非确实有一段时间变得温和起来，有时候还来向我问一些问题。问题不难，我都给他仔细讲解，可是张非的基础太差，必须从最基本的知识点开始讲解。我怕讲不明白挨揍，就耐着性子一遍一遍地给他讲解，讲通了之后，张非还会买零食表示感谢。

"本来计划得很好，没想到出现了那档子事。"顾老师又叹了口气。

"什么事？"我问，"我记得他那年没有参加中考。"

"考试前几天，这个傻瓜不知道为什么跑去和三中的人打架，一个人打十几个，把人家打急眼了，在他脑袋上来了一砖，直接砸昏迷了。"顾老师紧紧攥着看台栏杆，手指关节发白，"他家里人没钱，都不管。我在医院守了大半个月，他才清醒过来，错过了考试。医生全面检查后说他没什么大碍，我才松了口气，考试错过了还能补考，只要身体没事就行。这孩子也争气，第二年还真考上了体院的附中，后来，我们才发现出了问题。"

3

我正聚精会神地听顾老师说张非的事，身边突然传来一声巨响，吓得我一个激灵。

原来，在顾老师讲述的时候，张非和徐六根的机器人格斗比赛已经开始了。两个破破烂烂的机器人以千钧之力撞在一起，声音摄人心魄。

我是一个不折不扣的机甲爱好者，《变形金刚》《环太平洋》系列的电影看过无数遍，每次都让我心潮澎湃。

公司做的那款机甲游戏，虽然最后夭折了，但我在过程中设计了三款机甲，从原画到建模，从驾驶员人设到武器特性，都由我一个人完成。这么看，我也算是小半个机甲专家。

但所有的经验，都是纸上谈兵。我没有想到真实的机甲格斗会如此震撼，铁拳撞击所释放出来的能量靠电脑的音箱是永远无法体会到的。声波只是最表面的感受，空气的震动会直接侵入人体，连五脏六腑都感觉到了金属轰鸣的激情。我的心跳加快，连血液都像是沸腾起来。我双手扶着栏杆，看着十几米外的两个巨物拼死搏斗，感受金属的声音一次次撞击在我的胸口。每击中对方一拳，火花和零件碎片就像是冰雹一样溅射出来，在强横的力量之下，破坏能够带来独特的快感。

在寒风中，我感觉脸庞发烫，甚至兴奋得有些头晕。

两个机器人你来我往，不知疲倦地相互攻击，胸口提供动力的大排量发动机喷出团团浓雾，格斗场上弥漫着汽油的刺鼻味道。

我这才明白他们为什么不花些心思把机器人的外壳打扮得精致一些，这才没几分钟，机器人的外壳都已经碎裂脱落了，只剩下两具粗糙的骨架在格斗场上，仿佛巨型骷髅。

"唉？为什么是小宋在操纵机器人？"我俯视着下方的格斗场，发现了一个问题。拿着遥控器与徐六根对战的，是小宋而不是张非。

顾老师犹豫了一下，"因为要直播，张非的形象不太容易被观众接受，所以都是小宋在前台做样子，张非在幕后遥控。"

"徐六根能接受？"

"那有啥不能接受的，这又不是比赛，只是表演罢了。"

张非控制的机器人一个勾拳，打在对手的肩膀，正好打在关节传动处。徐六根想要反击，但是关节处被打得变形，机器人的手臂抬起三分之一就卡住无法移动了。趁这个机会张非又连续击出几拳，打得徐六根失去平衡，就在倒地的一刹那，徐六根的机器人猛地向前扑出，直接撞向张非。两个机器人一起倒地，像是巴西柔术一样纠缠在一起，金属骨架发出摩擦扭曲变形的声音。令人心潮澎湃的大型对撞消失了，现在更像是惨烈的车祸现场，两个机器人都已经奄奄一息。

我都无法分辨出下面那一大坨金属中，哪部分受张非控制，哪部分是徐六根的。

这哪里是表演，这是最原始、最笨拙的厮杀。

我对比赛的热情迅速冷却，注意力又转回到了顾老师这边。

"刚才你说，张非出了事？是和他现在的身材有关吗？"

顾老师清清嗓子，"是的。张非考上高中之后，对于未来的规划更确定了，他立志当一名散打运动员。平时是我带着他练，我同学那边如果有实战训练，我就叫他去试试。张非是个好苗子，可惜……"

顾老师又叹起气来。

"他到底怎么了，你快说啊。"

"他的生长停止了，整个高中三年，张非没有长高一厘米。一米四二，我一直以为是他生长缓慢，再等等就会蹿起来。后来体检的时候才发现，他的骨骺线已经闭合，再也没有长高的机会了。我带他去体院的运动研究所重新检查了一遍，医生的推测是张非在那次打架中被影响到了脑垂体，在长个子最关键的时候，生长激素缺席了。"顾老师摇了摇头，"没有机会挽回。所有的努力都白费了，一个身高只有一米四二的散打运动员……张非放弃了训练，也放弃了考体校。只是他心里的暴力因素并没有消减，反而因为身材问题愈发激烈。有一段时间张非到处惹事，他身高不高，凭着散打的底子还是能打几个喝多了的普通人。不过，夜路走多了，总会碰见狠角色，把他打得半死。我以为他是在自寻毁灭，没想到他找到了这个玩意儿。"

顾老师俯视着格斗场，此时比赛已经接近尾声，两台机器人从纠缠中分开。

其中一台机器人倒在地上，四肢都被拆卸或者折断，只剩躯干，发动机突突冒着黑烟。

另一台机器人也受伤不轻，它勉强站着，举起一只断了一半的金属手臂表示胜利。

战败机器人的油路在战斗中被破坏，它身下的土地上弥漫出一片油渍，就像是血液一样。虽然都是没有生命的机器，可这场面看上去还是有些残忍。

一个不知从哪里迸射出的火花引燃了汽油，火焰腾起，将败者包裹在烈焰之中。火光像是宣布比赛终于决出了胜负，但是场边寥寥无几的观众并没有表现出激动，他们紧裹衣服，注视着火焰。比起胜利，他们好像更在意火焰带来的温暖。

"有一段时间，我都想放弃张非了。"顾老师说，"但是我没有想到，他又找到了新的途径。"顾老师转过头来看着我，问道，"你和他见面的时候，觉得他正常吗？"

"挺正常啊，对我还很热情呢。"

顾老师指向格斗场中央，"他必须发泄心中的暴力，才能努力做一个正常人。这些,都是辅助疗法。"

我顺着顾老师的手看过去,小宋控制着仍然站立的机器人向正在直播的手机行了个礼,然后向徐六根拱了拱手,而真正的胜利者并没有出现在赛场。

我和顾老师走下看台,回到训练室。过了一会儿,徐六根和他的同伴也来了。

"顾老师,你也指点指点我吧,我实在是打不过。"徐六根说道。

"行啊,你每天早上六点过来,和张非一起训练。"顾老师笑着说。

徐六根撇了撇嘴,"哈哈,那还是算了,我可起不了那么早。"

"那么早,老六还在酒场上没下来呢。"有人揶揄道。

"闭嘴,就你知道得多。"徐六根笑着骂道。

他们那伙人彼此斗嘴,显然刚才的比赛输了并没有影响到他们的心情。

又过了几分钟,小宋带着遥控器和直播设备也回来了,他把器材往墙角一扔,问徐六根:"六哥!今天收成怎么样?"

徐六根看看同伴,"还行还行,直播间里有两个大哥打赏了六百六十六个能量块。"

"可以啊!"

"你那边呢?"徐六根问。

小宋看了看手机,"我这边有十八艘飞船,六十个空间站,一百八十八个能量块,还有一些小东西。"

"不错不错,那是你们赢了,今天晚上请客。"

"没问题，一会儿非哥来了，他安排。"

"什么是能量块？"我问顾老师。

"就是他们直播平台上用来换钱的东西，一个能量块能换两百多块钱。"顾老师说。

"两百多？那六百多个就是十二万？"我大声说，突然发现小训练室的目光都集中在我身上，连忙压低声音，"十二万？"

"徐六根说，是两个大哥打赏，所以是二十四万左右。这只是两笔最大的，再加上些七零八碎的小钱，可能有四十万左右吧。这次的收入已经比平常要低了，冬天，人们热情不高。"

我张着嘴发不出声，加上张非这边，一场比赛就能带来一百万左右的收入，这个数字的震撼远远超过了机器人格斗本身。我在北京的时候，去哪儿吃饭都能听见隔壁桌聊天以百万、千万为单位报数，没想到回到老家，这里的人也如此夸张。

"那你在这边收入也挺高吧。"我试着向顾老师打探。

顾老师咽了口口水，"那种打赏讨来的钱……我不要。我在学校有正式工作，有五险一金。"

顾老师和我爸妈一样，对扑面而来的网络时代还是十分陌生，他们努力保持之前的生活方式。在他们的意识里，打赏这两个字就跟打发要饭的一样，赚钱可以，但不能丧失尊严。

张非也回来了，徐六根立刻起哄让张非请客。张非没有拒绝，他大方地让小宋安排饭店，然后径直向我走来。

"怎么样，陈驰，刚才的比赛都看了吧？"张非把我拉到训练室的一角，开口问道。

"看了，挺不错的。"我说。

"我叫你来不是让你说客套话的。"张非认真地看着我说,"给我们出出主意,看看还能再做些什么。"

听过顾老师讲述的张非的故事,我知道了这份"事业"对他的意义。

我在北京待了几年,跟过几个项目,也见过形形色色的人,说起来确实比张非他们的经历要更丰富一些。在我看来,这场机器人格斗,整个制造流程,还有传播的方式,都有可以提升的地方。

但这是张非、小宋,也许还有徐六根他们多年以来摸索出的一条道路,我初来乍到,就在这儿指指点点,是不是不太好?

"有什么就直说,别磨磨叽叽的。"张非着急了,他拉着我的手臂,手劲不小。

"张非,你别急,让陈驰好好想想。"顾老师看到我的窘迫,急忙过来打圆场。

"哦。"张非松开我,"我有点着急了,你别生气啊。"

"没事没事,"我确实想为老同学做点什么,可一时半会儿又没有想好,"我觉得你们这个项目很有潜力,但是我才刚来,还没有找到机器人格斗对于用户的痒点,要经过一段时间的下沉体验,才能真正摸到抓手。要提炼出一套属于我们自己的方法论,形成完整的格斗机器人生态圈,最终完成闭环。"在张非的催促下,我说了一大堆连自己都不太明白的话。这都是在北京的公司长期积累下来的话术,已经形成肌肉记忆了。

张非皱起眉头,双目圆睁瞪着我,"你说的什么乱七八糟的,我一个字都听不懂。"

"嗨，在北京的公司待习惯了，说话都是这个味儿，别在意。"我连忙解释，"我的意思是说，这才看了一天，有些想法还不成熟。等再过一段时间，我考虑好了，再拿出来和你商量。"

"哦，哦，好好。"这次张非明白了，他脸上露出欣慰的笑容，"这么说你愿意帮我们？"

"那当然，咱们可是老同学，你都开口了，我能不管？"

张非大笑，"走，喝酒去！"

张非的人，还有徐六根的团队，一共二十多个人，坐着七辆车回到县里，围着炖羊肉的锅子坐了三桌。所有人里面，我只和顾老师说的话多一些，自然想坐在他旁边。没想到张非走过来，非要拉着我坐在上首位置。包间里的人都不知道我是干什么的，被张非这么一闹，目光都集中在了我身上。

我推辞半天，还想向顾老师和小宋求助，他们都笑着点头，认为我确实应该坐在那里。无奈之下，我只能硬着头皮坐下。

羊肉炖好了，浓稠的羊汤在锅里咕嘟，向外散发着香味和朦胧的雾气，让人忘了一天的疲惫和寒冷。包间里热闹起来，杯里有酒，碗里有肉，这就是张非他们最大的幸福。

酒过三巡，张非开始向徐六根介绍起我，说的当然都是初中时代的陈芝麻烂谷子，尴尬得我只想找个地缝钻进去。不停地有人过来敬酒，我推辞不过，喝了第一杯就有第二杯。

又过了一会儿，大家都进入了半醉的状态，张非还在替我吹牛，但徐六根已经开始厌烦了，他不停地否定张非的说法——其实就是在否定我。

我知道那是他们两个人交往的方式，但那时酒喝得上头，哪还顾得上自己社交恐惧症的事。

"你这就一厢情愿了，我就不信他能拿出什么好主意了。"徐六根大声说着，我就坐在他对面，"他在北京要是混得好，还用回到咱们这个破地方？肯定是不行……"

"我怎么不行了！"我大声说，"机器人这玩意儿，我比你们，比你们加起来都懂！"我掏出手机，找到在公司时做的游戏设定——本来这些资料是保密材料，现在公司都倒了，管他呢。

"你想知道你们的问题出在哪儿吗？没有美感。"我把手机伸到徐六根面前，"你们造出来的机器人，太粗糙了，用一堆废铁造了一个更大的废铁，观众只是看个热闹，并不能对机器人产生感情。"

"切，要感情干什么。"徐六根说。

"你不懂，你来。"我把手机转到徐六根的同伴面前，他戴着眼镜，像个技术人员。

"这几个机器人有什么不同？"

"这个又高又壮，应该很厉害。这个很瘦，有点……"眼镜说，"有点像女人。"

"对，这个就叫作设计，观众一看到这些，自然而然就会对机器人产生联想。"我又问眼镜，"如果这几个机器人比赛，你希望谁赢？"

"这个吧。"眼镜指向那个有着柔软线条和女性特征的机器人。

"你小子他妈的单身时间长了，连机器人都不放过。"徐六根骂道，大家笑了起来。

"你看,这些机器人还只是图片,但让人一看到就会自然对自己喜欢的元素产生好感。"我收回手机,"我在北京的时候,有一项工作就是设计机器人,这几个机器人,都是我设计的。"我停了一下,又说道,"你们只会造机器人,但是不知道怎么把它变得好看。现在,我来了。"

我趁着酒劲,强行出头,当我说完,发现自己站在凳子上,一脚踩着桌边,居高临下地俯视着徐六根。我以为徐六根被我狠狠打脸,会恼羞成怒,没想到他愣了几秒钟,发出和张非一样的大笑,"好,好小子,是我小看你了,我自罚一杯。"

之后的事情,我就记不太清了。我恢复意识的时候,发现睡在自己床上,床边放着温热的牛奶。

"快把牛奶喝了,一天不管你就喝成这样。家里有你爸就够让人头疼的了,你们爷俩真是不让人省心,本事没多大,酒瘾还不小。"我妈看我醒了,开始唠叨,看在那杯牛奶的分儿上,我不敢还嘴。

从那之后,我就算半正式地在废车场上班了。

4

每隔两个星期,废车场就要搞一次机器人格斗。虽然已经进入腊月,大家都在忙碌着准备过年,但废车场那里也不能停下来。小宋说过年是他们最忙的时候,因为大家的工作没那么忙了,看直播的人多,打赏也多。

除了徐六根,周边还有几个地方也在用旧车零件造机器人,偶尔过来打打格斗赛。不过,制作用来格斗的一次性机器人前期投入比较大,而那些小作坊变现能力不强,还得张非和徐六根掏钱邀请,才能让这个圈子保持一定的活力和多样性。

机器人格斗的圈子很小,观众也少,边缘APP是他们唯一的平台。我建议他们把视频上传到迅手和炫音上,还在网上找了几个运营人员帮助他们宣传。

另外,我还把在游戏公司做的设计改了改,交给废车场的工人,希望他们造出来的机器人能够有自己的特色。之前的机器人格斗太简单粗暴了,就是两坨铁撞来撞去,只能体会到最原始的破坏感。

鲁迅说,悲剧就是把精致的东西毁灭给人看。[①]

把机器人也做得精致,在被打败的时候,观众才会揪心。

我还计划让工人找一些特殊的材料,让机器人在格斗中碎得更具美感,最好是有爆炸和电光之类的特效,就像迈克尔·贝的电影。

另外,我还有一些想法:比赛规则要改为回合制,以打点计算;收尾要痛快,不能奄奄一息地磨到最后一刻;比赛正规化,搞循环赛淘汰赛,制造话题流量;向外输出技术,培养参与者,一起把蛋糕做大……

我把张非还有徐六根等人聚集在一起,给他们展示我做的PPT,为他们描绘机器人格斗充满希望的未来。可惜,他们的反应不如我期待中的热烈,张非嘎吱嘎吱地捏着握力器,小宋低着

---

① 改写自鲁迅《再论雷峰塔的倒掉》中的句子。

头玩手机,顾老师和徐六根都在睡觉。只不过顾老师还有些心虚,时不时睁开眼睛看我一眼,徐六根则肆无忌惮地打着呼噜。

才讲了一半,我就对自己产生了怀疑,他们真的需要我吗?也许张非只是随便说说,在我面前炫耀一下,结果我就当真了,自作多情地做了一大堆方案,打算让这个小破废车场跻身世界五百强。

听到我声音放缓,张非抬起头,"讲完了?"

"嗯?"看到张非的态度,我也确实不想再说了,"是的,讲完了。"

张非站起来,左右看看其他参会的人,挤出一个不好意思的笑容,"那啥,老同学,你也知道,我们这一帮子都是没什么文化的人……"

顾老师睁开眼睛,清了清嗓子。

"你讲的这些,我确实听不懂。"张非接着说,"不过你说得肯定对,要不然这样,小宋——"

"什么?"小宋抬起头。

"咱们就按着我同学的计划来,他有什么需要的,你照办就行了。什么钱啊人啊,他要什么给什么。"张非抬起手,按着我的肩膀,"从现在起,他就是那个什么,董事长了。"

"不是,董事长不是这么回事。"我连忙解释。

"我没文化,你说了我也不懂,你尽管按你的想法搞就行了,"张非嘿嘿一笑,"我只负责打架。"

他对着空气挥了几拳,"就这么定了。"

"啊?什么?去哪儿喝酒?"徐六根从酣睡中醒来,看到其他人都站着，以为到了吃饭的时间。

于是，我就这么莫名其妙地成了废车场的"董事长"。张非对我完全信任，无论我有什么想法，都可以毫无阻碍地得到支持。

废车场所有的人，包括徐六根他们，都知道凭他们自己，已经不能让机器人格斗再有新的变化了，所以把希望都寄托在我这个半吊子游戏设计师身上，认为我能够改变整个行业，虽然这个行业的从业者还不到三百人。

这虽然给了我发挥的机会，但是也把责任压在了我身上。尤其是，我自己知道，我的大部分想法都是纸上谈兵。距离过年还有半个月，正如小宋所说，观看机器人格斗的观众多了不少，我们在迅手和炫音上的粉丝也积累了起来，每场比赛的收入比之前提高了快一倍。

虽然收入不少，但是制造机器人的开销也大，为了挑好一些的零件，没有合适的报废车辆时，他们还得高价去买还能正常行驶的二手车来拆。几万、十几万花出去，十分钟就砸没了，这些人花钱跟洗手一样，一点都不懂得循环利用。不只是采购和制造方面存在问题，整个机器人格斗项目在每个环节都处于最原始的状态，存在大量的浪费和低效、重复工作。

我看在眼里，急在心里。作为一个只在北京的小游戏公司打过两年工的人，模模糊糊知道一点公司的运作方式，还处在只看过猪跑、没吃过猪肉的阶段。对于废车场这种状况，我倒是想大刀阔斧地改革一番，却不知道如何下手。

那段时间我几乎住在废车场里，跟着他们去收车，然后在制造车间统计什么品牌的车架更加坚固，晚上别人下班了我还要计算这一天的资金流水。我想要摸清楚这个粗犷系统中的每一个环节，然后再制订计划。累是累，但好像没什么效果。

转眼到了腊月二十九，废车场终于放假了。给工人们发年货和奖金，又忙活了一天。等人们差不多散去，天都黑了，张非叫着剩下的人去喝酒。我高调加入这个团队一个多月，什么成绩都没做出来，心中有愧，就借口家里有事，想悄悄溜走。小宋追上来，又把我拖了回去。

说起来，在这次聚会上，我才第一次见到张非真正地露出高兴的表情。记忆中，他总是阴沉着脸，微微皱着眉头，虽然话不多，但是每次说了就要算数，是废车场绝对的一把手。很多时候，我都会忘掉他小孩一样的身材，当他压低声音说话时，总会提心吊胆，怕他突然打人。当然，这种事从来没有发生过。

那天所有人都很高兴，来吃饭的除了小宋、顾老师和我，还有一些废车场里的老工人。他们对机器人格斗都不怎么感兴趣，只是这一年里，在张非的带领下赚了不少钱，这就足够了。他们对这个身高只有一米四的老板充满感激，不停地向张非敬酒。张非来者不拒，没多久就喝得满脸通红，兴奋起来还跳上饭桌，打了一套拳，来了几个空翻。

当大家都喝得差不多了，张非才发现故意藏在角落的我。他端着酒杯坐到我旁边，"怎么，老同学，好像心情不太好啊。"我看着张非，他嘴里的酒气喷在我脸上，眼睛却精神得很，好像滴酒未沾。

我叹了口气，"唉，没啥，不知道该如何下手。"

"什么？"张非瞪起眼睛，"怎么了？是有人不听你的调动？谁？看我不——"

"不不不！"我连忙解释，"是我不知道该怎么弄。你知道，"我看看四周，其他人都在各聊各的，没人注意我们，"我在北京也只是打工的，不知道该怎么管理这么多人。老张啊，"我发现自己还是第一次这么称呼张非，"我怕辜负了你们。"

张非看着我，突然笑了，"嗨，我以为多大事儿呢。你们文化人，就是想得太多。"他看向包间里聊天玩骰子的人们，"你以为我会管理？像我这个样子，我从来没有想过，会有这么多人向我敬酒。老陈，是因为我是个好人吗？不是。我只想做一件事，就是打架。不过，打架打得好了，也会有人支持，是吧？"

这时，有人端着酒杯过来，找张非划拳。

"我也不懂什么大道理，反正，从你最擅长的开始，肯定没错。"张非站起来，拍拍我的肩膀，"我相信你。"

那天，大家都喝多了，我和顾老师把他们分别送了回去。等我到家的时候，距离过年还有十九个小时。

<h1 style="text-align:center">5</h1>

长大以后，过年对我来说已经没有那么重要了。我坐在客厅里，对着各位亲朋好友傻笑，听他们对我一年前的工作做阶段性总结，并且为我规划未来的人生道路——最重要的是赶紧找个媳妇。

当有谁提起相亲这码事，我妈便迫不及待地迎上去，打听对方口中的姑娘是个什么条件，再根据不同情况报出我的信息来与之匹配。就像是在玩俄罗斯方块，无论什么形状都能对上。

尽管我在废车场已经待了一段时间，但这份工作还没有得到我妈的认可。当七大姑八大姨问起来，她总是说在北京做设计，与国际接轨。

我唯唯诺诺应承着，心里想的却是废车场什么时候重新开工。张非的话一直在我脑子里盘旋——"做你自己最擅长的"。

确实，我自以为学习成绩好、上过大学，还在北京混过，就能够凭一己之力把他们的机器人格斗项目管理得井井有条？这也太自不量力了。

还是做我熟悉的吧。我在游戏公司的时候，主要工作是美术设计，其他关于游戏的各个方面也都会一点儿。过年这段时间，我给张非的格斗机器人做了全新的包装，包括背景故事、外观、招牌动作还有战斗风格，又做了两支简单的动画片放在直播片头。

新的机器人战士叫迪加，主打红金配色，是一个想要帮助人类对抗邪恶魔君的英雄。而它的对手——蓝色机器人赛卡，本来是迪加的同伴，但是被邪恶魔君控制了中枢计算系统，两个机器人竟然反目，成了对手。我知道这个名字略微敏感，是在蹭知名IP形象的热度，不过这对于初期推广绝对是个好方法。等做大了之后，再用别的角色作为主力就可以了。

初七，废车场重新开业，我把那些东西给张非看。张非还是老样子，"你去做就行了，我信任你。"于是，我开始和小宋研究新式机器人的事，并且拜托顾老师给张非设计招牌动作。我把赛卡的设计稿给了徐六根，让他那边也开始准备。

三月的时候，一切准备就绪，迪加和赛卡终于相遇了，两个机器人为观众带来了一场血脉偾张的战斗。这场战斗不再像之前非要打个你死我活，双方竭尽全力，却又点到为止，打得激烈又保持了高手的风度。

这场战斗完成度很高，多亏了顾老师在体校的同学，为徐六根和张非设计了两套既有现代搏击特点又有传统武术套路的格斗招式。当然，我们为机器人加上了夸张的爆甲特效，还有精彩的人物设定，都为初次战斗增加了不少亮点。

在我眼里，一切都是完美的。但是在直播间里，一些老观众还不能接受我们在风格上的变化，不少抱怨的声音弥漫在评论区，最直观的变化是打赏比之前少了三分之一。这让我非常沮丧，前前后后忙了几个月，不但没做成任何事，还帮了倒忙。比赛之后，趁张非还没回训练室，我便灰溜溜地走了。事实证明，我不过是个只会纸上谈兵的混子。我甚至想直接逃回北京，来逃避我对张非的愧疚。

转机发生在第三天，有人把机器人格斗的比赛实况发到了社交网络上，话题立刻爆了。电影里的特效机器人大家看得太多，早就审美疲劳了，但是真实的机器人格斗还是第一次看到，钢铁和钢铁真实碰撞带来的刺激，即使是斯皮尔伯格和迈克尔·贝都无法给予。人们顺着网络找到了我们，让我们的粉丝量在一个星期内暴涨了十倍。

我的信心又回来了，赶紧马不停蹄地操办下一场比赛。这一次没有怀疑的声音，战斗带来的刺激让观众们除了欢呼还是欢呼。结束后的打赏比之前翻了四倍，社交网络过来的人不像迅手和炫音用户那么阔绰，每次只打赏个三块五块，不过用户基数大，也是一笔不小的收入。

这只是第一阶段的胜利，之后还要继续扩写迪加和赛卡的故事，让它们有理由不停地战斗。张非和徐六根转型成功之后，其他几个小汽修厂用来参加格斗赛的机器人就显得十分寒酸了。他们纷纷来找张非取经，张非把他们都推到了我这里。

我本来就计划把机器人格斗产业的版图向外扩张，只有两个机器人，时间稍长观众就会看烦的。于是我把废车场里的老手都派到其他团队去帮忙，还设计了几个新的机器人形象。六月底，我们有了十二个定位不同的机器人，各个平台的粉丝数加起来达到了九百多万，如果加上其他团队，总粉丝数超过了两千万。

水涨船高，张非作为机器人格斗的发起人，也是扶持其他团队的"业界大佬"，现在已经成了机器人格斗联盟的盟主。陆续有人找到张非，想让我们的机器人做广告，还有人想拍张非的传记片，购买机器人的IP，做中国的"变形金刚"。

如果是普通人，早就被这汹涌而来的赞美和奉承冲昏了头脑。可是张非却保持着苦行僧一般的克制，他的主要工作仍然是训练，然后上场打架。说实话，能把这个破废车场做到这个地步，已经足够我吹一辈子了。如果不是张非镇着，我早就膨胀得不知道姓什么了。

我非常明白，这就是我能做到的极限，也是所有草台班子团队的极限。机器人格斗联盟想要继续扩大，需要专业的赛制、包装、工程师、动作设计和宣传。

我们需要外援。我把机器人格斗的视频发给滕哥,不到两分钟,滕哥就问我:"这是你做的?"他还真了解我,只看机器人的外形就能识别出我的设计风格,更让我高兴的是,我从他的语气中听出了激动的心情。

滕哥在老家开烧烤店,但是,我知道他并不甘心在大腰子和孜然粉的包围中度过一生。他经常在凌晨三点的时候在朋友圈感慨,或是仰望星空,或是点燃一支用来追忆往昔的烟。我知道他像我一样,心有不甘。

这是个机会。我需要他,他也需要我。"是的。"我回复,然后把机器人格斗联盟的视频号发了过去。滕哥过了半个小时才打来电话,他一定仔细看了我们的比赛。

"陈驰,你搞得不错啊。"滕哥说道,"真不错。"

"哥,提提意见吧。"我说。

滕哥在电话里沉默了一会儿,"挺好的,我能提什么意见。你突然给我看这个,是有什么想法吧。"

我坦诚地说:"这个项目是我同学的,最初是几个汽修工做了两个机器人瞎打,自娱自乐那种。我帮着他们把项目做成这样,不过,哥,你也知道我是个半吊子水平,我的能力到头了……"

电话里沉默了,我屏息凝神地等着。机器人格斗联盟想迈出下一步,滕哥是唯一的希望。我不善社交,在北京混了几年,只和几个同事关系不错,其中能够称为"人脉"的,只有滕哥一个。不过,只要认识滕哥,就能和大半个北京城搭上关系。

"我想想办法,下星期去你那儿。"滕哥说。

挂断电话，我悬着的心终于放了下来。我知道滕哥不会拒绝，这是一个可以让他东山再起的机会，但我还是怕，怕上次的失败耗尽了他的热情。

幸好没有。

在联系好滕哥之后，我又去找了张非。关于机器人格斗联盟的未来，我要好好和他交流一下。这个项目是他创办的，但是扩张到一定程度之后，他再加上我和小宋还有顾老师，也没有能力管理起整个机器人格斗联盟。

我们想要做大，就不能再运营得像草台班子一样，必须建立起正规的企业体系。无论是财务还是人事，采购还是制造，都要有专业的人士管理起来。

"嗯，行，你去弄吧。"这是在我滔滔不绝说了四十多分钟之后，张非给我的答复。

我想，他没有意识到机器人格斗联盟将面临多大的转变，还要再向他详细解释。但是张非看着我，一字一句地说："我信任你。"

这句话已经成了紧箍咒，每次张非说出信任两个字，就是要把责任全部甩给我，而我无力反抗。我只好让小宋把所有不成体系的材料准备准备，等着滕哥从我手中接棒，把机器人格斗联盟做成它真正该有的样子。

6

滕哥来的时候，我和小宋开着皮卡去高铁站接他。后面的行程都安排好了,先吃饭,再去酒店休息一下,最后去废车场实地查看。我让格斗联盟的比赛推迟了两天,就是为了等滕哥来。

出站的人不多,我一眼就看到了滕哥。虽然才几个月没见,但滕哥明显发福不少,头发也有"回光返照"的趋势,显然烧烤摊的生活比做游戏要滋润许多。我伸手和他打招呼,滕哥大步向我走过来。

见面寒暄了两句,我才发现他身后还有两个人,一个西装笔挺,戴着墨镜;另外一个个子不高,穿了一身休闲装。

业内共识,穿休闲装的才是大佬,我连忙问滕哥:"这位是?"

"这位是坤总,我的好哥哥,咱们那个项目,他一看就喜欢上了,非要亲自过来看看。"

滕哥一边说,一边向我递眼神。我自然明白,坤总就是滕哥找来的金主,只要能够让他满意,机器人格斗联盟的未来就有了。

坤总的目光在我和小宋身上来回几次,问:"你们谁说了算?"

小宋看向我,可我只是个帮忙的。虽然张非给我封了个董事长,但我一点权力都没有。

"机器人格斗联盟是我的同学张罗起来的,我过来帮个忙。"我连忙说。

"管事的没来啊。"坤总自言自语地说,语气平和,但明显不太满意。

"下午有一场比赛,他正在训练呢。"我连忙解释,"我先带你们吃个饭,你们又是飞机又是高铁的,一定累了吧?等吃了饭休息一下,下午带你们去格斗场。"

"不必了。"坤总摆了摆手。

"怎么了，坤总？"我问。

"你们这个县城里面，也没什么好的酒店，我在市区定了房间，一会儿坤总要去休息，比赛的事，明天再说吧。"西装墨镜男在坤总身后说话了。

"可是比赛时间都定好了，直播预告都发出去了。"我连忙说。

"是啊，已经三百多万预约了。"小宋拿出手机，想让坤总看上面的数据。刚刚向前走了一步，西装墨镜男突然一伸手，把小宋推得倒退几步，差点儿摔了一跤。

看到这场面我一下愣了，这主仆二人对我们的态度也太差了，难道就是因为机器人格斗联盟的负责人，没有到场迎接吗？我看向滕哥，想弄明白这是怎么回事。滕哥撇了撇嘴，对我微微摇了摇头。我没有看懂滕哥的意思，不知道他说的是"控制住自己，不要轻举妄动"，还是"我他妈也不知道出了什么事"。

"坤总，那下午的比赛怎么办？"我强颜欢笑。

"你们该怎么办就怎么办吧。"坤总说，"其他的事，我们明天再说。"

我的计划完全被打乱了，甚至不知道该如何补救。一辆黑色的电动MPV悄无声息地开过来，停在路边。我在废车场待得久了，第一时间想到的是这车应该怎么拆，后来才反应过来这是来接坤总和滕哥的车。

"你把格斗场的地址发给他，明天上午十点半，我们会直接过去。"西装墨镜男指着滕哥说，我还没来得及点头，他们就坐上车，走了。

"妈的，什么东西，狗眼看人低。"小宋骂道。

我按西装墨镜男的吩咐，把废车场的地址发给滕哥，又跟着追问了一句："到底是怎么回事啊？"

我在高铁站门口站了很久，才等来滕哥的回复："谈判技巧，为了向你们施压。没事，你别慌。"我这才松了口气，心中还冒出一丝欢喜，坤总已经开始为谈判做铺垫了，说明这次十有八九能成。本来嘛，机器人格斗联盟这么好的项目，他们打着灯笼都不好找。

回去的路上，我一直在安抚小宋，他年轻气盛，又被人推了一下，憋了一肚子气，恨不得控制大机器人一拳把坤总和他的狗腿子砸成肉泥。我晓之以理、动之以情，让他放下个人情感，从大局出发，万一真的拉到坤总的投资，我们白白花他的钱，不是比揍他一顿更过瘾？

另外，我还嘱咐小宋，先不要把这事告诉张非。他脾气比小宋还火爆，如果知道了刚才发生的事，那生意肯定谈不成了。下午的比赛照常进行，我在开始前把直播的链接发给滕哥，让他招呼坤总观看，顺便观察坤总的情况。滕哥回了我几个笑脸，还有"OK"的手势，形势一片大好。

第二天一大早我就去了废车场，张非打算出门收车，我把他拦下来不让去，让他和我一起等坤总来。昨天就被挑了毛病，今天不能再疏忽了。张非不愿意和外人打交道，但这次关系到机器人格斗联盟的未来，我好说歹说，才让他乖乖地在废车场等着。电动MPV准时来了，可是车里只有西装墨镜男一个人，坤总在市里的酒店等着，让我们过去谈。

"不来我们这里看了吗？"我问。

西装墨镜男举起手机，四处拍了拍，然后说："看过了，我们走吧。"

"你们这是什么态度？"张非问。

西装墨镜男这才看到张非。"这位是机器人格斗联盟的负责人，所有的一切，都是他搞起来的。"我连忙介绍。

"您就是张老板啊。"西装墨镜男的态度突然来了个大转弯，他弓着身子，让自己与张非一样高，"昨天没有见到您，今天坤总专门嘱咐了，要把您接过去好好谈谈呢。坤总昨天看了直播，特别喜欢，合同已经准备好了，就等您过去拍板呢。"很少有人这样对待张非，他有些享受，又有些不知所措。他看向我，笑了一下，然后走进车里，我也跟着坐进沙发一样的座位。

MPV 安静地离开县城，张非先是打量了一遍车子，大概和我昨天一样在思考怎么拆掉这辆车。当西装墨镜男开启座椅上的按摩功能，张非便放松下来，甚至打起了呼噜。

车开到酒店，西装墨镜男直接把我们带到楼上。坤总住在酒店唯一的总统套房里，派头着实不小。我先看到滕哥，还没来得及开口，就见滕哥暗暗比了个"OK"的手势。看来是没有问题的，坤总在来之前肯定已经做过详细的调查，人家看中的是机器人格斗联盟的商业潜力，是做大买卖的。

我还以为请人吃一顿羊肉锅子、喝顿大酒，再塞两条好烟就能把生意办下来呢。我们这里的格局太小，当初我就是因为看不上县里的风气才硬要离开的，没想到自己也变成了这个样子。

我和张非坐在套房外间的沙发上，滕哥坐在对面。第一眼看到张非,滕哥没掩饰自己的表情,盯着张非一直看,直到我故意咳嗽几声提醒,他才看向一边。过了一会儿,坤总从里间出来加入聊天,他的态度比之前热情了许多,主动提起前一天的比赛,还问了许多细节上的问题。大部分问题都是我在答,但坤总一直看着张非,到后来我就不主动说话了,只有张非不太清楚的地方,我才加以补充。

"好了,没有问题了。"坤总最后说,"我们签合同吧。"

"坤总,合同的具体细节,要不要商量一下?"我提醒。

坤总看了我一眼,"你留在这里吧。张老哥,咱们进来商量。"

"可是……"

张非摆摆手,"没事,你坐着就好,不就是签个字嘛。"他太单纯,才和坤总聊了二十分钟,就完全信任这个家伙了。签合同可不是儿戏,说不定就把自己卖了,不看清楚怎么行。

"张非——"

"小伙子不错啊,对你们老板也直呼其名?"坤总说。

"他又不是我的老板,我的意思是——"

"不是你老板你还操什么心,让你去签字,能管用吗?"坤总咄咄逼人。

"你坐下吧,你帮忙联络了一个非常好的项目,已经完成任务了,剩下的就让他们谈去吧。"滕哥也插话道。

三对一,我反而成了那个阻碍合作的人。我叹了口气,只好坐下。

坤总和张非走到里间去签合同,我抽空问滕哥:"这个坤总是什么人?"

"富二代。"滕哥说,"手里有不少钱,到处投资,投的都是些偏门的项目。黄了好多,不过只要有一个成了,就能把那些亏掉的钱赚回来。当年还在咱们公司投了不少,都赔了,坤总也没怪我。"

"他怎么这个德行。"我学着坤总的样子。

"谈判技巧,一会儿红脸一会儿白脸。"

"我那个同学没啥文化,坤总不会……"

"怕啥,坤总来就是要把整个废车场和你们的格斗联盟都买下的。这个项目不错,肯定能搞大。"滕哥跷起二郎腿,"你预计废车场能卖多少钱?"

"卖?我想的是引入一笔投资,然后招聘一些专业的人才,再继续搞。"

"谁来管理?你?还是那个谁?"滕哥比了个手势,是在嘲笑张非的身高。我有些不喜欢他这么对待我的朋友,不过他说的对,我们都不适合管理,最好的办法是有人全盘接手。

"哎,我问你呢,你原来打算弄多少钱?"滕哥追着问。

具体的数额我还真的没想过,我毕竟不是专业的,谁知道需要多少钱。

"八千万?"在我的概念里,这已经是个超级大的数字了。

滕哥笑了笑,伸出两个指头,"坤总准备了这么多,这是他的上限。"

"两千万?"

"乘以十。"滕哥说,"是收购的费用,废车场有几个股东?"

"我不清楚,就张非一个吧。还有别的废车场,我们几个一起搞的格斗联盟。"

"那这两个亿就全是他们的。当然，也可能压压价，少说也有一个亿吧，那个小兄弟一辈子吃喝不愁了。之后坤总还准备了十个亿，是用来全面改造机器人格斗联盟的，从人员到场地到宣传到研发。"滕哥眯起眼睛，"十个亿是前期费用，后面做成了，再找别的投资机构，上市什么的。按坤总的说法，机器人格斗联盟这个概念非常好，潜力足够，再加上适当的宣传，三年之内做到五百个亿没有问题。"

"我的妈呀。"光那几个零就够我数半天。

"发财了别忘了照顾你滕哥啊。"

"那当然，"我也膨胀起来，"我给你买一条烤腰子流水线。"

"烤腰子流水线是什么鬼。"滕哥笑了起来。

我们正在憧憬人生巅峰是什么样子，套房里间突然传来了玻璃爆裂的声音。

"怎么了？"我连忙站起来。一直站在房间门口的西装墨镜男比我更快一步走到里间门口，但他没有进去，反而守在门口。

"怎么回事？"

"没事，正常的谈判流程而已。"西装墨镜男淡淡地说。他身后的房间里传出了怒吼，还有更多东西被砸坏的声音。

"你赶紧让开，张非的脾气不好，你们坤总会有危险的。"

"哼，那个小矮子？"

打斗的声音变小了，接着传出有节奏的闷响，是一个人的拳头砸在另一个人身体上发出的声音。我看向滕哥，让他想想办法。

"我也不知道怎么回事啊！"滕哥说。

"没关系。"西装墨镜男说，"我们坤总手下有分寸，恭喜你和你的朋友，两亿元就要到手了，挨顿打不算什么。"

"你们是变态吗？"

响声停止了，沉重的脚步声走向门口，西装墨镜男侧过身子，门开了，出现在门口的，竟然是张非。

"怎么……坤总？你干了什么？"西装墨镜男吃了一惊。

"慌什么？不就是打架吗？没见过？"张非板着脸说。

"你！"西装墨镜男扑向张非，张非迎着他向前一步，一拳打在他的腹部，又从他身侧绕出来，在他腋下连打两拳。西装墨镜男倒在地上，痛苦地缩成一团。房间里的坤总估计更惨。

张非甩着手，看向我和滕哥，"北京的人都这么不经打吗？"

"你们到底怎么回事？"滕哥还处于震惊中，他完全没有料到事情会发展成这个样子。

"合同没谈拢。"张非说着对我招招手，"走吧，回去还有事呢。"我看看张非，又看看滕哥，还有倒在地上的坤总和他的保镖，此地不宜久留。

"滕哥，有什么事再打电话。"没等他回答，我就逃出了总统套间。

7

张非叫了一辆车回县里，车一直开出了市区，我的紧张情绪才慢慢缓过来。

"你们怎么谈的，就打起来了？"我问。

"没什么，这不是很正常吗？"

"正常个屁！哪有签合同带打架的?！"我突然吼了起来，把司机吓了一跳。

张非白了我一眼，"你就不用管了，那个什么坤总不地道，这生意咱们不做了。"

"什么叫我不用管了？"从刚才坤总不让我进里间谈判，我就憋了一肚子气。机器人格斗联盟能够搞起来，都是我一个人在跑前跑后，结果关键时刻，我却成了多余的人。

"什么叫我不用管了！"我重复道，"机器人格斗联盟从机甲设计到比赛到推广，哪方面不是我弄的？现在让我不用管了？"我喘了口气，"行，废车场是你一个人的，你说了算。可是人脉是我找的，客人是我请的，生意谈到最后一步，你把人家打了，你让我怎么跟滕哥交代？你就没想着给我留个台阶？哪有你这么办事的？做生意你不会，做人你也不会？"

张非绷起了脸，压低声音说："再他妈啰唆连你也揍。"

上学时候的记忆又浮现出来，我涌起的热血一下子冷却下来。不管顾老师再怎么努力，张非的本质还是不会改变的。我叹了口气，"师傅，停车。"

张非没有再说什么，出租车把我留在国道上，一溜烟走了。

我向前走了几百米，冷风一吹，脑子冷静了不少。这次的局是我攒的，结果搞成这样。张非满脑子就是打架，根本没法沟通。我只好再去找滕哥，就算生意没谈成，至少别弄得太难看。

"你他妈的还知道打电话过来,搞成这样要怎么收场,你知道坤总是什么人吗?你知道把他请来有多不容易吗?你知道你刚刚搞砸了价值几百亿的产业吗?"电话刚一接通,滕哥就劈头盖脸数落了我一通,我不敢回话,只好安静地听着。

他骂了一会儿,不说话了。我听到背景很嘈杂,就问他在哪儿。

"废话,在机场啊。"滕哥没好气地说。

"你们这就走?坤总怎么样了?"

"谁知道,我趁他们没醒赶紧溜了。"滕哥说。

"溜了?"

"我见过坤总几面,表面上关系不错,但根本不知道他背地里是什么人。刚才那场面,把我吓着了。等他醒过来还不一定怎么发飙呢,万一迁怒到我头上我可受不了。溜了溜了。"

"他们要报警怎么办?"

"我不知道,应该不会,坤总把面子看得比什么都重要,被一个小矮子打得屁滚尿流,传出去太丢人了。"

"滕哥,真的对不起,我不知道事情会搞成这样。"

滕哥叹了口气,"兄弟,有好事你还能想着我,老哥我很感激了。不过,坤总本来是我最后的希望,这一次搞砸了,我也就不乱想了,还是回家当小老板吧。"滕哥停了一下,又说,"老弟啊,我这辈子可能发不了财了,以后这样的事,就不用考虑我了。要过安检了,先这样。"

滕哥挂了电话,我从声音里听出了滕哥的心灰意冷。他的能力和野心都远超于我,这一次本来有机会打个翻身仗,没想到以这样的方式收场，心里的落差可想而知。回到家里已经很晚了，最近经常在外面吃，我妈没给我留饭。我到楼下要了把烤串和几瓶啤酒，借酒浇愁。

废车场我也懒得去。我在家里等了几天，每天无所事事。张非没来，小宋没来，坤总没来，警察也没来。那事大概过去了。

我是说，所有的一切。废车场显然也不再需要我了，我辛辛苦苦搭建好了一切，张非就这么轻而易举把我甩了。当然，也是我傻，连个劳动合同都没签。在废车场的时候，每天经过我手的资金有几十万，我竟然没想着给自己留点儿。

打击和背叛，还有自己的愚蠢，哀莫大于心死，我有点体会到滕哥的心情，什么创业，什么发财，我都懒得去想，不如就认了吧。

我让我妈给我找了份工作，在陈姨的饲料厂里面搞宣传，把猪、牛、羊大快朵颐的场景拍成短视频发到各个平台。工作不忙，工资在我们县来说也还可以。陈姨说干上三个月，等转正了，就把会计家的女儿介绍给我，我笑笑没说话。

工作清闲的时候，我会用新注册的小号去看看机器人格斗联盟的比赛。就像个念念不忘的前男友，留恋一段不再可能的感情。在我搭建的框架下，格斗联盟搞得有声有色，关注人数一直在持续上升。我为机器人迪加和赛卡做的人设推广开了，视频平台上有不少小孩子穿着红色、蓝色的纸箱子模仿机器人的动作。

时间可以治愈一切，过了两个多月，我已经不怎么关注机器人格斗，一头扎进工作里。陈姨说我把猪拍得特别水灵，短视频反馈非常好，保持这个劲头，明年让我当宣传科科长。

当我以为以后的生活都是这样波澜不惊时，有些麻烦还是会找上门来。

有一天下班回家，我推开门，客厅里坐着一个花白头发的人，我爸正在陪那人聊天，看起来气氛有些尴尬。听到开门声，客人回过头，竟然是顾老师。

"顾老师，你怎么来了？"

"我来找你的，废车场那边出了点儿状况，我们想让你回去帮忙出出主意。"顾老师说。

看到我接上话，我爸便撤离了客厅，但他没有走远，站在餐厅假装收拾，其实是在偷听。

"你说的'我们'，都有谁啊？"我阴阳怪气地问。

"还能有谁，张非、小宋，还有那几个老师傅。"

"顾老师，你是我的长辈，我也没法对你说什么过分的话。我不知道你了不了解事情的来龙去脉，但你们怎么还好意思来我家找我？"我以为我早就不在乎了，其实不然。愤怒就像是沼气池，表面上只能看到冒出几个气泡，其实在最深处，埋葬着陈腐已久的尸体。如果不是在我家，如果不是我爸妈都看着，如果不是顾老师，我可能要破坏些什么东西才能发泄自己的愤怒和不甘。

"我都知道，"顾老师说，"是我的不对。我太照顾张非的情绪，从来没有教给他做人的道理，你如果有什么怨气，就向我发吧。"

"抱歉，顾老师。我是一肚子气，但不管怎么说，我也不能对你发火。"我说，"当然，也不想再听你说什么了，请你回去吧。"

"废车场那边真的遇到困难了。"

"顾老师,你也老大不小的人了,就这么没脸没皮?"我妈突然从厨房杀出来,"我儿子不好意思说你,我可好意思。张非那孩子是什么人,县里哪个不知道。到处打架寻衅滋事,地痞流氓见到他都发怵。我们家孩子性格软,被张非欺负了好几年,亏你还是个老师,你管过吗?你问过吗?现在张非长大了,也没有个正经工作,开了个破烂厂,一天打打杀杀的,你还跟在他屁股后面转,帮他出谋划策,'为人师表'四个字你会写吗?脸都不要了。我告诉你,那坏小子被人打得长不大,就是活该,是报应!"

"哎哎哎,你少说两句。"我爸一向不怎么说话,这时突然开口拦住我妈。

"怎么了,我说的哪句不对?"

"你给我闭嘴!"我爸眼睛瞪了起来,"你说事就说事,咒人家张非干什么!"

"凭什么不能说!"

"就是不能说!你知道张非是因为什么成现在这样的吗?还不是因为你儿子!"

"因为我?"我惊讶道,"等一下,你说因为我?"

我爸开始咳嗽,他看向顾老师,两人对视一眼,似乎达成了某种默契。

"你初中的时候搞了个对象。"我爸说。

"什么?"我妈大声说,"不好好上学你搞对象?!"

"别吵!"我爸再次大吼。

"你怎么知道?"我问。

"在中考前,你们不知道什么原因闹分手,闹得挺厉害。"

"我俩将来肯定考不到一块儿,不如就分了。"我小声说,"我先提出来的。"

"不管什么原因吧,那女孩挺难过的,反正在别人面前表现出来了。女孩有个表哥,那时候是个混混,就要来收拾你,替表妹报仇。"我爸看向顾老师。

"张非知道了,就要去教训那个小混混,人家人多势众,把张非打了,还落下个后遗症,长不大了。"顾老师补充道。

"我……我一点儿都不知道这件事。"我说。

"我没让他们说。"我爸说,"张非住院的时候,我掏了不少住院费当作替你还人情,但当时我也不知道张非落下这么个毛病。"

"你从家里拿的钱?拿了多少?!"

"别说话!"

"都是过去的事了。"顾老师说,"张非那孩子是个直脾气,也不会说什么软乎话。十几年前,你教他做过几道题,他就把你当朋友,肯为你去打架。但这次……"顾老师顿了一下,"在他的逻辑里,你也应该不问理由地信任朋友。"

"他的逻辑是错的!"我争辩道,"我好不容易请来的金主,你知道这次要是成了能赚多少吗?几千万!他跟人家聊了十分钟就把人家打了,这不是朋友不朋友的问题,人家要追究起来,是法律的问题。顾老师,你太顺着他了。"

"我的错,我的错。我不该什么都惯着他。"顾老师低着头向我认错。他的白发在灯光下闪闪发光,我知道他为张非花了不少心思。从某个角度来说，顾老师所做的一切，其实是在替我承担责任。

我和小花是初恋，但其实也没有太多可以回忆的部分，谁能想到在那之后会发生这么多事情，直到现在我还不知道应该以什么样的身份面对张非。朋友？说实话，在废车场那段日子我和张非交流的机会并不多，和小宋和徐六根更熟悉一些。恩人？他确实是替我出头才被打的，但这一切我并不知晓。我不是逃避责任，但这份责任如果全都算到我的头上，确实太过沉重了。

我该做些什么？顺着张非让他到处打架？还是把他当恩人供着，给他养老送终？

"我该怎么办？"我看向我爸，虽然成年后我们之间的交流急剧减少，但这个时候我还是希望他能给我拿个主意。

"既然人家开口了，能帮得上的还是要帮。"我爸说，"其他的事以后再说。"

"我知道了。"我对顾老师点点头，"那我们走吧。"

"哎，等一下，"我妈突然叫住我们，"那个女孩到底是谁啊？"

8

顾老师开车把我带到废车场，这里和三个月前一样。见到我来，修理工师傅们脸上的表情阴晴不定，又想打招呼，又不愿意靠近。我向他们摆摆手，就跟着顾老师走到最里面的训练室。

张非正在一根横杆上做引体向上，他只用了一只手，另一只手被裹在绷带里吊在胸前。

"怎么了？"我先开口问道，作为恢复关系的诚意。张非看了我一眼，又连着做了五个引体向上。我哼了一声，转身走出训练室。

顾老师追了出来，"你别急，他主要放不下面子。"

"什么放不下面子！"我大声说，让训练室里也听得一清二楚，"谁给他惯出的臭毛病？今天他必须向我道歉，不然什么事都免谈。"说完，我就站在原地等着。过了一会儿，张非从训练室里出来，向我鞠了一躬，"对不起。"

"因为什么？"我问。

张非嘴唇绷得发白，喘了好几口气才说："不应该说要揍你。"

他错的可不止这一点，但我得见好就收，"你的胳膊怎么了？"

张非闭着嘴，不愿意把自己吃亏的事说出来。离近了我才发现，除了左臂受了不知道多严重的伤，他的脸颊和额头也有伤口和瘀青。

"喝酒摔跤了？"

"你最近看比赛了吗？"顾老师问。

我摇头。于是我们重新回到训练室，顾老师把最近的一场比赛放给我看。比赛和往常一样，对阵双方是张非和徐六根，迪加和赛卡从一开场就打得比较激烈，双方已经非常熟悉了。前几轮互攻有来有回，攻守兼备，打得挺好看的。

我很快就发现有什么不对劲，赛卡的拳头比以前快了不少，攻击力也明显加强了。迪加打它几拳也才爆掉一些装甲，并没有伤到筋骨。可是赛卡逮到机会后，一拳打在迪加的胸口，拳头深深陷了进去。

胸口是机器人防御最严密的地方，有好几根防滚架做保护，可是赛卡这一拳直接打穿了迪加的防御，连胸口的核心发动机都打得瘪掉一块。张非控制的迪加立刻失去了主动力，行动迟缓下来。赛卡趁机对着迪加一顿狂轰滥炸，张非毫无还手之力，比赛才进行了两分钟就分出了胜负。

"徐六根疯了吗？这么打观众可不买账啊。"

"他这次的主要目标不是观众，是坤总。"小宋突然出现，在我身后说，"他表现得很好，我刚打听回来，合同已经签了。"

我明白了，机器人格斗联盟本来就不是铁板一块，张非不想和坤总签约，自然有人愿意。徐六根是格斗联盟里的二号人物，坤总肯定要找他。这场比赛，就是徐六根向坤总递的投名状。我瞪了张非一眼，如果不是他揍了坤总，哪会有这样的事。

"这比赛怎么了？"我问道。

"你给看看，徐六根的机器人，是怎么突然变得这么厉害的？"张非说，"我们也得搞上。"

"不是，你们叫我来就为这个？"我大声问道。

"是啊。"张非说，"他们的技术都是从咱们这儿学去的，怎么突然就变强了。"

他们的迟钝让我无话可说。坤总收买了徐六根，接下来就是其他的废车场，机器人格斗联盟将会继续办下去，只不过会将张非他们排除在外。对这间废车场的一百多名工人来说，这将是灭顶之灾，可是张非最关心的却是怎么打架，就像是对着流星许愿的霸王龙一样傻。

我看向小宋，"你来说说怎么回事。"小宋有些慌张，看向了张非。这个年轻人很聪明，他已经看出来了事情将要如何发展，但同时也惧怕张非暴躁的脾气，不敢说明事实。

"我来替他说吧。"另一个声音在训练室里响起。我们向门口看去，来者穿着一身西装，戴着墨镜，是坤总的保镖。

"你来干什么？"我说道。

西装墨镜男向我扔过来一个小东西，我伸手接住，是一个U盘。"设计资料都在这个U盘里。"西装墨镜男说，"上次的比赛太没意思了，让坤总很失望。所以，我来帮帮你们，让你们加强一些。下一场比赛在一个星期以后，希望你们打得漂亮一些。"西装墨镜男嘿嘿一笑，看向张非，"这将是你的最后一场比赛，会有人替我收拾你的。"

说完，西装墨镜男转身走出门外，他的声音继续传过来："对了，怕你们没有足够的资源改造车辆，坤总还让我送给你们四辆车，最新款，顶配。具体怎么改装都在U盘里，请你们出来验货吧。"

我和张非他们跟了出去，训练室门口停了四辆最新款的电动跑车，最高功率 1090 kW，售价七十多万起。

小宋一拍脑袋，"怪不得徐六根那天那么猛，原来是用了电动车的动力系统。"

电动机和汽油发动机有本质上的不同，电动机的动力来得又快又猛，爆发力极强。在筹划机器人格斗联盟的时候，我就想过在机器人身上加入电力系统，可是废车场很少能够收到车况良好的电动车,顶级跑车更是想都不敢想,所以这个计划就搁置了。

坤总接手之后,竟然直接买新车拆电机,这么大的手笔我们实在是不敢想。废物利用原本是机器人格斗大赛的看点之一,现在味道已经变了。

"你们慢慢看,我就不打扰了。"西装墨镜男摆摆手便走了。

"非哥,怎么办?"小宋小心翼翼地问。

"管他呢,既然他们给了,咱们就用上。"张非说,"把设计资料给张工和李工看看,让他们开始改造。"

"改之前,我能不能先开开?"小宋搓着手说。

"随便,五天之内给我改好就行,还要留两天让我试试新家伙。"

"够了!"我大声说道,"你们还不知道发生了什么吗?坤总已经收买了徐六根,就要控制整个机器人格斗联盟了。"

"那又怎么样?"

"下次,徐六根会把你彻底打垮,然后确立他的盟主地位。"

张非撇了撇嘴,"他想当盟主就当去,我又不在乎。"

我快要崩溃了,仅存的理智控制着我不冲上去扇张非两巴掌,但我真想让他清醒清醒。"那样他们就不会让你参加比赛了,徐六根只是坤总的傀儡。坤总会建立一套自己的玩法,把你排除在外。"

"怎么排除?"

"坤总有钱,会让每个参赛的机器人都像徐六根的赛卡那样强。但是你买不起,你只能控制着破烂拼成的机器人去跟他们打,然后一分钟败下阵来,看着他们羞辱你。你受得了吗?"

"放屁!"看来我的话刺激了张非,"让他们来试试,我把他们都打碎。"张非怒视着我,"你要是帮不上忙,就滚蛋吧,我不想听你那些屁话。"

"我原本就不知道怎么帮你。"我耸了耸肩,转身离开。顾老师追上来,"张非他——"

"顾老师,"我打断顾老师的话,"我确实帮不上忙。你知道张非要对付的是什么样的人吗?人力、财力、技术,各方面我们都比不了。"

"我知道。"顾老师说,"但这个理由说服不了张非,比不过就不比了吗?"

"就算比过了又能怎么样?"我说,"在商业上,我们已经输了。"

"但这场比赛不一定输。"顾老师说。

"我真的帮不到你们。"我放弃了,不再试图和顾老师讲道理。我曾经以为他是这些人里面最理智的,没想到顾老师也是个倔脾气,他把体育精神看得十分崇高,可惜,他的对手是资本家,不是运动员。

我转身继续走,顾老师却在我身后慢慢地说:"张非是为了你才变成这样的。"这是顾老师的底牌,也是最管用的牌。我是想报答张非,但不是以被绑架的方式。况且,这是一场注定失败的战斗,就算我真的想要报恩,最后也只是换来一场失败,注定没有价值。沉重的道德枷锁,让我无法离开。

"我为这个项目耗费了多大心血,顾老师,你是知道的。张非这样对待我两次，我觉得不欠他什么，我和他已经两清了。"我认真地对顾老师说，"但是，既然你已经把这话说出口，那咱们就讲清楚，这是最后一次，这场比赛之后，我再也不会掺和你们的事了。"

"好。"顾老师说，"很合理。"

我点点头，绕过顾老师，去找废车场的工程师。坤总不会无缘无故送来大礼，这里面绝对有阴谋。我和张工李工泡在组装车间，研究坤总给的设计图，分析其中有没有陷阱。我们从来没有用电动机当过动力源，又不敢照搬坤总的设计，只能凭着经验一点一点试错，确定了主体设计之后，才拆掉第一辆车进行测试。

拆车的时候，小宋心疼得都哭了，这几天他一直开着这辆车在县里面兜风，回头率特别高。他喜欢这几辆车，要不是座位太小，他恨不得晚上都睡在里面。不光是小宋，废车场的其他人也不忍心看这场面。拆新车和拆废车完全不是一个概念，况且还是一辆价值七十多万的跑车，简直是暴殄天物。最后，我们把这些跑车的电动机安装在机器人的关节处，让它拥有更强的爆发力和机动力。

张非测试了两天，新的机器人非常有力，动作敏捷，几乎像真人一样反应灵活。张非对新机器人爱不释手，这两天几乎二十四小时和机器人待在一起。唯一令张非不满的，就是为电动机提供动力的电池包需要充电。充电的时候，张非就会非常暴躁。

9

到了比赛那天,轮到我们主场。徐六根很早就来了,和以往不同,他的团队来了五十多人。好几辆喷涂着机器人格斗联盟宣传画的大卡车,浩浩荡荡地开进我们的废车场,工作人员都穿着统一的制服,就像是准备F1赛车比赛那样严阵以待。我们这边,只有十来个满身油泥的工程师,一明一暗两个驾驶员,还有我和顾老师两名场外指导。

"张非呢?他手臂好点了吗?"我问顾老师,这几天我一直在装修车间商量方案,没和张非打照面。

"伤筋动骨一百天,还得再忍一段时间。"

"他是怎么伤的?"我才想起来,还没有弄明白张非怎么受的伤。

"没啥,他那种人,怎么伤的都不奇怪。"顾老师答非所问,"不过他手臂不好使,只能和小宋一起控制机器人来和徐六根打。"

"还有这种操作?为啥不让小宋自己上?"

"你以为张非会同意?"

我撇了撇嘴,不做评价。

一红一蓝两个机器人站在场地中央,给我一种恍如隔世的感觉。它们两个的背景故事是我设计的,没想到一语成谶,赛卡真的被邪恶魔君控制了。然而在现实中,迪加也不会每次都取得胜利。

　　这将是他们的最后一战，我已经预料到了故事的结局，红色的迪加倒在它守护的土地上，邪恶魔君狞笑着控制了整个世界。在我悲怆的幻想中，比赛开始，张非向他的对手行了个礼——顾老师强迫他要遵守礼仪。之后，他控制红色的迪加冲向对手，经过上次的惨败，他已经迫不及待想要复仇。

　　钢铁碰撞的声音震耳欲聋，主发动机轰鸣，从机器人背部的排气管喷出一股蓝烟，高功率电动机发出科幻般的嗡嗡声。双方都有了新的装备，格斗赛的节奏比以前更快，破坏力也大大提高。只过了两分钟，两台机器人的外装甲都被打得七零八落，露出内部冷冰冰的骨架。观众不喜欢这样的观感，我花了好大功夫才设计出来的兼具观赏性和竞赛性的东西，被坤总这样的土包子毁于一旦。

　　三分钟到了，第一回合终止的铃声响起。两个机器人从格斗场上分开，回到各自的场地进行简单的修整。机器人刚回去，顾老师的电话就响了。他接起来听了两句，脸色大变，拉着我就从看台上跑下来。到了迪加的修理区，维修工在机器人面前围成一圈，只有两个人在抢时间修补机器人受损的地方。

　　"怎么回事？"我问道。我在废车场里还有一些威望，看到是我来了，维修工让开一条路，我走到圈子里面。张非又受伤了，额头破了一道口子，已经用绷带勉强裹住，但右边脸和脖子上的血迹还没处理，已经凝固了。

　　"徐六根这个王八蛋，专门往这个地方打……"

　　张非正骂着，看到我过来，竟然闭上了嘴，眼睛看向别处不与我对视。"怎么遥控机器人还能受……"我停下了，这不对劲。我从来没有看到过张非用操纵台，是啊，用操纵台怎么可能受伤。

再向前走两步，我明白了。机器人迪加的胸口敞开着，露出里面的构造，在发动机下方，有一个小空间，一米见方。成年人根本钻不进去，但张非可以。

"是我想的那样吗？"我问小宋。

小宋看看张非，点点头。原来如此，张非热衷机器人格斗，他享受的，并不是破坏的快感，而是近身肉搏的刺激。受身材所限，他根本找不到势均力敌的对手，只有将自己放大，才能找到他想要的那种感觉。这样，机器人就是他的化身。

"你们都知道？"我问。

小宋点头。

"徐六根也知道？"

还是点头。

"合着你们这群王八蛋只瞒着我一个人？"我骂所有人。

"时间快到了。"一个工程师提醒。

"非哥，接下来让我上吧，你别去了。"小宋躲过我的目光，对张非说。大概在这种情况下，我比张非还要可怕。

"不行。"张非斩钉截铁。他擦了把脸上的血，大步走回他那间小小的驾驶室。机器人胸口的护甲合上，把他遮挡在里面。我终于明白张非的坚持，这间厂子，这些工人，他根本就不在乎。他沉迷于搏斗的快感，以满足他那颗残缺的心。

我不能说他是错的，正是他的固执和坚持，让他在这个社会中为自己找到了一个位置，填饱了自己的欲望，又顺便养活了几十个人的废车场。一切顺利时，所有的矛盾都不值一提。但现在不一样，张非只选择满足自己。

迪加站起来，走出修理间。张工走进修理间，径直走向我。

"我刚才去他们那边偷看了，赛卡在战斗间隙还需要抓紧时间充电，这和我们预料的差不多，他们为了减轻重量，缩减了电池包。"张工说。

在研究机器人的时候，我们就发现西装墨镜男送来的设计图中，电池容量被缩减了。1090 kW的电动机耗电量极高，但设计图中他们只安装了原车五分之一的电池包。这倒是减轻了一部分重量，但全力爆发输出的话，在比赛的后半程，就会面临能量短缺的问题。

我们以为是徐六根他们故意耍诈，才让张工偷偷去那边观察，没想到他们真的只用了小型的电池包。不过徐六根确实骗了我们，张工还告诉了我另外一个消息。他们送来的电动车只是障眼法，让我们以为1090 kW电动机已经是极限，其实，徐六根的机器人上安装的是2400 kW的小型飞机引擎，威力更大，耗电量也更大。

"我知道了。"我就知道他们送来的设计方案没安好心。幸好我在北京的时候，虽然买不起车，但对市面上的车款车型了如指掌，对电动车更是如数家珍，这下到我发挥的时间了。我离开修理间，走到选手席位下方。第二回合已经开始，两台机器人打在一起，张非不顾一切地猛攻，小宋通过操纵台辅助。

"小宋，小宋！"我喊道，战斗太过激烈，小宋根本没有听到我的声音。

我爬上选手席,站在小宋身边,"小宋!"

"啊?哥,什么事?"

"不要打了,迂回战术,吸引徐六根出拳。"我说。

"为什么?"

"你听我的。"

"可是,非哥不听。"

"管他呢,操纵台可以完全切断张非的控制吗?"我问。

赛卡发动进攻,小宋抬起左臂挡住赛卡的一拳,"可以。"

"是哪个?"

小宋飞快地指了一下操纵台上的开关,"你要干什么?"

我伸出手,把开关关掉。"现在控制权在你手里了,听我的。"我从小宋耳朵上拿下耳机,"张非,我知道怎么赢了。你别管,看着就好。"

"你要干什么!让我去打,别他妈捣乱。"

"现在控制权不在你手上。"我说,"安静点儿,好好观战。"

我把通话挂掉,耳机放进兜里。小宋有点儿紧张,但还是按照我的吩咐围着赛卡兜起圈子。我想象着张非坐在狭小的驾驶舱里无能为力、气急败坏的样子,太解气了。我明明是来报恩的,却得到了一种复仇的快感。

在我的指挥下,格斗比赛的画风突变,由热血偾张的近身肉搏变成了躲猫猫。小宋控制着迪加左躲右闪,徐六根紧追不舍。小宋并没有躲远,而是在徐六根攻击范围的边缘游走,还不停地挑衅,吸引机器人出拳耗费电量。

徐六根比张非冷静得多,最开始他并不急于攻击,也跟着小宋在场地里转圈，场面变得无聊起来。第二回合过半，也许是受到了坤总的催促，徐六根开始猛攻，动作比之前更快更猛，高功率电动机开到了极限。

小宋继续连躲带跑，连着被徐六根击中了几拳，好在没有正面击中，受到的损害不大。第二回合时间到，双方再次回到修理间。再过五分钟，就是最后一个回合了，想要在这回合取胜，机器人和操纵者都要做好准备。

但最先要应付的，是那头关在笼子里的野兽。迪加机器人停稳，胸部护甲一打开，张非就跳了出来。他的额头青筋暴起，瞪着双眼，在人群中寻找我的踪迹。"张非！"我站出来，"我在这儿！"

"我的比赛，不许别人插手，你在捣什么乱！"

张非快步向我走来，气势汹汹的样子又唤醒了我学生时代的记忆。我咽了口口水，强迫自己站在原地。"这不是你的比赛，"我说，"是大家的。"

"放屁！"

"你才放屁！"我吼了回去，"这已经不是供你发泄暴力情绪的游戏了，这是他、他还有他……"我指着小宋、张工，还有所有的维修师傅，"这是他们的事业。他们想赢，因为他们都在这台机器人身上倾注了大量的心血。"我和张非对视，"不信，你问问他们。"

"我能打赢。"张非说，"凭我自己。"

"不，你打不赢。"我说，"想赢，必须得听我的。"

"就听他一次吧，非哥。他帮了我们那么多。"

"我又没叫他帮。"

"张非，明明是你说，你的好朋友来了，能帮我们的机器人格斗想出好主意的。"一直站在旁边，没有说话的顾老师突然开口，"我们大家都记得，你想撒谎吗？"

维修工们纷纷开口，应和顾老师的说法。

张非哼了一声，不说话了。

"张非，回到你的位置上去，等时机成熟，我会让你打个痛快。"我说。

张非没理我，他看向小宋，又看了看顾老师，转身走向机器人。

"哥，你真厉害。"小宋说。

"我都出了一身冷汗了。下回合该怎么打，你知道吗？"

"还是躲？"

"先躲，大概一分钟，徐六根就会扑上来猛攻，因为他必须打倒你才能树立威信，你只要做好防御就行了。"

小宋舔舔嘴唇，"明白。"

张工站在机器人的背后，向我比了个"OK"的手势。

最后一回合，小宋严格地执行着我的策略，徐六根也像我预料的那样，虽然强攻，但没有拼尽全力。一分钟之后，最后的总攻开始了。铁拳像是暴风骤雨一般砸向迪加，小宋举起双臂，且战且退。赛卡加装的高功率电动机迸发出强大的攻击力，击中迪加的每一拳都像是渣土车一样沉重。迪加的双臂被打得扭曲变形，赛卡自己的拳头也在一次次攻击中变成一团废铁。

"哥，快顶不住了。"小宋脸色苍白，毫无目的地控制机器人，希望能够挡住徐六根的攻击,可是总有几拳穿过防守,打在机器人身上,打得它重心不稳,有好几次险些倒下。猛攻一阵之后,徐六根发现占不到什么便宜,他开始转变套路,集中攻击迪加的腹部。张非还在那里被禁锢着。

有两拳穿过防御,直接打在迪加胸口,护甲立刻被砸得凹陷下去,再有几下,连驾驶舱都会被砸得像是踩扁的易拉罐。"快后退。"我催促道。

小宋连忙后退,生怕张非受到伤害,"妈的!徐六根你个老王八,说好不能打那儿的。"

"再退!"

"哥!还需要多少时间!"

"快了。"我的话还没说完,就看到徐六根的动作变慢了,拳头绵软无力,慢悠悠地挥出来,完全没有攻击力。对面的选手席上,徐六根也不知道发生了什么,他用力地拍打操纵台,但赛卡的挥拳力量还不如徐六根。

"哥!"

"等一下!"我稳住小宋,以防有诈。

徐六根又挥出第二拳,比上一拳还要慢,迪加只是向旁边跨了半步,就躲开了拳头。他的电量终于耗光了。"好了,时机到了。"我说,"小宋,把控制权还给张非吧。"

我又通过对讲机对张非说:"张非,你反击的时刻到了。"

小宋拨动开关,将控制权交给张非。迪加站在原地,一动不动。"怎么了?"小宋晃晃遥控器,迪加没有反应,"非哥没事吧?"小宋问得我心里也没底,刚才徐六根那两拳真的是下手无情,张非也有可能受了很重的伤。

"张非!"我呼叫道,没有回复。格斗场里,两台机器人宛如静止一般凝固在那里,观众不知道发生了什么,屏息凝神地等待着。

"你来控制,快点儿结束战斗吧。"我按着小宋的肩膀。

"你别管,我能行。"张非终于发声了。迪加开始移动起来,一拳打在赛卡的颈部,将三吨重的机器人打得几乎腾空飞起。赛卡重重地倒在地上,迪加追过去,跨坐在赛卡身上,双拳向下猛砸。观众们沸腾起来,终于到了他们喜欢的环节。砸了两拳之后,张非停止了动作,迪加双拳高举,但就是不砸下来。

"无聊。"他说,"这对手又不是我打倒的。"

你很快就没有对手了,我心里想着,但没有说出来。迪加站起来,转身离开格斗场,走回修理间。赛卡失去了动力,无法起身。

比赛结束,我们赢了。不过没人高兴,张非的愤怒没有发泄在格斗场上,谁也不知道他回来会做些什么。我也不知道,我的任务已经完成了。胜负已定的时候,我偷偷离开了废车场,回到家里,那边的事和我再也没有关系了。

10

虽然那场比赛赢了,但还是没有改变事情的走向。坤总收购了几乎所有参加机器人格斗的废车场和修理厂,正如我预料的，张非被排除在圈子之外。再也没有人和他打了，徐六根也不再和张非来往。他现在是格斗联盟的盟主，在各大平台上大出风头，高调至极。

张非只能守着他又旧又小的废车场，驾驶机器人砸汽车来发泄自己心中的暴力。许多工程师和维修工离开了废车场，加入了徐六根或其他废车场。机器人格斗联盟正在扩大，这些技工有了跳槽的机会。

坤总的机器人格斗联盟越做越大，据说还将举办国际赛事。对于参赛人员的管理也变得严格起来，就像大公司一样，要穿制服，平时还要考勤。两年之后，曾经参加格斗大赛的那帮老家伙们，都敌不过公司的规章制度，被HR劝回了家。就连徐六根也一样，在公司内部规章考试中考了零分，被保安从自己的废车场里轰了出来。

令我难以理解的是，被坤总甩掉之后，这些人又重新聚了起来，回到张非的身边。因为他不在乎事业，也对营收没有兴趣，他只想建造，然后毁掉。在这快速变化的生活轨迹中，张非是唯一的常量。

在徐六根他们眼里，资本、公司、网络都太复杂了，还是张非最容易理解。日子又回到过去，他们到处收购破车，组装成粗糙简陋笨拙的机器人，相互殴打。他们把对打的视频上传到网络上，就像从前一样。

在华丽炸裂的超级机器人格斗联盟大行其道的今天，这种原始又粗犷的机器人对打竟然还能聚拢一批观众，让他们通过无线网络为他们鼓掌叫好，甚至打赏。收入大不如从前，但还是能够养活一批维修工。

徐六根总是找张非喝酒，隔三岔五还要叫上我。我们喝得脸红脖子粗，天南地北地吹着牛，但彼此之间非常默契，无论喝了多少，都绝口不提曾经辉煌的那几年，那些年里有很多光辉和荣耀，也藏着许多欺骗与背叛。我和他们不是朋友，也说不上有多大的仇恨，只是县城太小，和他们喝酒是唯一的消遣。

有时，大家都喝多了，相互斗嘴扯皮。我隔着桌子看向张非，会对他心生羡慕。我也曾是有梦想的人，甚至把梦想看得和生命一样珍贵。但见识过社会才明白，坚持是一件多么困难的事。在张非的眼里，坚持从来都不是一道选择题。他用暴力对待生活，出击，同时也承认失败，但失败只是下一个起点，仅此而已。

在这样一座小城市里，顾老师、小宋、徐六根……大部分人庸庸碌碌，没有人思考人生的方向。哪里有光，他们便聚向哪里。我并不认可张非的方式，但我还是羡慕他的闪闪发光。我并不愿意靠得太近，毕竟张非心中暴力的火无法熄灭，总有一天会烧到别人。但我也不想离得太远，看着他，仿佛还能感觉到自己心中仍有一些火光。

后来，我还见了坤总一次。超级机器人格斗联盟闯出了牌子，国际比赛成功举办了两次，是件可喜可贺的事情。我作为机器人格斗联盟最初的设计者，手里有许多设计稿和故事情节设定集，碰巧都注册了版权。那些东西留在手里也没用，就和坤总谈了谈，打包卖给了他。我用那些钱，在县城的另一边，离家不远不近的地方买了套房子，剩下的足够养老。

是的，我最后还是没有离开县城，饲料厂的宣传科科长这个称呼还不错。我白天给猪拍照、修图，晚上和会计的女儿压马路闲聊。我妈说这样就挺不错，我觉得确实挺不错的。但我经常在想自己的梦想：做一款属于自己的游戏。故事、设定、游戏玩法都是现成的，没错，就是机器人格斗大赛。

在没有工作和约会的时候，我就自己在电脑前搞这个东西，程序建模都是我一个人，这是真正属于我的游戏。断断续续，这个游戏做了六年多，我女儿一岁的时候，游戏的第一个版本完成了。

我已经把机器人格斗大赛的版权卖掉了，所以这个玩意儿只能小范围的自娱自乐，并不能公开发售，不然坤总会告死我，把给我的钱翻几倍要回去。我把游戏发给了滕哥，过了几天之后，他回了个"挺好的"。他大概以为我又想拉着他东山再起，和我聊了几句之后就不再回话。

另外，我还做了一个VR体感的版本，可以从驾驶舱视角操纵机器人，体验真实的钢铁搏击。我把力回馈的力度设置到最大，挨打的时候，用户可以体验到真正的疼痛——不比真正挨揍轻。我想，这应该是有些用户期待的。

我准备好了一切，买了最好的VR眼镜和全身力回馈装置，游戏也安装好了，打开就能玩。但是，这套装备一直没有送出去。它们放在我的书房里，已经落了薄薄一层灰。

该不该送出去呢？我还在犹豫。